Verliebt in einen Herzensbrecher

Boston Bachelors 2 – Elijah

Karin Lindberg

Verlag:
Zeilenfluss
Sonnenstraße 23
80331 München
Deutschland

ISBN 978-3-96714-002-6

Lektorat: Dorothea Kenneweg
Korrektorat: SKS Heinen
Covergestaltung: Casandra Krammer
Satz: André Piotrowski

Weitere Informationen unter
www.karinlindberg.info

Facebook

Verliebt in einen Herzensbrecher

Liebesroman

Karin Lindberg

ZEILENFLUSS

Prolog

Elijah hätte wissen müssen, dass diese Affäre kein gutes Ende nehmen würde, aber er hatte alle Vorzeichen ignoriert. Nun begann er sich zu fragen, ob er nicht doch besser auf sein Bauchgrummeln gehört hätte, statt sich von seinem Unterleib lenken zu lassen. Elijah umklammerte das Smartphone mit seiner Rechten und kämpfte gegen den Drang an, es auf den Asphalt zu werfen und wie Rumpelstilzchen darauf herumzutrampeln. Als ob das arme Ding etwas dafür könnte, dass dieser Tag sich zu einem Albtraum entwickelte! Elijah verzog das Gesicht und schüttelte den Kopf.

Lass die Finger von Valentina, andernfalls wirst du es bitter bereuen, hallte die Drohung immer wieder durch seinen Kopf.

Es war doch immer das Gleiche: Eifersüchtige Kerle machten ihn dafür verantwortlich, wenn die Weiber zu ihm ins Bett stiegen – nur, dass er dieses Mal die falsche Frau ins Bett gezerrt hatte.

Seufzend ließ er das Handy in der Gesäßtasche seiner Jeans verschwinden, als er gegen etwas prallte.

Nicht etwas, jemanden.

Sein Jerseyshirt wurde nass, und dann wurde es kochend heiß auf seiner Brust.

»Verfluchter ...«, zu mehr kam er nicht. Das Wort »Mist«

blieb ihm im Halse stecken, als er in ein paar grüne Augen schaute, die ihn verärgert fixierten.

»Mein Gott, haben Sie keine Augen im Kopf?«, zischte die Frau, sprang einen halben Meter zurück und ließ auch noch ihre Einkaufstüte fallen.

Ihr Kaffeebecher knallte etwas zeitverzögert mit einem gedämpften *Plopp* auf den Boden. Der schwarze Plastikdeckel segelte daneben. Er nahm sich einen Augenblick, um sie zu betrachten. Das blonde Haar war zu einem lockeren Knoten hochgedreht, einige Locken umschmeichelten ihre weichen Züge. Die Wangen waren gerötet, die grünen Augen funkelten. Unter dem trüben Septemberhimmel wirkten sie wie tiefe Seen, in denen sich die Wolken spiegelten. Er verlor sich einen Atemzug lang darin.

Auf der Nase hatte sie ein paar Sommersprossen, die dieselbe Farbe hatten wie die Sprenkel in ihren Augen. Sie trug kein Make-up, dennoch – oder vielleicht gerade deshalb – fand er sie irgendwie ... anziehend. Die Turnschuhe waren abgetreten, ihre schlanken Beine steckten in einer grauen Jogginghose, darüber hatte sie ein weißes T-Shirt mit zwei roten Flecken am Bauch an, die verdächtig nach Tomatensoße oder Ketchup aussahen.

»Wie wäre es mit einer Entschuldigung«, schlug sie vor. Ihr Gesichtsausdruck ließ keinen Zweifel daran, dass sie ihn für die Misere verantwortlich machte.

Elijah hob eine Augenbraue, ihre Reaktion amüsierte ihn. »Entschuldigung«, sagte er und verkniff sich ein Lachen.

Sie schnaubte. »Ja, ist klar.«

»Wollen Sie mich nicht fragen, ob ich mich an dem heißen Kaffee verbrüht habe?«, schlug er mit einem süffisanten Grinsen vor.

Er zupfte sich das nasse Shirt von seinem Oberkörper, um seine Aussage zu unterstreichen.

»Der kann höchstens noch lauwarm gewesen sein«, gab

sie selbstbewusst zurück und griff nach ihrer Tüte. Das braune Papier zerriss und die Einkäufe verteilten sich zwischen ihren Füßen. Eine dicke Fleischtomate rollte auf die Straße. Sie stieß einen sehr undamenhaften Fluch aus und ging in die Hocke, um alles wieder einzusammeln.

»Soll ich Ihnen helfen?«, bot er an, obwohl er die Aussicht zu sehr genoss, um sie aufgeben zu wollen. Er hatte einen herrlichen Blick auf ihr Dekolleté, das für ihre schmale Statur recht ansehnlich war. Auf jeden Fall war alles daran echt, stellte er zufrieden fest.

»Glotzen scheinen Sie ja besser zu können«, brummte sie.

Elijah grinste und zuckte die Schultern. »Wie wäre es damit: Ich lade Sie als Entschädigung auf einen Kaffee ein? Dann kann ich mich ausgiebig bei Ihnen entschuldigen. Oder Sie kochen die Lasagne für uns, und ich kann mein Shirt bei Ihnen trocknen?«

Sie richtete sich auf und runzelte die Stirn. »Was soll das denn jetzt werden?«

»Eine Einladung?«, schlug er vor.

»Nee, bloß nicht. Woher wissen Sie überhaupt, dass es Lasagne geben soll?«

Elijah wunderte sich ein wenig über ihre abweisende Reaktion. Ja, okay, seine Anmache kam nicht immer gut an, aber ... meistens.

»Bei den Zutaten, die hier so hübsch umeinander kullern: Tomaten, Hack, Nudelplatten – habe ich einfach messerscharf kombiniert.«

»Sehr witzig. Ich lache später.«

Sie sah hinreißend aus, wenn sie sich aufregte.

»Oder sind Sie schon verabredet?« Auf den Gedanken war er bislang noch gar nicht gekommen. Dumm von ihm.

Sie schaute ihn an, als ob er ein Irrer wäre. »Wüsste nicht, was Sie das anginge.«

»Das werte ich als Nein. Warum dann nicht?« Er setzte sein wirkungsvollstes Aufreißerlächeln auf.

»Weil ich gerade echt keinen Nerv auf Kerle wie Sie habe. Sorry.«

»Dann verraten Sie mir Ihren Namen und Telefonnummer, dann können wir uns verabreden, wenn Sie wieder ... Lust haben.«

Sie verdrehte die Augen und stöhnte. »Sicher nicht. Schönen Tag noch«, stieß sie mit einem derartig sarkastischen Unterton hervor, dass Elijah einen Moment schwieg.

»Herrje, da hat wohl jemand seine Tage«, kommentierte er spöttisch, auch ein bisschen, weil ihre Absage ihn in seiner männlichen Eitelkeit verletzte.

»Wow«, sagte sie nur und schüttelte kaum merklich den Kopf. »Wenn ich nicht die Hände voll hätte, würde ich Ihnen jetzt eine Tomate an den Kopf werfen. Und Tschüss!«

Sie marschierte los und ließ ihn stehen. Elijah wandte sich um und schaute ihr hinterher, eine steile Falte bildete sich zwischen seinen Augenbrauen. *Ein Jammer*, dachte er. *Oder vielleicht auch nicht, sie scheint ja eine ganz schöne Zicke zu sein.* Auf Frauen, die Probleme machten, hatte er keine Lust, auch wenn sie hübsch waren. Alles, was er suchte, war eine prickelnde Zeit zwischen den Laken, alles andere interessierte ihn nicht. Außerdem hatte er momentan echt andere Sorgen, erinnerte er sich, als ihm der Anruf von vorhin wieder einfiel. Ob man diese wilden Drohungen überhaupt ernst nehmen musste?

Kapitel 1

Lasagne machte nur fett und nicht glücklich, das hatte zumindest ihre Mutter immer gesagt. Cat war es derzeit allerdings völlig egal, ob sie bald alle Nähte ihrer Hosen sprengen würde.

Catherine, ich finde, wir brauchen ein bisschen Abstand. Wir sollten uns mit anderen treffen und sehen, wie sich das anfühlt, hatte Josh gesagt und ihr damit den Boden unter den Füßen weggezogen.

»Mieses Schwein«, murmelte sie und stach mit ihrer Gabel in die Auflaufform, als wäre die Lasagne schuld daran und nicht ihr Freund. *Exfreund*, korrigierte sie sich still.

Teller waren überbewertet, und auf ihre Linie musste sie jetzt auch keine Rücksicht mehr nehmen. Während ihrer Beziehung mit Josh hatte sie immer auf ihr Gewicht geachtet, war regelmäßig zum Sport gegangen und hatte peinlichst auf gesunde Ernährung wert gelegt, denn er stand nun mal auf gepflegte, schlanke Frauen.

Hat auch nichts gebracht.

Deswegen war damit jetzt Schluss. Zum Teufel scheren sollte er sich. Sie aß eine Weile schweigend und schaufelte Gabel für Gabel in ihren Mund, bis sich ein wohlig warmes Gefühl in ihrem Bauch ausbreitete. Die Wut ebbte ab, aber was danach kam, war auch nicht besser. Cat spürte die Welle bereits auf sich zurollen, konnte aber nicht mehr verhindern, dass sie über sie hinwegschwappte. Ihre Augen brannten, füllten sich mit Tränen, und die Unterlippe begann zu zittern.

Als die erste heiße Spur über ihre Wangen floss, ließ sie die Gabel sinken und schniefte. Eben noch hatte sie geglaubt, sie hätte diese Phase des Trennungsschmerzes bereits hinter sich.

Nun ja, sie hatte sich getäuscht.

Es vergingen keine zwei Atemzüge, bis ein forsches Klopfen Cat aus ihrem Selbstmitleid riss.

O Gott! Vielleicht war es Josh? Sie schob die Auflaufform so hektisch von ihren Oberschenkeln, dass sie umkippte. Zum Glück war nicht mehr viel drin gewesen ...

Wie schaute sie überhaupt aus? Hastig blickte sie an sich herunter. O je. Gar nicht gut. Das weiße T-Shirt war fleckig, die graue Jogginghose hatte ein fingernagelgroßes Loch am Knie. Wie ihr Gesicht aussah, mochte sie sich gar nicht erst vorstellen. Make-up hatte sie sich aufgrund ihrer Situation komplett gespart, und die blonden Haare standen wahrscheinlich von ihrem Kopf ab, als hätte sie in eine Steckdose gefasst.

»Cat, mach auf! Ich weiß, dass du da bist.«

Es war eine weibliche Stimme, die sie gut kannte. Einerseits war sie erleichtert, dass Liv vor ihrer Tür stand, andererseits ... Das bedeutete, dass Josh nicht gekommen war, um sie um Verzeihung zu bitten.

Sie schluckte, ehe sie antwortete. »Ich kann nicht.« Ihre Stimme klang nicht so fest, wie sie es sich wünschte.

»Wieso nicht? Hast du dich verletzt?«

»Mein Herz ist zerbrochen.« Sie schniefte.

»Bitte, Süße. Lass mich rein!«

Cat seufzte. »Na, gut.«

Kraftlos schleppte sie sich zur Tür und öffnete. Sie rechnete es Liv hoch an, dass sie ihren erbärmlichen Zustand weder kommentierte noch wortreich Mitleid bekundete. Stattdessen sagte Liv nur, nachdem sie die Tür hinter sich geschlossen hatte: »Ich weiß, es ist hart, verlassen zu werden, aber soll das noch wochenlang so weitergehen?«

Cat schüttete Liv ihr Herz aus – als ob sie das in den letzten vierzehn Tagen nicht häufig genug getan hätte. Diese machte ein neutrales Gesicht.

»Josh ist ein Arschloch«, kommentierte Liv sachlich.

Cat schnäuzte sich unterdessen lautstark in ein Taschentuch. »Aber ich liebe ihn doch!«

»Du musst dich entlieben, denn er liebt dich offenbar nicht. Du weißt schon, andere Mütter haben auch schöne Söhne und so weiter.« Liv machte eine wegwerfende Handbewegung.

Ach, wenn es doch nur so leicht wäre, ihn zu vergessen!

»Wir waren so glücklich miteinander. Ich weiß einfach nicht, was ich ohne ihn machen soll.«

»Meiner Meinung nach hat er dich – seit wir uns kennen – nie gut behandelt. Er hat dich nur ausgenutzt. Er wird längst eine andere haben, das ist dir doch klar, oder?«

Cat riss die Augen auf, ihr Magen verkrampfte sich. Kein gutes Gefühl mit der ganzen Lasagne im Bauch. »Was? Nein! Er hat gesagt, er will sich mit anderen treffen, nicht, dass er eine andere hat!«

Liv hob eine Braue. »Ich hasse es, dir diese Neuigkeiten überbringen zu müssen, aber: Er hat ganz sicher eine Neue. Männer wie er springen nun mal von einem Bett direkt ins nächste.«

»Das kann doch nicht sein.« Cat raufte sich die Haare. »Nein! Erzähl doch nicht so einen Mist.«

»Süße, glaub mir, das muss nicht das Ende sein.« Liv lächelte.

»Was dann?«, fragte Cat und kniff die Augen zusammen.

»Es könnte natürlich sein, dass Josh zurückkommt, wenn du einen neuen Partner hast, der ja nicht unbedingt wirklich dein neuer Partner sein müsste. Verstehst du? Eigentlich müsste ich dir davon abraten, aber wenn dein Herz so an ihm hängt? Manche Männer sind da irgendwie – seltsam, sobald Konkurrenz auftaucht, drehen sie durch. Gott sei Dank ist Nate nicht so.« Ein verträumter Ausdruck erschien auf ihren Zügen. »Wenn du Josh wirklich zurückwillst, mach ihn eifersüchtig, zeig ihm, dass du ihm keine Träne nachweinst. Dann könnte es sein, dass er ganz schnell wieder bei dir auf der Matte steht.«

Zum ersten Mal seit Ewigkeiten keimte so etwas wie Hoffnung in Cat auf. »Meinst du?«

»Klar. Ich fand ohnehin, dass du zu verfügbar für ihn warst. Du bist viel mehr als das Weibchen, das auf einen Typen wartet. Zeig ihm, wie du wirklich bist.«

Cat runzelte die Stirn. Sie hatte keine Ahnung, was Liv meinte. Ohne Josh war sie gar nichts, sie hatte sich verloren. »Wie bin ich denn?«

Liv lachte. »Sexy, klug und begehrenswert natürlich.«

»Hast du dich in letzter Zeit mal umgesehen? Hier steht gerade keine Schlange vor meiner Tür. Ich fühle mich unattraktiv und wie eine Versagerin.«

Liv tätschelte ihr Knie. »Das kriegen wir schon wieder hin! Und wir werden Josh wissen lassen, dass er schneller Schnee von gestern ist, als er seine Neue …«

»Stopp! Sag es nicht«, unterbrach sie Cat mit einer hektischen Handbewegung.

»Okay, gut. Aber dir ist klar, was ich meine?«

»Ich kann es mir bildlich vorstellen.« Sie rümpfte die Nase, ehe sich ihre Züge entspannten und sie sich ein wenig nach vorne beugte. »Und du meinst, das klappt?«

»Da kannst du Gift drauf nehmen.«

»Und wie willst du das anstellen?«

»Nicht ich – du. Aber das Wie, das lass mal meine Sorge sein! Ich habe da schon eine Idee.«

Cat war sich nicht so sicher, ob sie Liv die Initiative überlassen sollte. Sie wusste gar nichts mehr. Sie hockte wie ein Häuflein Unglück vor ihrer Freundin und warf Liv nur einen trüben Blick zu. Liebeskummer zu haben, fühlte sich scheußlich an.

»Gib mal dein Handy«, sagte Liv und riss sie aus ihrer Lethargie.

»Wofür brauchst du das denn jetzt? Du willst ihn doch nicht etwa anrufen?«

»Sicher nicht. Nun mach schon, gib es her.«

Cat tastete neben sich auf dem Sofa, dann reichte sie Liv ihr Smartphone. »Willst du mich vielleicht erst einmal aufklären, was du vorhast?«

Liv grinste breit. »Ich melde dich bei Tinder an, was denn sonst?«

»O nein«, stöhnte Cat. »Du willst mich nicht ernsthaft in diese grausame Dating-Welt schicken?«

»Ich kann und ich werde!«

Cat ließ sich mit geschlossenen Augen in die Polster zurücksinken. »Das überlebe ich nicht.«

Livs helles Lachen tönte durch Cats Wohnzimmer. »Doch, wirst du. Wir schauen uns ja auch erst mal ein wenig um. Du musst ja nicht sofort loslaufen und einen Kerl in natura treffen.«

»So kann ich eh nicht vor die Tür gehen. Ich müsste zumindest mal duschen.«

»Cat, meine Süße. Der Punkt ist doch der, du musst raus aus deiner Bude. So oder so.«

»Keine Kraft«, seufzte sie. »Ich schaffe es gerade mal zur Arbeit, zu mehr bin ich nicht fähig. Und heute ist Samstag. Da muss ich mich ausruhen und Energie für die nächste ermüdende Woche sammeln.«

»So kenne ich dich gar nicht. Du bist doch sonst so ein aktiver Mensch. Das muss aufhören, sonst gehst du hier ein wie eine Primel ohne Wasser.«

»Guter Punkt. Ich bin eine vertrocknete alte Pflanze, die keiner mehr will.«

»Sei nicht albern«, fuhr Liv sie scharf an. »Ich habe mir das jetzt eine Weile angesehen, dich um die Beziehung trauern lassen und so, aber jetzt ist Schluss damit. Hier, guck mal. Der sieht doch süß aus.« Liv hielt ihr das Telefon vor die Nase.

Cat schnitt eine Grimasse. »Nicht dein Ernst! Der ist hässlich.«

So ging es weiter. Liv zeigte Cat Profile von Tinder-Mitgliedern, Cat schüttelte immer nur den Kopf und fand bei jedem etwas, das sie störte. Irgendwann gab Liv es auf, legte das Handy weg und sprang auf die Beine. »Lass es erst mal sacken. Ich bin jetzt noch mit Nate verabredet.«

»Oh, was macht ihr Schönes?«

»Wir wollten ins Kino gehen. Möchtest du vielleicht mitkommen?«

»Bitte! Eher springe ich in den Charles River. Ich werde nicht als fünftes Rad am Wagen an euch kleben. Frischverliebte sind schlimmer als die Cholera.«

Liv kicherte und umarmte Cat. »Dann nimm ein Bad. Du müffelst.«

»Danke! Du ... Freundin.« Cat spürte, wie sich ihre Mundwinkel ein wenig nach oben bogen. Es fühlte sich seltsam an, nach so langer Zeit wieder ein Lächeln im Gesicht zu haben.

»Ich schau morgen wieder nach dir. Wenn du dann immer noch in dieser Jogginghose dasitzt ...«

Cat winkte ab. »Keine Sorge. Ich mache erst mal Selbstputz und dann Hausputz. Zufrieden?«

Liv nickte. »Mal sehen.«

Während Cat sich kurz darauf tatsächlich daranmachte, die Spuren der letzten zwei Wochen zu beseitigen, aufzuräumen, zu saugen, zu wischen und zu spülen, dachte sie über Livs Worte nach. Irgendwie hatte sie recht, sie musste endlich wieder vor die Tür.

Allerdings sah sie es ein bisschen anders als Liv, sie brauchte eine lange Auszeit von Männern. Ob Josh zurückkommen würde, würde sich dann zeigen. Ihre Chancen stiegen aber nicht, indem sie sich jeden Tag eine Familienportion Lasagne in den Rachen schob und sich gehen ließ. Andererseits war ihr nach dem Gespräch mit Liv noch etwas klar geworden. Sie hatte sich selbst belogen. Zu lange. Sie hatte insgeheim schon eine Weile geahnt, dass Josh nur aus Bequemlichkeit mit ihr zusammen war. Dass er in Wirklichkeit nie vorgehabt hatte, mit ihr alt zu werden. Immer wieder hatte er sie mit Ausreden abgespeist, Verabredungen abgesagt und von Anfang an war er ausgewichen, wenn sie auf das Thema Zusammenziehen gekommen war. Aber mit dem Leugnen war jetzt Schluss. Sie war fertig damit, die Weltmeisterin im Selbstbetrug zu sein. Sie würde nicht mehr so viel von ihrem Leben in einen Kerl investieren, der ihr nichts zurückgab. Sollte Josh doch bleiben, wo der Pfeffer wuchs!

Der Vorsatz, auch ohne Mann glücklich zu sein, hielt genau achtundvierzig Stunden. Als sie am Montag nach einem anstrengenden Bürotag aus der Agentur nach Hause kam, fühlte sie sich entkräftet und mutterseelenalleine. Sie schloss die Tür zu ihrer Wohnung mit einem Seufzen auf und blieb im Türrahmen stehen. Der vertraute Geruch ihrer vier Wände nahm ihr die Luft zum Atmen. Die Vorstellung, den ganzen Abend alleine auf dem Sofa zu verbringen, schnürte ihr die Kehle zu. Andererseits hatte sie nicht die Energie, ins Fitnessstudio zu gehen, oder noch schlimmer, in eine Bar, wo sie niemanden kannte. Liv hatte Nachtschicht, die hatte sie schon unterwegs angerufen. Mutlos trat sie über die Schwelle. Ein Vibrieren in ihrer Handtasche schreckte sie auf. Wie immer, wenn es klingelte, dachte sie zuerst an Josh.

Immer noch.

Verdammt.

Als sie auf dem Display Nate blinken sah, war sie einerseits enttäuscht, andererseits überrascht. Es war doch hoffentlich nichts passiert?

»Nate?«, meldete sie sich. »Ist alles in Ordnung?«

»Hi Cat, ja, es ist alles okay.«

Cat atmete erleichtert aus. »Das freut mich. Wie geht's dir?«

»Gut, vielen Dank. Und dir?«

Sie lachte künstlich. »Super, sitze gerade auf dem Sofa und schaue einen Film«, log sie.

»Oh, entschuldige, ich wollte dich nicht stören. Ich kann auch ein andermal ...«

»Nein«, unterbrach sie ihn hastig. »Schon okay, der war sowieso langweilig. Was gibt's?«

Sie hörte ein Räuspern. »Ja, äh, ich wollte dich fragen, ob du mir ein bisschen helfen kannst.«

»Klar, was liegt an?«

»Du weißt doch, dass Liv bald Geburtstag hat.«

»Ja?« Sie verstand noch immer nicht.

»Ich wollte sie mit einer Party überraschen. Sie meint, dass sie nicht feiern will, aber ich finde, sie ist zu bescheiden. Ich möchte gerne einen unvergesslichen Tag mit unseren Freunden organisieren.«

Cats Herz zog sich schmerzhaft zusammen. »Gott, wie süß von dir!« Josh hatte nie etwas so Romantisches für sie getan. »Natürlich helfe ich dir.«

»Danke, du bist ein Schatz!«

»Aber bist du nicht ein bisschen spät dran? Oder hast du schon Einladungen verschickt?«

»Ähm, ja. Darauf wollte ich gleich zu sprechen kommen. Ich habe ehrlich gesagt keine Ahnung, wie man so eine Überraschungsparty überhaupt plant ... und da dachte ich an dich, ich meine, du arbeitest doch in einer Eventagentur ...«

Sie spürte, wie ihre Mundwinkel sich nach oben bogen. »Verstehe. Aber sicher, kein Problem. Sollen wir uns irgendwo treffen, um zu besprechen, was du dir vorstellst?«

Sie hörte sein erleichtertes Aufatmen. »Das wäre wunderbar. Ich bin noch im Büro, würdest du vielleicht hierherkommen? Ich könnte dir einen Wagen schicken lassen.«

»Ach was, ich rufe mir schnell ein Uber, bin schon unterwegs. Bis gleich, Nate.«

»Vielen Dank«, hörte sie ihn noch antworten, dann legten sie auf.

Eine halbe Stunde später stand Cat vor dem Gebäude der WestMoore Holding und schaute in den roten Abendhimmel. Die Luft war kühl, es roch nach Herbst, jeden Tag wurde es nun ein wenig früher dunkel.

Cat meldete sich am Empfang und wurde nach oben begleitet, wo Nate sie schon in seinem Büro erwartete. Die beiden umarmten sich freundschaftlich.

»Danke, dass du so spontan herkommen konntest«, sagte er.

Nate trug ein weißes Oberhemd, dessen Ärmel bis zu den Ellenbogen hochgekrempelt waren. Darüber hatte er eine zur Anzughose passende Weste an, die seine schmalen Hüften betonte. Er war ein gut aussehender Mann, nicht nur das, er hatte für Liv seine Dämonen überwunden. Cat schätzte ihn sehr, er war ein guter Kerl, der in seinem Leben schon viel mitgemacht hatte. »Klar, das habe ich gerne getan«, erklärte sie. »Ich freue mich sehr, dass du überhaupt an mich gedacht hast.«

»Setz dich doch.« Er zeigte auf die lederne Sitzgruppe an der gegenüberliegenden Wand. »Möchtest du was trinken? Wasser hätte ich sogar da.«

»Das ist gut, vielen Dank.«

»Ich gehe aber auch gerne in die Küche und mache einen Kaffee für dich.«

»Sind deine fleißigen Bienchen schon ausgeflogen?«, scherzte Cat.

»Alle im Feierabend«, gab er grinsend zurück. »Du hast die Wahl.«

»Nein.« Sie musste lachen. »Wasser ist perfekt. Wenn ich jetzt noch Kaffee trinke, liege ich am Ende die halbe Nacht wach.« Sie setzte sich auf einen der dunklen Ledersessel und überschlug ihre Beine. In diesem Moment wurde ihr klar, dass sie immer noch ihr Kostüm und die High Heels trug. Nate konnte jetzt glauben, dass sie sich für das Treffen mit ihm aufgebrezelt hatte oder dass sie gar nicht auf dem Sofa gesessen hatte, um einen Film anzusehen. Es war ihr unangenehm, aber sie wusste auch nicht, wie sie aus der Nummer wieder herauskam. Sie wollte auf keinen Fall, dass er ahnte, wie einsam sie tatsächlich war. Sich bei ihrer Freundin Liv auszuheulen, war eine Sache, aber vor dem Freund der Freundin ... nein. Das war ihr wirklich peinlich. Andererseits, Liv hatte Nate bestimmt schon erzählt, dass sie ihren Kummer nicht in Alkohol, sondern in Lasagne ertränkte. Sie erinnerte sich kurz, dass es hier mal nicht um sie und ihr Elend ging, sondern um Liv. Sicher war es Nate total egal, was sie anhatte, und das war gut so.

Nate goss Wasser in zwei Gläser, dann setzte er sich ihr gegenüber. »Meinst du, Liv wird sich freuen?«

Es war süß, wie unsicher er war. Die Liebe strahlte aus seinen Augen. »Sie wird sich garantiert freuen«, versicherte sie ihm, obwohl sie anfangs vermutlich überrumpelt sein würde. Liv war so eine zurückhaltende, liebe Person, die immer zuerst an andere statt an sich selbst dachte. Genau deshalb war so eine Überraschungsparty genau das Richtige.

»Hoffentlich.«

»Hast du dir denn schon Gedanken gemacht?«, wollte sie wissen.

»Ja, also die Party soll natürlich direkt an ihrem Geburtstag stattfinden. Ich habe schon mit ihrer Chefin gesprochen, damit sie an dem Tag und dem Tag darauf frei hat. Das ist also schon mal organisiert.«

»Oh, das ist ja super. Wollte sie an ihrem Geburtstag etwa arbeiten?«

Nate seufzte. »Ja, sie sagt, es sei ein Tag wie jeder andere.«

»Das ist so typisch Liv.«

Sie lachten beide. »Also, ich dachte, wir feiern vielleicht einfach bei mir, natürlich habe ich sie überredet, sich den Tag freizunehmen.«

»Ja, gut.« Cat kratzte sich am Kopf und überlegte. »Könnte aber ein bisschen schwierig werden, das alles vor ihr zu verbergen. An wie viele Gäste hattest du denn gedacht?«

»Es dürften schon so an die zwanzig bis fünfundzwanzig werden.«

»Wow, das wird echt eine tolle Überraschung.«

»Wenn wir das jetzt alles noch hinbekommen?«

»Aber sicher.« Cat dachte ein wenig wehmütig daran, wie sehr sie sich gewünscht hatte, Josh hätte so etwas für sie organisiert. Sie liebte Überraschungen.

»Ist alles okay?«, fragte Nate sanft.

»Was? Ja, klar«, beeilte sie sich zu sagen und rang sich ein Lächeln ab. »Also, die Feier wird dann bei dir stattfinden.

Sehr gut. Am Abend, nehme ich an? Und alle sollen sich verstecken, und wenn Liv dann zur Tür reinkommt, sollen wir hinter dem Sofa hervorspringen?«

Nate nickte. »So ungefähr, ja.«

»Gut, dabei gibt es nur ein Problem.«

»Welches?«

»Du sagtest doch, dass Liv an ihrem Geburtstag frei hat.«

»Ja? Ich verstehe nicht ganz.«

»Ihr seid doch fast immer bei dir.«

Nate begriff endlich und schlug sich mit der flachen Hand an die Stirn. »So ein Mist. Daran habe ich gar nicht gedacht.«

»Essen und Getränke und das alles müssen ja auch noch gebracht werden, da würde sie schon misstrauisch werden, denke ich mal.«

»Wer wird misstrauisch?«, fragte eine dunkle Stimme vom anderen Ende des Büros.

Cat stockte der Atem, als sie einen schlanken, hochgewachsenen Mann im Türrahmen stehen sah. Er hatte sich mit der Schulter lässig dagegen gelehnt und die Arme vor der breiten Brust verschränkt. Er war attraktiv. Sehr attraktiv. Und er kam ihr irgendwie bekannt vor.

Sie begriff in der gleichen Sekunde, dass sie ihn schon mal gesehen hatte. Hitze schoss in ihre Wangen, während sie abwog, wie hoch die Chancen waren, dass er sie wiedererkannte. Ihr Zustand war erbärmlich gewesen, als sie mit ihm vor ein paar Tagen auf der Straße zusammengestoßen war. Sie hatte damals weder Make-up noch saubere Klamotten getragen.

»Elijah, komm doch rein. Darf ich dir Catherine Archer vorstellen? Cat ist Livs Freundin und hat sich netterweise bereit erklärt, mir mit Livs Party zu helfen.« Nate wandte ihr den Kopf zu. »Cat, das ist Elijah, ein Freund und Geschäftspartner.«

»Oh, hallo«, war alles, was sie hervorbrachte, während sie Gott anflehte, Elijah ein schlechtes Gesichtsgedächtnis geschenkt zu haben.

Er hatte kantige Wangen, die schon eine Weile keine Rasierklingen mehr zu spüren bekommen hatten. Seine dunkelblonden Haare waren einer Frisur seit einiger Zeit entwachsen, was ihn verwegen wirken ließ. Seltsamerweise stand ihm dieser unperfekte Look hervorragend. Er trug ein hellblaues Hemd zu einer dunklen Jeans mit braunen Schuhen. Seine blaugrauen Augen blickten amüsiert in ihre Richtung, ein spöttisches Grinsen umspielte seine Mundwinkel, während er auf sie zukam. Das war der Moment, in dem sie sich eingestehen musste, dass er sich leider an ihren Zusammenstoß erinnerte.

Sie wünschte sich an einen anderen Ort.

Cat erhob sich und strich ihren Rock glatt, während sie um Fassung rang. »Freut mich«, sagte sie und versuchte, einen freundlichen, neutralen Gesichtsausdruck aufzusetzen.

»Ganz meinerseits«, erwiderte er und streckte ihr seine Hand entgegen.

Sie zögerte eine Sekunde, was Elijah bedauerlicherweise ebenfalls registrierte. Er grinste arrogant, was sie maßlos ärgerte.

Okay, er hatte sie also erkannt. Na schön. Konnte ihr doch egal sein, was er von ihr dachte. Cat griff beherzt zu. Sein Händedruck war kräftig, aber nicht unangenehm. Seine Haut fühlte sich warm und überraschend zart an. Warum konnte er keinen wabbeligen, feuchten Händedruck haben?

Sie hatte noch lebhaft in Erinnerung, auf welch unverblümte Art er sie angemacht hatte. Und das auch noch in einer Situation, in der sie alle Männer des Universums wirklich am liebsten auf den Mond schießen wollte. Daran hatte sich bis heute nichts geändert. Nur Nate durfte bleiben, der war nett, und er gehörte zu Liv.

Als sie begriff, dass sich ein wohliges Kribbeln in ihr breitmachte, ließ sie Elijahs Hand abrupt los und legte die Handflächen zurück auf den kühlen Stoff ihres Rocks.

»Steht nicht rum wie angewachsen«, hörte sie Nate sagen. »Setzt euch doch, oder hast du es eilig, Elijah?«

Der zuckte nur die Schultern, aber rührte sich nicht. Die Luft zwischen ihnen knisterte voller unausgesprochener Worte. Cat hoffte, dass er nicht auf ihr erstes Zusammentreffen zu sprechen kam, es war ihr peinlich, dass Nates Geschäftspartner sie so gesehen hatte – auch, wenn er ein Arsch war.

»Oh, Moment mal«, rief Nate aus. »Kennt ihr euch etwa?« Er stöhnte gequält, als sagte das alles. »Ihr kennt euch.«

Diese Feststellung klang wenig begeistert, eher resigniert. Vermutlich wusste Nate, was für ein Draufgänger sein Kumpel war, einer, der jede Frau anmachte, die nicht bei drei auf dem Baum war. Der Gedanke nahm ihr ein wenig von der inneren Anspannung, und sie lächelte leise.

Elijahs Laune war um etwa dreihundert Prozent gestiegen, seit er in Nates Büro aufgetaucht war und dessen Besucherin entdeckt hatte. »Flüchtig«, gab er zurück und genoss es, Cat ihre Reaktion anzusehen. *Nein*, sagte Catherines Gesichtsausdruck. Sie sah aus, als wollte sie widersprechen, doch dann lächelte sie nur kühl.

Aha, sie erinnerte sich also auch. Das war gut. Alles andere hätte ihn maßlos enttäuscht, aber es hätte ihn auch gewundert, wenn er keinen bleibenden Eindruck hinterlassen hätte. Sie sah umwerfend aus, der Business-Look hatte definitiv was, auch wenn er sie sogar im Schlabberlook schon sexy gefunden hatte. Sie war eine glatte Zehn.

Elijah bemerkte, dass Nate ihn argwöhnisch musterte. Da es rein gar nichts dazu zu sagen gab, ließ er sich auf einen Stuhl neben seinem Kumpel nieder. »Also, wo drückt der Schuh?«, wandte er sich schließlich an ihn, um das entstandene Schweigen zu unterbrechen.

»Wir planen die Party für Liv, aber es dürfte schwierig werden, das alles geheim zu halten und zu organisieren, wenn wir in meinem Haus sind. Sie ist ja nicht blind.«

»Hm«, machte Elijah und ließ seinen Blick noch einmal über Catherine gleiten. Sie sah heute so anders aus, und er fragte sich, welche Cat die echte war. Ihre Haare hatte sie zu einer ordentlichen Frisur aufgesteckt, zwei Strähnen umrahmten ihr herzförmiges Gesicht. Die Wangen leuchteten in einem zarten Rosaton – der konnte entweder von Rouge oder von ihrem Unbehagen ihm gegenüber herrühren. Der Gedanke ließ ihn schmunzeln. Ihr schlanker Körper steckte in einem eng anliegenden Kostüm, das ihre Kurven auf äußerst vorteilhafte Weise betonte. Das Outfit stand ihr viel besser als diese ausgebeulte Jogginghose. »Warum macht ihr die Feier nicht einfach in meiner Bude«, schlug er vor.

Catherines Reaktion – sie schnappte schockiert nach Luft – amüsierte ihn.

»Das wäre klasse, Mann. Danke!«, sagte Nate und klopfte ihm auf die Schulter. »Super, Cat. Dann hätten wir das Problem schon gelöst. Bei Elijah ist ausreichend Platz, er hat sogar eine coole Dachterrasse, na ja, dafür ist es vielleicht die falsche Jahreszeit. Oder hast du eine andere Idee?«

»Cat, wie Kätzchen?«, sagte Elijah und fing sich dafür einen Blick von ihr ein, der ihm klarmachte, dass sie das gar nicht lustig fand.

»Meine Freunde sagen Cat zu mir«, kommentierte sie und der Unterton ließ anklingen, dass sie ihn nicht als Freund betrachtete. Dann lächelte sie süßlich, als sie in Nates Richtung schaute. Es war klar, dass sie seinen Kumpel mochte, ohne tieferes Interesse an ihm zu haben. Das war also Livs Freundin. Er hatte schon von ihr gehört, soweit er wusste, arbeitete sie in einer Eventagentur, da lag es natürlich nahe, dass Nate sich von ihr helfen ließ. Er hatte nur aus einem Grund sein Penthouse als Partyort angeboten – auf diese Weise konnte er ein bisschen Zeit mit Cat verbringen, man konnte sich näherkommen ... Er war auch nur ein Mann, und er stand nun mal auf Blondinen mit echten Kurven.

»Elijah?«, hörte er Nates Stimme. Er war wohl einen Moment abgelenkt gewesen.

»Was?«

»Also ist das okay für dich?«, fragte Nate.

Er zuckte mit den Schultern. »Ja, klar. Habe ich doch schon gesagt.«

An Cats Reaktion sah er, dass ihm etwas entgangen war. Ihre Augen waren auf ihn gerichtet und vor Schreck geweitet. Ihm blieb keine Zeit, sich zu fragen, wozu er gerade noch zugestimmt hatte, als Nate ihm erneut auf die Schulter klopfte. »Echt klasse, Mann. Eigentlich habe ich ja gedacht, du würdest dich nie und nimmer darauf einlassen, mit in die Partyplanung einzusteigen. Echt toll von dir, danke! Liv würde Lunte riechen, wenn ich auf einmal ständig mit Cat telefonieren würde. Es ist viel besser, dass ihr beiden kommuniziert, wo die Feier doch ohnehin bei dir stattfindet. Ich komme natürlich für die Kosten auf.«

Ach du Schande. Auf einmal war er mit im Party-Komitee? Verdammt, darauf hatte er überhaupt keine Lust. Liv war eine Frau, die auf Cupcakes mit rosa Topping stand. Er hatte überhaupt keine Ahnung, wie man »anständig« feierte, und darum ging es hier doch. Die Partys, die er besuchte, verliefen meist ein bisschen anders. Obwohl er selbst keinen Alkohol trank, störte es ihn nicht, wenn andere dies taten. Er hatte seine Gründe, warum er lieber verzichtete. Es gab zu viele Beispiele in seiner Familie, die deutlich machten, dass sie nicht mit gemäßigtem Konsum von Rauschmitteln umgehen konnten. Er brauchte keinen Alkohol oder Drogen, um sich gut zu fühlen. Er bevorzugte unverbindlichen Sex, davon bekam man auch keine Kopfschmerzen. Dennoch ahnte er, dass es vermutlich nicht so einfach werden würde, Cat in sein Bett zu bekommen. Sie saß mit zusammengekniffenen Beinen auf dem Stuhl und machte sich Notizen in ein schwarzes Büchlein. O Gott, sie war schon mittendrin in der Planung.

»Mach dir mal um die Kosten keine Sorgen«, war das Einzige, was Elijah als Antwort einfiel. »Cat und ich erledigen das schon.«

Sie hob ihren Kopf, als sie ihren Namen hörte, und ihre Blicke trafen sich. Ihre hübschen grünen Augen schauten ihn zweifelnd an, als ob sie sich fragte, was er wohl gerade im Schilde führte.

Das konnte er ihr nicht mal verübeln, immerhin hatte er bei ihrem kleinen Zusammenstoß vor ein paar Tagen keinen Hehl daraus gemacht, dass er kein Kostverächter war. Es würde schwierig werden, sie jetzt vom Gegenteil zu überzeugen, deswegen versuchte er es gar nicht. Er spielte grundsätzlich mit offenen Karten, er hatte keine Lust auf Stress.

»Ich bin euch echt dankbar, ich war einfach total überfordert.«

Cat bedachte Nate mit einem strahlenden Lächeln. »Mach dir keine Sorgen. Ich würde vorschlagen, dass wir zunächst mal eine Gästeliste zusammenstellen, oder hast du das schon erledigt?«

»Tatsächlich habe ich schon mal angefangen. Moment.« Er stand auf, holte ein Blatt von seinem Schreibtisch und reichte es Cat. »Bitte, Telefonnummern stehen mit drauf.«

»Sehr vorbildlich«, lobte sie Nate, als ob er ein Schuljunge wäre, der gerade ein Gedicht fehlerfrei aufgesagt hatte.

Elijah hob eine Augenbraue und genoss es, sie zu beobachten. Es hätte ihn schlechter treffen können. Wenn Livs Freundin eine hässliche Frauenrechtlerin mit Warze auf der Nase gewesen wäre, zum Beispiel. War sie zum Glück nicht, sonst würden ihre hübschen Beine nicht in High Heels und eng anliegendem Rock stecken, der ihre Vorzüge so herrlich betonte.

»Sehr gut, da telefoniere ich die Tage dann noch mal nach, wer wirklich kommt. Was hattest du dir für die Verpflegung vorgestellt?«, erkundigte sie sich.

»Ich könnte Spareribs grillen, ist meine Spezialität«, schlug Elijah vor.

»Huh, Schweinefleisch«, sie wedelte mit der Hand und schaute zweifelnd. »Ich weiß nicht, das isst ja nicht jeder. Damit würden wir schon alleine einige ausgrenzen, die wegen ihres Glaubens darauf verzichten.«

Elijah atmete tief ein. »Nate, was sagst du? Magst du Rippchen?«

Nate schaute unsicher zwischen den beiden hin und her. »Eigentlich schon. Cat, Elijahs Spareribs sind legendär. Wirklich.«

Sie verzog ihren Mund. »Ja, gut, ich wollte nur darauf hinweisen. Vielleicht könnte man auch etwas Fisch anbieten, als Alternative? Oder was Veganes oder Vegetarisches?«

Nate zuckte die Schultern. »Klar, gerne. Ich lasse euch da freie Hand. Wichtig wäre mir nur die Torte für Liv. Wunderkerzen und das volle Programm wären großartig.«

»Mehrstöckig also?«, fragte Cat nach. »Das wird nicht einfach, so kurzfristig noch einen Konditor zu finden, der das machen kann. Aber zum Glück ist gerade keine Hochzeitssaison, das kriege ich hoffentlich hin.« Sie kritzelte etwas in ihr Notizbuch, dann schnellte ihr Kopf hoch. »Nate, willst du Liv etwa einen Antrag machen?«

Elijah machte große Augen und starrte seinen Kumpel an. Er hatte sich langsam damit abgefunden, dass sie, seit sein bester Freund vergeben war, nicht mehr so viel Zeit miteinander verbrachten. Und auch wenn er selbst nicht an das Konstrukt der langfristigen Mann-Frau-Beziehung glaubte, so hatte er aufgehört, Nate davon abzuraten. Liv war wirklich eine gute Seele, und sie liebte Nate aufrichtig. Aber gleich heiraten? Sie waren noch nicht lange zusammen.

»Ich, äh, ja, also …«, stammelte Nate und wurde rot.

Elijahs Mund klappte auf. So verlegen hatte er ihn noch nie gesehen. Es war verrückt. Absurd irgendwie. Die beiden Männer waren es gewohnt, Millionendeals abzuschließen, ohne mit der Wimper zu zucken, aber so eine einfache Frage brachte ihn völlig aus dem Konzept.

Cat sprang auf und fiel Nate um den Hals. »Ach, das ist ja so romantisch. Ich werde mir jetzt noch mehr Mühe geben, alles perfekt zu gestalten.«

Nate tätschelte ihr unbeholfen den Rücken. »Noch nicht, Cat. Noch nicht. Du kannst dich wieder beruhigen.«

»Kriegt euch mal wieder ein«, meinte Elijah und unterdrückte ein Stöhnen.

Cat löste sich von Nate und warf ihm einen vernichtenden Blick zu, ehe sie sich wieder setzte. »Na schön. Also, dann eben noch keinen Antrag. Für das Essen lasse ich mir was einfallen. Selbstgemacht ist ja doch netter. Ich könnte auch Lasagne vorbereiten«, schlug sie vor. »Vegetarisch«, dabei bedachte sie Elijah mit einem falschen Lächeln. »Und noch eine mit Rinderhack.«

»Super«, sagte Nate und trank einen Schluck Wasser.

»Und die Torte lasse ich in Herzform arrangieren, ist das gut so?«

»Wunderbar«, stimmte Nate zu.

»Aufgrund des Anlasses wären ein paar Flaschen Champagner angebracht, hast du eine bestimmte Vorliebe?«

Nate schüttelte den Kopf. »Such du gerne eine Marke nach deinem Geschmack aus.«

»Weißwein, Rotwein ist sowieso klar, Bier sollten wir auch haben und natürlich eine alkoholfreie Alternative für die Fahrer oder … Schwangere.« Sie grinste Nate an. »Ist Liv etwa schwanger? O mein Gott. Ich erfahre so was wieder mal als Letzte. Aber kein Wunder«, plapperte sie drauflos. »Ich habe mich ja nur um mich gekümmert. Hilfe, ich bin so eine schlechte Freundin. Ich freu mich so für euch.« Sie warf die Hände in die Luft.

Nate winkte ab und schmunzelte. »Nein, Cat. Liv ist auch nicht schwanger. Sie hat nur Geburtstag.«

Sie hielt mitten in der Bewegung inne. »Nicht?«

Nate lachte und schüttelte den Kopf. »Nein. So eilig haben wir es damit auch nicht.«

Elijah kam sich vor wie bei einem Tennismatch, dieses Hin und Her erschöpfte ihn.

»Cat, gib mir doch mal deine Telefonnummer«, wandte er sich nun an sie. »Wir werden nun ja ein bisschen enger zusammenarbeiten«, das Wort enger betonte er und grinste breit. »Da wäre es nur sinnvoll, dass wir einander erreichen können. Wie wäre es, wenn ich dir mein Penthouse gleich zeige?«

»Wie? Jetzt?« Ihre Stimme klang auf einmal unnatürlich hoch.

»Hast du noch was vor?« Er genoss es, sie zu ärgern.

»Heute passt es mir leider gar nicht«, gab sie zurück. »Wie sieht es denn morgen bei dir aus? Ich habe gegen sechs Feierabend, dann könnte ich …«

»Jepp, ist super«, fiel er ihr ins Wort. »Brauche nur noch deine Nummer, falls mir doch was dazwischenkommt.«

»Ja, ist klar«, meinte sie wenig begeistert.

Elijah spürte Nates forschenden Blick auf sich, er musste sich ein bisschen zurückhalten. Zu seiner Überraschung kritzelte sie etwas auf eine neue Seite in ihrem Notizbuch, riss diese dann aus und reichte sie Elijah. »Hier, bitte. Ich stelle es meist auf lautlos, wenn was wäre, rufe ich zurück.«

Deutlicher hätte sie nicht ausdrücken können, dass sie kein Interesse an einem Anruf hatte, aber das war okay. Was noch nicht war, konnte ja noch werden.

»Passt.« Elijah faltete das Papier und ließ es in der Gesäßtasche seiner Jeans verschwinden. »Ja, ich lass euch mal weitermachen. Wir sehen uns dann morgen, meine Adresse schreibe ich dir, oder soll ich dich vielleicht von der Arbeit abholen?«

»Das wäre zu viel von dir verlangt, aber vielen Dank.« Ihre Stimme klang überaus freundlich, doch er glaubte ihr kein Wort. Sie zwang die Mundwinkel ihres hübschen Mundes nach oben, doch auch das Lächeln nahm er ihr nicht ab. Vielleicht weil es nicht ganz bei ihren grünen Augen ankam.

Herrlich. Die Planung dürfte amüsant werden. Lustvoll hoffentlich.

Oder anstrengend, meldete sich ein Stimmchen in seinem Kopf.

Er hoffte das Beste, während er sich erhob und auf Cat zuging. Ihre Augen wurden tellergroß, er beugte sich zu ihr und gab ihr ein Küsschen auf die Wange. »Bye, Kätzchen. Bis morgen.«

Sie atmete scharf ein, aber sagte nichts. Elijah nahm einen Hauch von Jasmin und Rosen an ihr wahr, der perfekt zu ihrer Weiblichkeit passte. Sie duftete einfach himmlisch.

Er räusperte sich, dann wandte er sich an Nate. »Bis dann, ihr beiden macht das schon.«

Mit schweren Schritten verließ er das Büro, auf seinem Gesicht lag ein zufriedenes Grinsen. Er hatte schon nicht mehr damit gerechnet, dass sich der beschissene Tag noch zu etwas Gutem entwickeln würde, nachdem am Morgen jemand die Reifen seines Wagens aufgeschlitzt hatte. Er hatte eine Vermutung, aus welcher Richtung diese kleine Unannehmlichkeit gekommen war. Unerfreulich ja, aber er hatte nicht vor, sich davon beeindrucken zu lassen.

Kapitel 2

Der Arbeitstag zog sich wie Kaugummi. Cat saß an einer ihrer meistgehassten Aufgaben – sie musste das Reporting nach einem Großevent erstellen. Was hatte es gebracht, wie zufrieden waren die Gäste, wie hoch war die Beteiligung an den angebotenen Aktivitäten gewesen und so weiter. Normalerweise liebte sie ihren Job, das Kreative, das oftmals Unvorhergesehene, aber an Tagen wie diesen wünschte sie sich, dass die Zeit schneller verging. Eine persönliche Assistentin würde ihr Leben erleichtern, aber von einem solchen Luxus war sie ungefähr so weit weg wie von einem Ausflug zum Mars.

Zwischendurch machte sie eine Pause und schenkte sich Kaffee nach. Als sie endlich mit dem Bericht durch war, fühlte sie sich erleichtert. Zufrieden lehnte sie sich auf ihrem Stuhl zurück und seufzte.

»Na, was guckst du so verträumt?« Natalies Gesicht tauchte vor ihrem Schreibtisch auf. Das war das Problem mit Großraumbüros, man konnte keine Tür schließen. »Habt ihr euch etwa wieder versöhnt, du und Josh?«

Gott, diese Schlange! Nach solchen Kommentaren fragte sich Cat, ob Natalie die Vorlage für die böse Königin aus Schneewittchen gewesen war. Ihr fehlten nur die langen Krallen an den Händen, ihre Kollegin trug die Nägel immer kurz und selten lackiert. Ansonsten war wenig echt an ihr, am wenigsten die Freundlichkeit.

»Nicht direkt«, sagte Cat deswegen nur.

»Ach, dann kommst du alleine zum Firmenfest?«

Cats Magen zog sich krampfartig zusammen. Verflixt. Diese blöde Feier hatte sie über ihren Liebeskummer komplett vergessen. Sie überlegte fieberhaft, was sie erwidern konnte. Als ihr Handy brummte und ein Match bei der Dating-App anzeigte, hatte sie eine spontane Eingebung. »Nein, natürlich komme ich in Begleitung.« Sie würde über Tinder schon irgendwen auftreiben.

Natalies dunkle Augen wurden groß. »Sag bloß. Wer ist denn der Glückliche?«

Sie spürte, wie sich Schweiß unter ihren Achseln sammelte, während sie das Display des Telefons nach unten drehte. Gott sei Dank trug sie ein dunkles Kleid mit Erdbeermuster darauf, da würde es wenigstens keine auffälligen Flecken geben. »Ist doch viel schöner, wenn es spannend bleibt, nicht?« Cat setzte ein falsches Lächeln auf und tat gelassen.

»Du hast ja nicht lange getrauert.« Natalie hob eine perfekt gezupfte Augenbraue.

Cat biss die Zähne aufeinander und fragte sich, warum ihre Kollegin sie nicht leiden konnte. Sie arbeiteten nun schon einige Jahre in der gleichen Agentur, aber es war Abneigung auf den ersten Blick gewesen. Natalie war sachlich, wo Cat emotional war. Cat war die Kreative, Natalie die Macherin. Vielleicht konnten sie deshalb trotz ihrer persönlichen Differenzen ganz gut im Team zusammenarbeiten, jede von ihnen hatte andere Stärken. Trotzdem kapierte Cat nicht, warum Natalie keine Gelegenheit ausließ, sie zu piesacken.

»Weißt du, Reisende soll man nicht aufhalten, habe ich mal irgendwo gehört«, presste sie hervor. »Josh weiß gar nicht, was er verloren hat. Und ich werde nicht auf ihn warten.«

Okay, das war gelogen, hoffentlich merkte ihre Kollegin das nicht. Natürlich würde sie darauf warten, dass Josh zur Vernunft kam.

Natalie lächelte kühl. »Klar. Ich mach mal weiter.« Sie stöckelte auf ihren Sieben-Zentimeter-Absätzen davon. Ihre androgyne Figur steckte in einem dunklen Hosenanzug, der ihr hervorragend stand. Soweit Cat wusste, war Natalie in einer On-Off-Beziehung mit einem verheirateten Promi, der es mit der Treue nicht allzu genau nahm. Blieb abzuwarten, ob sie den dazu überreden konnte, mit zur Feier zu kommen. Hatte sie etwa deswegen gefragt, damit sie sie übertrumpfen konnte?

Dumm, das hätte sie ihr mal an den Kopf werfen sollen. *Aber nein*, dachte Cat. *So bin ich nicht.* Sie weidete sich nicht am Unbehagen anderer. Gleichzeitig hatte sich gerade eine neue Sorge zu ihren bestehenden gesellt. Wie, verdammt, sollte sie in der Kürze der Zeit einen vernünftigen Mann auftreiben? Sie fischte nach ihrem Handy und sah, dass sie neben dem Hinweis der Tinder-App noch eine Nachricht von ihrer Mom bekommen hatte. Die konnte sie später beantworten, ihre Mutter wollte nur wissen, wie es ihr ging. Seit der Trennung von Josh hatten sie öfter telefoniert. Ihre Eltern lebten in einer Kleinstadt in Texas, da fuhr man mal nicht eben auf eine Tasse Kaffee hin, egal wie sehr man eine Umarmung von Mami brauchte. Aber Cat war über das Gröbste hinweg, und jetzt hatte sie die Aufgabe, sich eine Begleitung für diese schreckliche Firmenfeier zu beschaffen. Eigentlich mochte sie Veranstaltungen dieser Art, aber ohne Josh an ihrer Seite würden Natalies stechende Blicke einem Spießrutenlauf gleichen, den sie in ihrer derzeit emotional instabilen Lage nicht überstehen würde. Unschlüssig starrte sie auf die Tinder-App. Sollte sie wirklich? Unbehagen krabbelte an ihrem Nacken nach oben und ließ ihre Kopfhaut prickeln.

Na gut, verlieren konnte sie nichts, wenn sie nur mal reinschaute. Unverbindlich, aber mit dem Ziel, eine Begleitung für den besagten Abend zu finden.

Sie tippte mit ihrem Zeigefinger so vorsichtig auf das Icon, als fürchtete sie, damit eine Bombe zu zünden. In gewisser Weise war es vielleicht auch so.

Mit Beziehungen hatte sie in ihrem bisherigen Leben kein glückliches Händchen gehabt. Sie war von einem Idioten zum nächsten getaumelt, mit Josh hatte sie geglaubt, endlich den Mann fürs Leben gefunden zu haben. Tja, momentan sah es nicht danach aus. Sie seufzte und wischte ein paar Profile weg, um die angezeigten Kerle loszuwerden. Keiner von denen gefiel ihr. Nach gefühlten hundert Versuchen entdeckte sie ein ansprechendes Foto. Der dunkelhaarige Mann saß auf einer Bank am See und las ein Buch. Er hatte eine schlanke Statur, ohne dabei mager zu wirken. Das war gut, er mochte Bücher und war kein aufgeblasener Bodybuilder. Sie tippte auf das Herzchen. Jetzt wurde es spannend. Ob es zu einem Chat kommen würde? Nur, wenn der andere auch ihr ein Like gab, wäre das möglich.

Sie musste aufhören, an sich zu zweifeln. Nur, weil sie bisher Unglück in der Liebe gehabt hatte, hieß das noch lange nicht, dass das immer so sein musste. Und wenn dieser Buch-Typ sie nicht wollte, gab es noch zig andere ...

Ihr Handy gab ein *Pling* von sich.

Huch!

Ein Match!

Cats Herz schlug schneller, ihre Hände wurden feucht. O Gott. Was sollte sie nur tun? Jetzt war es ihnen möglich zu chatten, aber sie hatte keine Idee, was sie schreiben sollte. Sie hatte noch nie jemanden online gedatet, bisher hatte sie die Bekanntschaften immer im echten Leben geschlossen. Zeit, neue Wege zu gehen, beschloss sie. Er wohnte wie sie in Boston, das war das Gute an Tinder, es wurde gleich nach dem richtigen Aufenthaltsort »sortiert«, ehe man überhaupt ein Match angezeigt bekam. Das machte das Ganze aber auch auf absurde Weise real. Sie könnte sich theoretisch gleich heute mit einem möglichen Kandidaten verabreden. Ihr wurde ein bisschen schlecht, sie hatte keine Ahnung, wie man sich bei einem Blind Date verhielt. Brachte man da wirklich ein Erkennungszeichen mit? Oder war das nur ein Klischee?

Und dann fiel ihr ein, dass sie heute gar keine Zeit hatte. Sie war bereits verplant. Sie würde sich mit Elijah treffen, um seine Wohnung anzusehen und einige Details mit ihm persönlich zu klären, was die Überraschungsparty für Liv anging. Sie hatte es bis eben erfolgreich verdrängt, denn die Aussicht, sich den Abend mit diesem Macho um die Ohren zu schlagen, war nicht gerade beflügelnd. Andererseits, alleine zu Hause zu sitzen, war auch blöd, und vielleicht hatte ihr Tinder-Mann ja auch gar keine Zeit. Wollte sie überhaupt jemanden aus dem Internet treffen?

Aber die Feier war schon am Wochenende, wenn sie sich nicht beeilte, stand sie definitiv ohne Begleitung da. Sie konnte schon Natalies hämisches Grinsen vor ihrem inneren Auge sehen. Nein, das würde sie nicht auch noch aushalten. Außerdem – Liv hatte gesagt, sie solle Josh eifersüchtig machen, wenn sie ihn zurückwolle. Auf Facebook waren sie noch verbunden, zwar hatten sie ihren Status von »in einer Beziehung« auf »befreundet« geändert, aber … immerhin. Ja, also gut. Sie fasste sich ein Herz und schrieb dem Tinder-Mann, dass sie ihn gern kennenlernen würde. Als Treffpunkt schlug sie ein belebtes Café in der Innenstadt vor – nur für den Fall, dass es sich bei ihm um einen Serienkiller handelte, der nach neuen Opfern suchte.

Cat verdrehte die Augen und lachte über sich selbst. Sie sollte nicht so denken. Natürlich war der Typ kein Verbrecher. Er war bestimmt super nett und würde sie liebend gerne begleiten.

Puh. Sie atmete tief ein und aus, dann schickte sie die Nachricht ab, packte zusammen und machte sich auf den Weg zu Elijah. Er hatte ihr seine Adresse kurz und knapp getextet, kein blöder Anmachspruch – was sie erleichtert registriert hatte –, aber auch kein »Ich freue mich auf dich« oder andere Höflichkeitsfloskeln, die man eben so austauschte, wenn man nett sein wollte.

Ach ja, vielleicht lag da der Hase im Pfeffer. Elijah Moore wollte nicht nett sein, er war nicht nett. Er war attraktiv, ja – gleichzeitig aber auch unmöglich. Der Typ sollte mal lieber an seinen Manieren als an seinen Bauchmuskeln arbeiten.

Die Dämmerung hatte eingesetzt, die Sonne färbte den Abendhimmel und die Wolken rosa. Es sah beinahe schon kitschig aus, aber auch irgendwie schön. Als Cat aus dem Uber ausstieg und an dem riesigen, verspiegelten Gebäude nach oben sah, wurde ihr flau im Magen. *Ach du grüne Neune*, dachte sie. *Er wohnt in diesem Glaskasten?* Cat hatte gar nicht weiter darüber nachgedacht, wo sein Zuhause genau lag. Sie war, weil sie wusste, dass Nate in einem schönen Altbau im Stadtteil Beacon Hill lebte, irgendwie davon ausgegangen, dass es sich mit Elijah ähnlich verhalten würde. Immerhin waren die beiden Geschäftspartner und Freunde und hatten vermutlich die gleichen Interessen.

Oder auch nicht, wie sie jetzt feststellen musste. Schon von außen war deutlich zu sehen, dass man in Elijahs Heim keine Antiquitäten oder Stuckdecken finden würde. Andererseits, wo sie jetzt hier stand, ergab es auch mehr Sinn. Er war definitiv ein sehr moderner, unkonventioneller Typ – milde ausgedrückt.

»Willst du hier noch lange rumstehen? Oder traust du dich nicht rein?«, sagte jemand mit tiefem Timbre hinter ihr. Sie kannte diese Stimme. Wie konnte eine so wunderbare Stimme Worte zu nervtötenden Sätzen aneinanderreihen?

»Hallo Kätzchen.« Elijah war ihr so nah, dass sie seinen heißen Atem in ihrem Nacken spürte. Leider, das musste sich Cat eingestehen, reagierte sie mit einem primitiven Lustgefühl auf ihn, auch wenn ihr Verstand andere Impulse – Wut – verarbeitete. Was bildete der Typ sich eigentlich ein?

Sie wirbelte herum. »Sag mal, stehst du immer vor deiner Bude und lauerst deinen Besuchern auf?«

Elijah stand mit einem leisen Lächeln vor ihr. In der zunehmenden Dämmerung konnte sie gerade noch die feinen Lachfältchen erkennen, die seine Augenwinkel zerknitterten. So ein Idiot!

»Ich würde eher sagen, es war ein glücklicher Zufall, ich komme gerade aus dem Büro.«

Cat sah ein, dass sie vielleicht ein wenig überreagiert hatte, was ganz sicher an ihren strapazierten Nerven lag. »Na schön«, gab sie daher zurück und straffte sich. »Und du, angenehmen Tag gehabt?«

Ein Schatten huschte über sein Gesicht, im nächsten Moment war er verschwunden, sodass sie glaubte, sich getäuscht zu haben.

»Ich würde sagen, dass wir jetzt zum angenehmen Teil des Tages kommen. Bitte«, er legte eine Hand auf ihren unteren Rücken und schob sie sanft in Richtung Eingang. »Lass uns nach oben gehen.«

Ob sie es wollte oder nicht, seine Finger auf ihrem Rücken zu spüren, löste ein angenehmes Kribbeln in ihr aus, das sie bis tief in ihren Unterleib spürte. O Gott, was war nur mit ihr los? Sie konnte sich ihre seltsame Überreaktion, sobald sie auf diesen ungehobelten Klotz traf, in keiner Weise erklären, daher nahm sie sich vor, es einfach zu ignorieren.

»In welchem Stockwerk wohnst du?«, fragte sie möglichst unverbindlich.

»Im vierundfünfzigsten.«

»Oh«, machte sie.

»Wieso? Hast du Höhenangst?«

Cat lachte. »Nein, ich dachte nur ...«, sie zögerte, dann schüttelte sie kaum merklich den Kopf. »Ach, ich habe gar nichts gedacht.«

Elijah bedachte sie mit einem amüsierten Seitenblick, sagte aber nichts. Er grüßte den Concierge mit seinem Vornamen, fragte kurz, was sein Sohn für eine Zensur in der letzten Mathearbeit bekommen hatte, und tätschelte ihm die Schulter. Cat war überrascht, sie hätte gedacht, dass Elijah alle Menschen so selbstherrlich und von oben herab behandeln würde wie sie. Vielleicht tat er das auch nur bei Frauen im gebärfähigen Alter – was logisch wäre, denn die brauchte er nicht zum Reden, sondern um sie flachzulegen. Ja, das war es wohl. Gut, dass sie daran gedacht hatte, ansonsten wäre sie Gefahr gelaufen, Elijah vielleicht doch für umgänglich zu halten.

Das Schweigen im Aufzug war unangenehm, für sie jedenfalls. Er hingegen stand gelassen neben ihr, hatte seine Hände in den Hosentaschen vergraben und verfolgte auf der Anzeige, dass sie sich in rasender Geschwindigkeit dem vierundfünfzigsten Stock näherten. Es war nicht das erste Mal, dass Cat in so einem Wolkenkratzer war, aber heute fühlte es sich irgendwie seltsam an. Anders. Sie war nervös, weil sie keine Ahnung hatte, was auf sie zukam. Im nächsten Augenblick schoss ein Gedanke durch ihre Hirnwindungen, der ihr Herz schneller klopfen ließ. Hoffentlich glaubte Elijah nicht, dass sie gekommen war, damit er sie weiter anbaggern konnte. Ihr ging es nur um Livs Party.

Hätte sie das noch einmal betonen sollen? Hm. Sie war sich unschlüssig, andererseits wollte sie auch nicht wie eine spießige Zicke wirken – vermutlich hatte er sich ohnehin längst anderweitige Vergnügung beschafft. Ein Mann wie er ließ, wie sie aus eigener Erfahrung wusste, keine Gelegenheit ungenutzt verstreichen. Schon wieder ärgerte sie sich über sich selbst, es konnte ihr doch wurst sein, was er dachte. Sie war wegen Liv hier, das war's. Das musste nicht extra noch einmal erwähnt werden. Basta.

Cat stieß einen erleichterten Atemzug aus, als sich die Türen des Lifts öffneten und er ihr gentlemanlike den Vortritt ließ. »Nach links bitte«, sagte er. »Hast du Klaustrophobie?«

Sie runzelte die Stirn. »Nein, wieso?«

Er zuckte die Schultern und ging neben ihr her bis zu seiner Haustür. »Nur so, du wirktest ein wenig angespannt.«

Cat spürte, wie die Hitze von ihrem Hals langsam nach oben kroch. Dieser Mistkerl machte sich lustig über sie! Ihm war also nicht entgangen, dass sie sich in seiner Gegenwart unwohl fühlte, schön, das sollte nicht ihr Problem sein.

»Stressiger Tag«, kommentierte sie knapp und lächelte. Es fühlte sich leider an wie eine Grimasse. Sie unterdrückte ein Augenrollen über ihr eigenes Unvermögen, Elijah gegenüber cool zu bleiben.

Elijah reagierte nicht darauf, sondern gab einen Code in ein Zahlenfeld ein, dann öffnete er die Tür. »Bitte schön, da wären wir. Komm doch rein.« Er schaute sie freundlich an.

Es wirkte beinahe echt, ohne Hintergedanken. Er war wohl ein guter Schauspieler.

Oder sie war einfach hoffnungslos neurotisch.

Vermutlich Letzteres. Elijah war bestimmt ein super Typ, nur ihre erste Begegnung war unglücklich verlaufen, und danach hatte sie vorschnell geurteilt. Er hatte eine zweite Chance verdient. Sie nahm sich vor, das den Abend über zu beherzigen. Sobald sie in seine Wohnung eingetreten war, stockte ihr Atem. »Wow, das ist ja … schön hier.« Sehr schick und steril – das wäre die treffendere Beschreibung gewesen.

»Darf ich dir die Jacke abnehmen?«, bot er an.

Cat sagte nichts, öffnete die Knöpfe ihres Übergangsmantels und reichte ihm selbigen. Er nahm einen Kleiderbügel von der Garderobe und hängte ihn auf, dann schlüpfte er aus seiner Jacke.

Sie umklammerte ihre Handtasche, als wäre es eine rettende Boje in einem reißenden Fluss. Als sie bemerkte, dass ihre Fingerknöchel weiß hervortraten, ließ sie sie unauffällig sinken.

»So, dann wollen wir mal. Möchtest du vielleicht was trinken?«, erkundigte er sich, während sie nebeneinander her ins offene Wohnzimmer gingen. Ihre Absätze klackerten auf dem hellen Parkett. Bodentiefe Fenster dominierten die großzügige Wohnung. Helle Möbel, die perfekt aufeinander abgestimmt waren, wechselten sich mit Farbtupfern aus Kissen oder Sesseln, vornehmlich purpur oder schwarz, ab. Jede Lampe, jedes Detail wirkte genau platziert, als wäre seine Einrichtung aus einer Design-Zeitschrift nachgestellt worden.

Als Übergang zum Wohnzimmer gab es einen langen Esstisch, der die Verbindung zu einer verhältnismäßig kleinen Küche mit einer Kochinsel bildete. Sie konnte sich ein Schmunzeln nicht verkneifen, ja klar, ein Macho wie er kochte sicher nicht oft selbst. Gleichzeitig wurde sie das Gefühl nicht los, sich in einer Immobilie aus dem Katalog zu befinden. Obwohl Bücher und einige Magazine im Wohnzimmer lagen, kam es ihr nicht so vor, als ob hier jemand wirklich *lebte*. Sie hatte noch kein einziges Foto oder anderes Erinnerungsstück entdecken können, das auf Elijah als Mensch schließen ließ.

»Cat?«, riss seine dunkle Stimme sie aus ihren Überlegungen.

»Äh, was? Ich meine, wie bitte?« Hitze schoss erneut in ihre Wangen. Hilfe, das wurde in seiner Gegenwart offenbar zum Dauerzustand.

»Was möchtest du trinken? Ein Glas Wein, Wasser oder ein Bier vielleicht?«

Alkohol war nicht die Lösung, aber möglicherweise half ein Gläschen, ihre Nerven zu beruhigen. »Hast du einen Chardonnay?«

»Warte, ich schaue nach.«

Elijah durchmaß die Küche mit langen Schritten, zog die schwere Kühlschrank-Flügeltür auf und nahm eine Flasche aus dem unteren Fach. Er las das Etikett, dann blickte er zu ihr herüber. »Wärst du auch mit Pinot Grigio einverstanden?«

Cat nickte. »Natürlich, aber wirklich nur, wenn es dir keine Umstände macht.«

»Macht es nicht.« Er zwinkerte ihr zu, und ein heißer Blitz durchzuckte sie wie ein Stromschlag.

Sie erschrak über ihre heftige Reaktion, legte sich eine Hand auf den Magen und wandte sich in Richtung der Fensterfront. Während sie ihre Körperfunktionen wieder auf Normalniveau brachte, genoss sie den herrlichen Ausblick über Boston. Es musste eines der höchsten Häuser der Stadt sein, zumindest von dieser Seite aus konnte man gefühlt endlos weit blicken. Nicht weit entfernt erstreckte sich der Charles River unter ihnen, Millionen von Lichter beleuchteten die Dunkelheit wie Sterne am Firmament. Sie konnte verstehen, weshalb er diese Wohnung ausgewählt hatte.

»Beeindruckend, wenn man das erste Mal hier steht, nicht?« Er war wieder so lautlos neben ihr aufgetaucht wie zuvor auf der Straße. Doch dieses Mal war sie besser vorbereitet. Sie erschreckte sich nicht, dennoch spürte sie seine maskuline Präsenz mit jeder Faser ihres Körpers. Vielleicht musste sie sich einfach nur an ihn gewöhnen, dieses seltsame Prickeln würde sicher mit der Zeit nachlassen.

»Es ist toll«, gab sie ein wenig atemlos zurück. »Seit wann lebst du hier?«

»In der Wohnung oder in Boston?«

Kam es ihr nur so vor, oder wollte er ihre Frage nicht beantworten? Sie ging nicht weiter darauf ein. »Prost. Oh, du trinkst gar keinen Wein?«, stellte sie fest, als sie sein Wasserglas sah.

»Nein, ich trinke grundsätzlich keinen Alkohol.«

»Das tut mir leid, ich wollte nicht ...«

»Nein, schon gut«, unterbrach er sie. »Wenn es mich stören würde, hätte ich ja keinen Wein für Gäste im Haus.«

Für Gäste. Ihr war klar, was das hieß: für Damen, die er abschleppte.

»Ich bin kein Alkoholiker«, erklärte er beiläufig. »Falls es das ist, weshalb da eine steile Falte zwischen deinen zarten Augenbrauen aufgetaucht ist.«

Er strich mit dem Zeigefinger über diese Stelle. Cat war so überrascht, dass sie nichts anderes tun konnte, als den sanften Druck seiner warmen Finger auf ihrer Haut zu genießen und die Lider zu schließen. In der nächsten Sekunde blinzelte sie irritiert. »Machst du das immer so?«

»Was meinst du?«

»Na, du weißt schon. Weinflasche auf, dann kleine Berührungen ...«

Elijahs Züge wurden weich. »Du hast deinen Namen zu Recht.«

»Häh?«

»Cat – Kätzchen. Deine Krallen sind scharf.«

Sie verdrehte die Augen. »Vielleicht sollten wir lieber über Livs Party reden.«

»Wie du magst. Hast du Hunger?«

Cat schaute ihn verdutzt an, dann lachte sie. »Genau das meine ich.«

Er wackelte mit den Augenbrauen. »Mit leerem Bauch arbeitet es sich nicht so gut.«

»Willst du etwa für mich kochen?« Sie traute ihm nicht mal Rührei zu.

»Wenn du mich lässt?« Seine blaugrauen Augen funkelten herausfordernd.

Ihr Magen zog sich nervös zusammen. Hastig trank sie einen Schluck Wein und konnte sich ein Schmunzeln nicht verkneifen. »Bitte, tu dir keinen Zwang an, dann kann ich dich wenigstens auf Abstand halten.«

»Ich verstehe gar nicht, warum du so eine schlechte Meinung von mir hast.«

»Könnte was damit zu tun haben, dass du mich ziemlich plump angemacht hast.«

»Du hast so traurig ausgeschaut, ich dachte, ich muntere dich ein bisschen auf.«

Während er das sagte, ging er in die Küche, holte ein paar Zutaten aus dem Kühlschrank und legte sie auf die helle Marmorplatte der kleinen Kochinsel.

Cat schnappte nach Luft. »Ich sah also traurig aus?«

Hatte er das an diesem Tag wirklich in wenigen Sekunden erkannt? Nein, das war sicher nur wieder so eine Masche.

»Deine Augen ... ich weiß nicht wieso. Ich wollte dich aufmuntern. Vielleicht habe ich es nicht so geschickt angestellt.«

Sie prustete los. »Das kann man wohl sagen. Und nein, ich war nicht traurig.«

Er musterte sie eindringlich, bis ihr schrecklich heiß wurde. »Doch, Cat. Auch wenn du es unter einer guten Schicht Kratzbürstigkeit verbirgst ...«

»Kratzbürstigkeit? Ich glaube, ich spinne.« Sie machte

große Augen und setzte sich ihm gegenüber auf einen Barhocker.

Er war dabei, zwei Hähnchenfilets aus der Packung zu nehmen, hielt mitten in der Bewegung inne und blickte sie erneut so intensiv an, dass ihr Herz stolperte. »Warum bist du unglücklich?«

Cat senkte die Lider, ließ ihren Zeigefinger über den Stiel des Weinglases gleiten. »Das geht dich nichts an.«

»Männerprobleme?«, hakte er nach.

Sie riss den Kopf hoch. »Was hat Liv gesagt?«

»Liv?« Seine Stirn lag in Falten. »Gar nichts, sie weiß nicht mal, dass wir uns kennen.«

»Wir kennen uns ja auch nicht.«

»Kätzchen, du weißt, was ich meine. Außerdem – ich möchte dich gerne kennenlernen.«

Sie schnaufte aus. »Du willst mich nur flachlegen, das ist was anderes.«

Ein spitzbübisches Grinsen umspielte seine Mundwinkel. »Belassen wir es doch vorerst dabei, dass du mir nicht die Augen auskratzt, und ich werde meine Finger bei mir behalten – es sei denn natürlich, du änderst deine Meinung.«

»Das ist das erste Vernünftige, was ich aus deinem Mund höre. Und nein, meine Meinung bleibt, wie sie ist, und deine Finger bei dir.« Cat lächelte.

Während Elijah Salat zubereitete, Parmesanspäne hobelte und das Hähnchen brutzelte, kamen sie zum eigentlichen Grund ihres Treffens: die Party.

Cat klappte ihr Notizbuch auf und notierte, was sie besorgen mussten, während sich ein verführerischer Duft in der Küche ausbreitete.

Elijah krempelte die Ärmel seines Shirts nach oben und beobachtete, wie Cat mit gleichmäßiger, geschwungener Handschrift Stichpunkte in ihr Büchlein notierte, zu dem, was sie zuvor festgelegt hatten. Auch, wenn er ihr versprochen hatte, seine Hände bei sich zu behalten, war es nicht verboten, seine Blicke auf Wanderschaft zu schicken. Sie war bildhübsch, wie eine nordische Göttin mit ihrer hellen Haut, den zarten Sommersprossen und den goldschimmernden Haaren. Es juckte ihm geradezu in den Fingerspitzen, ihre Haarklammern zu lösen, um festzustellen, ob sich ihre Wellen genauso seidig anfühlten, wie sie aussahen.

Gott, sie war heiß und hatte offenbar nicht die geringste Ahnung, wie attraktiv sie war.

Ein lustvoller Schauer lief ihm über den Rücken und sammelte sich in seinem Unterleib.

Als spürte sie, dass er sie beobachtete, hob sie ihren Kopf. »Was ist?«

»Essen ist gleich fertig.« Seine Stimme klang rauer als sonst. »Ich schiebe eben noch ein Baguette in den Ofen.«

»Danke, aber kein Brot für mich.«

»Jetzt sag bloß, dass du zu der Spezies gehörst, die Kohlenhydrate für Teufelszeug hält?«

Cat verzog ihre vollen Lippen. »Definitiv. Ja. Wenn ich nicht aufpasse, kann mein Hintern mit jedem Brauereigaul konkurrieren.«

Das konnte Elijah sich beim besten Willen nicht vorstellen, er hatte zwar noch nicht so viel von ihrem Hintern gesehen, leider, aber nein. Er seufzte leise, was sie falsch interpretierte.

»Ja, sorry. So ist es nun mal. Du bist doch ein gutes Beispiel dafür, warum Frauen für ihre Figur hungern, oder würdest du einer Frau hinterhergucken, die Größe XXL trägt?«

Er kniff die Augen zusammen, ja, er war kein Kostverächter, aber das hieß nicht, dass er ausschließlich Models vögelte, die nach Magersucht und Plastik ausschauten. Er stand eher auf den ursprünglichen Playmate-Typ – aus der

Zeit, ehe Essstörungen und Botox in Mode gekommen waren. Er legte die Handflächen auf die Marmorplatte und beugte sich ein Stück nach vorne. »Nichts ist so sexy wie eine Frau, die isst, worauf sie Appetit hat. Glaub mir, das spürt man auch im Bett. Nenn mich Hedonist – essen gehört dazu, es ist etwas äußerst Sinnliches. Ich könnt es dir zeigen, aber wir hatten ja ausgemacht, es bei der Partyplanung zu belassen.«

Selbstzufrieden trat er zurück und verschränkte die Arme vor seiner Brust. Mit Genugtuung sah er, dass sie errötete. »Und außerdem«, fuhr er fort, »ist dein Hintern, soweit ich das beurteilen kann, perfekt.«

Sie sog scharf die Luft ein, dann wedelte sie mit den Händen vor ihrem Gesicht. »Das ist definitiv eine Diskussion, die ich mit dir niemals führen möchte. Ich bespreche ja auch nicht die Größe deines«, sie ließ ihren Blick zu seinem Schritt gleiten, dann schien sie erst zu begreifen, was sie da von sich gab, und schlug sich die Hand vor die Augen. »Herrgott noch mal, was mache ich hier eigentlich!«

Elijah amüsierte die Unterhaltung. Cat wirkte wie die Unschuld vom Lande, gleichzeitig war sie so unfassbar sexy, dass er seine Hormone kaum zügeln konnte. Eine verdammt anziehende Mischung. »Setz dich doch schon mal an den Esstisch, ich bringe die Teller gleich rüber«, sagte er, um das Thema zu wechseln.

Cat gähnte unterdrückt, es war spät geworden. »Soll ich dich nach Hause bringen?«, bot er an.

Sie schüttelte den Kopf. »Nein, danke. Das ist wirklich nicht nötig.«

»Es wäre kein Problem für mich.«

»Fährst du auch Motorrad, so wie Nate?«

Elijah grinste. »Du würdest dich wohl gerne in den Kurven an meinen sehnigen Körper schmiegen?«

Sie gab ihm einen spielerischen Klaps auf den Arm. »Garantiert nicht.« Dann stand sie auf. »Danke für das Essen, es war wirklich überraschend lecker.«

»Du hältst wirklich nicht viel von mir, hm?« Irgendwie störte es ihn, dass sie in ihm nur einen Macho sah, der sonst nichts zu bieten hatte.

»So war es nicht gemeint.«

»Ist schon gut.« Er stand ebenfalls auf. »Komm, ich fahre dich nach Hause.«

»Nein, danke, das ist nicht nötig«, sagte sie energisch und nahm Notizbuch und Handasche an sich.

Elijah hob abwehrend die Hände. »Okay, verstehe schon. Kann ich dir wenigstens ein Taxi rufen?«

Aber auch da kam Cat ihm zuvor, sie hatte schon ihr Handy gezückt und tippte etwas darauf. »Schon erledigt«, sagte sie lächelnd, ohne aufzublicken.

»Es schmerzt mein Ego, so überflüssig zu sein«, scherzte er.

Sie gluckste. »Tut mir leid. Ich werde es wiedergutmachen.«

»Das klingt schon besser. Sehen wir uns morgen?«

Sie schaute ihn über ihr Telefon hinweg an. »Morgen, wieso?«

»Na, um den Rest zu klären natürlich.«

»Ich, äh«, sie lief rot an. »Hab schon was vor.«

»Oh. Das wusste ich nicht.« Er fragte sich, was das wohl war. Und mit wem. »Mit Liv?«, die Frage konnte er sich nicht verkneifen.

Ihre nervöse Reaktion war Antwort genug. »Schon gut, geht mich nichts an. Aber die Feier ist ja schon bald«, meinte er mit einem unschuldigen Augenaufschlag.

»Ja, das stimmt. Pass auf, ich melde mich, okay? Ist nach neun zu spät?«

»Machst du Witze? Zu der Uhrzeit werde ich erst richtig munter. Also abgemacht, du rufst mich morgen an. Und jetzt, darf ich dich wenigstens noch zur Tür begleiten?«

»Sicher, ich muss es doch ausnutzen, wenn du den Gentleman rauskehrst, oder?«, witzelte sie.

Elijah fand es nicht lustig. »Du tust ja geradezu so, als ob ich überhaupt keine Ahnung von Umgangsformen hätte.«

»Hey, ich wollte dich nicht beleidigen.«

»Hast du nicht«, versicherte er ein wenig zu schnell. An der Haustür blieben sie stehen, er legte die Hand auf den Drehknopf und zögerte. Dann wandte er sich ihr zu. »Schlaf gut.«

Er sah sie schlucken und wie sich ihre Pupillen weiteten, dann senkte sie den Blick. »Du auch«, krächzte sie. »Lässt du mich jetzt gehen?«

Elijah erwachte aus seiner Starre. »Klar. Mach's gut. Melde dich, wenn du zu Hause bist.«

Sie wandte sich ihm noch einmal zu. »Jetzt klingst du wie meine Mutter.«

»Sie ist sicher eine sehr tolle Frau.«

Einen Augenblick schwiegen sie, so, als ob keiner sich vom anderen trennen wollte, dann schien Cat sich zu besinnen. »Gute Nacht, Elijah. Danke, dass du das mit der Party hier möglich machst.«

Er vergrub die Hände in den Gesäßtaschen seiner Jeans, um sich davon abzuhalten, sie in seine Arme zu reißen. Das Verlangen, ihre Lippen zu kosten, war nahezu unerträglich geworden. »Schon okay, ich gehe davon aus, dass du mir nach der Feier beim Aufräumen hilfst«, sagte er scherzhaft, weil ihm nichts Besseres einfiel.

»Natürlich, was glaubst du denn. Hat jemand wie du nicht aber auch eine Haushälterin, die täglich mal vorbeischaut, alles sauber hält und den Kühlschrank füllt?«

»So jemand wie ich. Soll ich das jetzt persönlich nehmen?«

»'Tschuldige.«

»Und zu deiner Frage, ich habe eine Hilfe, aber sie kommt nur einmal die Woche. Und einkaufen gehe ich selbst. Zufrieden?«

Cat neigte den Kopf, dann sagte sie seltsam leise. »Ich wollte dich wirklich nicht beleidigen. Ehrlich, Elijah, ich bin momentan nicht ganz ich selbst. Ich ... werde mir Mühe geben, nicht mehr so vorurteilsbeladen zu reagieren, okay?«

Nun wurde er neugierig. »Welche Vorurteile hast du mir gegenüber eigentlich?«

Sie hob die Hand. »Nicht mehr heute, sonst fährt mein Uber wieder weg. Danke für alles, gute Nacht.«

Ohne ihn noch einmal anzusehen, ging sie schnellen Schrittes zum Aufzug, drückte dreimal hintereinander den Knopf, als ob sie es nicht erwarten könnte, loszukommen. Er schloss die Tür und ging nachdenklich vor seiner Fensterfront auf und ab, konnte sich aber keinen Reim auf ihr Verhalten machen. Es war okay, wenn jemand nichts von ihm wollte, aber er hatte ihre Reaktion bei der Verabschiedung gesehen. Das war seltsam. Er könnte schwören, dass sie ... war ja auch egal. Er fuhr sich durch die Haare. Letzten Endes sollte er sich einfach eine andere Ablenkung suchen. Dabei gab es nur einen Haken: Er wollte sie.

Kapitel 3

Cats Herz klopfte bis zum Hals, als sie das Café betrat, in dem sie mit Ike – dem Tinder-Mann – verabredet war. Er hatte sofort geantwortet, aber sie hatten sich dann auf heute geeinigt, nachdem es gestern mit Elijah länger gedauert hatte. Der Drang, sich Luft zuzufächeln, war groß, und das, obwohl das Wetter heute saumäßig war. Der Himmel war grau, böiger Wind fegte durch Bostons Straßen, es würde sicher gleich wieder regnen.

Sie hatte keine Ahnung, worüber sie mit ihrem Date reden sollte, hoffte aber, dass sich das dann von ganz alleine ergeben würde, nachdem man das »Woher kommst du – wer bist du?« abgehakt hatte. Immerhin, sie wusste bereits, dass er bei einem mittelgroßen Konzern in der Personalabteilung angestellt war und dass er an der Boston University seinen Abschluss gemacht hatte.

Sie entdeckte ihn an einem runden Tisch vor dem Fenster, vor ihm lag ein Blumenstrauß, der in dünnes Seidenpapier gewickelt war.

»Hi«, sagte sie. »Ich bin Cat.«

Er stand auf und lächelte sie an. Sein Blick glitt langsam über ihre Figur, bis er irgendwann die Bestandsaufnahme abgeschlossen hatte und bei ihren Augen landete. »Hallo, ich bin Ike. Freut mich.«

Sie versuchte, ihm das Abchecken nicht übel zu nehmen,

auch wenn sie es unhöflich fand. Da sie sich selbst aber dabei ertappt hatte, dass sie ihn ebenfalls musterte, konnte sie das nicht länger gegen ihn verwenden. Er war einen Tick größer als sie, seine Statur war hager. Er trug einen Sweater mit dem Logo der Boston Red Sox und eine dunkle Jeans mit Turnschuhen. »Mich auch«, sagte sie und fühlte sich ein wenig overdressed, denn sie hatte sich ein wenig in Schale geworfen. Sie trug einen Hosenanzug mit weißen und schwarzen Streifen, dazu hohe Schuhe. Ihre Haare hatte sie mit einem Lockenstab zu sanften Wellen bearbeitet und die Augen mit schwarzem Kajal betont. Schließlich war das ein Date!

»Was möchtest du trinken?«, fragte Ike und setzte sich wieder. »Ach ja, die Blumen sind für dich. Hier.«

Er schob ihr die Blumen, noch verpackt, über den Tisch zu.

»Oh, vielen Dank«, sagte sie und lächelte. »Ich werde mal fragen, ob sie eine Vase haben.«

Sollte das nicht eigentlich er übernehmen?, überlegte sie, während sie zum Tresen ging und nachfragte. Egal, vielleicht war er nur aufgeregt.

»So, da bin ich wieder«, verkündete sie einige Minuten später und stellte die Vase mit Margeriten auf dem Tisch ab, das Papier hatte sie gleich entsorgt. Ike tippte etwas auf seinem Smartphone und murmelte ein abwesendes »Schön«.

Ob er bereits dem nächsten Date textete?

Glücklicherweise kam die Bedienung gerade zu ihrem Tisch, sodass sie sich einen Kommentar verkneifen konnte. »Was darf ich euch Süßen denn bringen? Wollt ihr auch etwas essen?«

»Wir trinken erst mal was, ob wir was essen, entscheiden wir dann«, bestimmte Ike.

Cat hob eine Braue, sagte aber nichts dazu. Er fuhr unbeirrt fort. »Ich nehme eine Cola, aber ohne Eis.«

»Ich hätte gern ein Glas Weißwein, vielen Dank«, teilte Cat ihren Wunsch mit.

Die Bedienung verschwand, und Ike beugte sich ein Stück nach vorne. »Ich bestelle immer ohne Eis. Das Eis packen die doch nur rein, um an der Cola zu sparen.«

»Äh, ja. Klar«, stimmte sie halbherzig zu.

»Und, was sind deine Hobbys?«, versuchte sie nach einer kurzen Pause, das Gespräch in Gang zu bringen.

»Baseball«, sagte er. »Gibt nichts Besseres.«

»Ah, deswegen auch der Kapuzenpullover.«

»Klar, außerdem gab es den im Sonderverkauf, da habe ich das Ding dreißig Prozent günstiger gekriegt.«

»Toll!«, sagte sie und wünschte sich ihr Weinglas herbei.

Endlich kam die Bedienung, Ike bedankte sich nicht, als sie ihm sein Getränk hinstellte. »Schau dir das mal an, die haben es genau bis zur Markierung am Glas befüllt, die schenken einem keinen Milliliter, die Geizkragen.«

Wow, wer war hier eigentlich der Geizkragen?

Sie hob ihr Glas. »Prost. Auf äh, einen schönen Abend.«

»Ja, ja. Ob er schön wird, sehen wir dann ja noch.« Er grinste anzüglich.

Cat erschauderte und rückte unbewusst ein Stück vom Tisch ab. Sie ertappte sich dabei, wie sie auf die Uhr an der gegenüberliegenden Wand schielte. Wann war es nicht mehr unhöflich, sich zu verabschieden? Ike schien ohnehin mehr an seinem Telefon als an ihr interessiert zu sein. Vielleicht entsprach sie nicht seinen Vorstellungen. Er war jedenfalls kein Typ, mit dem sie ein zweites Mal ausgehen würde. War ja klar, dass ihr erstes Blind Date so ein Reinfall werden musste.

»Und, machst du so was öfter?«, versuchte sie es noch einmal mit Konversation.

»Hm. Geht so. Manchmal. Es ist gar nicht so leicht, heute noch vögelbares Material zu finden.«

Cat schnappte nach Luft. »Also hör mal!«

»Du wirkst ein bisschen zugeknöpft auf mich.« Er musterte sie abschätzig.

»Ich denke, das geht jetzt ein bisschen zu weit.«

Er zuckte ungerührt mit den Schultern. »Weißt du, ich glaube, das wird nichts mit uns.«

Ihr Mund klappte auf. »Du hast dir noch nicht mal die Mühe gemacht, mit mir zu *reden*!« Als ob sie es nötig hätte, sich mit einem wie ihm abzugeben.

»Bringt eh nichts, hab ich gleich gesehen, als du zur Tür reingekommen bist. Ich glaube, wir können an der Stelle«, er trank drei große Schlucke Cola, »sagen, dass wir lieber wieder getrennte Wege gehen.« Dann leerte er sein Glas, kramte abgezählte Münzen aus der Hosentasche und nahm die Blumen aus dem Wasser.

Diese Aktion verschlug ihr die Sprache. Er wollte sogar die Blumen wieder mitnehmen? Das war doch nicht zu fassen.

»Deinen Wein zahlst du selbst«, entschied er, und Wut schäumte in Cat auf wie überkochende Milch.

»Keine Sorge!«, zischte sie. »Der ist mir sogar zu schade, um ihn dir ins Gesicht zu schütten!«

Er verdrehte die Augen, stand auf und verschwand samt Blumen aus dem Café, ehe sie noch etwas sagen konnte.

Wow, der hatte bestimmt schon die nächste Verabredung klargemacht, während er seine Cola ausgetrunken hatte.

Frustriert nippte sie von ihrem Wein. Nicht mal das bekam sie hin. Sie hatte wirklich kein Händchen fürs andere Geschlecht.

»Nanu?«, sagte die nette Bedienung. »Ist er schon wieder weg?«

Cat verzog ihr Gesicht. »Hat nicht so recht gepasst mit uns.«

»Magst du was zu essen bestellen?«

»Nee, lass mal. Ich glaube, ich zahle lieber.«

»Was? Der Kerl lädt dich nicht mal auf den Drink ein?«

»Sogar die Blumen hat er wieder mitgenommen«, fügte Cat tonlos hinzu. So hatte nicht mal Josh sie gedemütigt. Na ja, doch. Verdammt.

Die Mitarbeiterin schüttelte den Kopf. »Unglaublich. Aber nimm es nicht so schwer, so was kommt häufiger vor, als man glaubt. Die Kerle heute tragen nur einen Vollbart, um männlicher auszusehen, haben aber keine Eier mehr in der Hose. Aber dass einer die Blumen wieder mitnimmt, habe ich auch noch nicht oft gesehen.«

Na, danke auch, dachte Cat. Es wäre schön gewesen, wenn sie einen Superlativ einmal nicht im negativen Sinne neu definiert hätte.

»Tja«, sagte sie nur und zog einen Fünf-Dollar-Schein aus dem Portemonnaie.

»Ich würde ja gern anbieten, dein Getränk aufs Haus gehen zu lassen, aber mein Boss kontrolliert die Kasse.«

»Das kann ich mir gerade noch leisten, alles gut.« Sie wünschte sich nur, dass sie sie endlich alleine ließ.

Die Bedienung schien Gedanken lesen zu können. »Gut, gib einfach ein Zeichen, wenn du dich doch noch entscheidest, länger zu bleiben. Ich mache mal weiter.« Sie sammelte die Münzen ein, nahm den Schein und griff sich das leere Colaglas und die Vase, ehe sie davonging.

Cat seufzte leise und nahm ihr Smartphone zur Hand. Der Impuls, diese Scheißapp direkt vom Handy zu löschen, war groß, stattdessen erwischte sie sich dabei, wie sie Elijah schrieb, dass sie doch schon früher Zeit hatte. Der Abend mit ihm war angenehm gewesen – viel besser, als sie je vermutet hätte –, und sie wollte auch unbedingt die Partyplanung abschließen.

Du willst bloß nicht alleine sein, trällerte ein Stimmchen in ihrem Kopf. Am liebsten würde sie schreien: »Halt die Klappe!«, stattdessen schickte sie die Nachricht ab.

Elijahs Füße lagen auf dem Couchtisch, er schaute sich gerade eine Aufzeichnung des letzten Spiels der New England Patriots an, als sein Handy brummte. Gelangweilt griff er danach. Wenn das eine Schnalle war, die ihn unbedingt davon überzeugen wollte, aus einem One-Night-Stand eine Beziehung zu machen, würde er gar nicht erst antworten. Es war unglaublich, wie hartnäckig manche Weiber sein konnten. Er war überrascht, als er sah, dass es Cat war, die ihm schrieb.

Hi Elijah, bin schon früher frei geworden. Hast du Zeit? Könnte gleich vorbeikommen, um den Rest für Livs Party zu besprechen, LG Cat

Seine Mundwinkel bogen sich nach oben. Für sie hatte er immer Zeit.

Habe schon sehnsüchtig auf deine Nachricht gewartet.

Das war nicht mal komplett gelogen, tatsächlich hatte er sich heute des Öfteren dabei ertappt, wie er an Cat gedacht hatte.

Bin zu Hause. Soll ich dich irgendwo abholen?, ergänzte er.

Ihre Reaktion erfolgte ein paar Sekunden später.

Nicht nötig, bin ganz in der Nähe. Viertelstunde ungefähr. Bis gleich.

Elijah gab beim Concierge Bescheid, dass er Besuch bekam und dass er sie gleich hochfahren lassen sollte. Während er auf Cat wartete, zündete er ein paar Kerzen an, stellte Wein und ein paar Oliven bereit und wählte eine romantische Playlist an, die durch unsichtbar eingebaute Lautsprecher abgespielt wurde.

»Vielleicht ein bisschen dick aufgetragen«, murmelte er. Dann schnitt er eine selbstironische Grimasse. »Scheiß drauf«, entschied er. Wenn es ihr zu viel war, würde sie schon Bescheid sagen. Auspusten konnte er die Kerzen dann immer noch.

Ein zaghaftes Klopfen ertönte zehn Minuten später an seiner Haustür. Sie war also wirklich nur um die Ecke gewesen. Er brannte darauf zu erfahren, mit wem sie sich getroffen hatte.

Mit langen Schritten durchmaß er den Raum, öffnete die Tür und grinste sie an. »Hi Kätzchen.«

Sofort fiel ihm auf, dass sie blass aussah und ihr Mascara ein wenig verlaufen war. »Komm erst mal rein«, sagte er und trat beiseite.

»Hi«, piepste sie.

Egal, welches Arschloch sie zum Weinen gebracht hatte, es machte ihn wütend, und das Schwein sollte ihm lieber nicht begegnen. »Gib mir deine Jacke«, bat er sie sanft, nahm ihr auch die Handtasche ab und stellte sie auf die Anrichte im Flur.

»Danke. Tut mir leid, dass ich so reinplatze.«

»Nicht doch. Du warst ja schließlich in der Nähe, und wir haben noch Dinge zu erledigen, nicht wahr?«

Sie blickte unsicher zu ihm auf. »Klar. Haben wir.« Dann zog sie ihren Mantel aus und reichte ihn ihm. Ihre Finger berührten sich für einen kurzen Moment, ihre Blicke verhakten sich ineinander. Niemand sagte ein Wort. Sie schwiegen in einem seltsamen Einverständnis, das Elijah so noch nie erlebt hatte. Es schwang eine Vertrautheit darin mit, während sich gleichzeitig eine seltsame Wärme in seiner Magengegend ausbreitete, die nichts mit sexueller Erregung zu tun hatte. Das war es nicht, denn damit kannte er sich aus. Aber was sonst?

Er räusperte sich, um dieses höchst merkwürdige Gefühl in der Kehle loszuwerden. »So, komm erst mal rein.« Dann registrierte er, dass er genau den gleichen Satz schon vor einer Minute gesagt hatte. Shit, hatte er jetzt schon Gedächtnisstörungen in ihrer Gegenwart?

»Da bin ich«, meinte sie.

Elijah warf die Tür ins Schloss. »Möchtest du ein Gläschen Wein?«

»Lieber nicht. Ich hatte eben schon welchen auf leeren Magen, keine gute Idee, da noch mehr draufzukippen.«

»Och«, machte er. »Ich würde dich gerne mal beschwipst erleben. Könnte amüsant sein. Schickes Outfit übrigens. Ich stehe auf Frauen in Anzügen.«

Damit schien er den richtigen Ton getroffen zu haben, um ihre Stimmung ein wenig aufzuhellen. Sie funkelte ihn an. »Das würde dir so passen. Aber keine Sorge, ich tanze nicht nackt auf dem Tisch, wenn ich zu viel getrunken habe. Ganz im Gegenteil sogar. Ich werde schrecklich anhänglich und gefühlsduselig. Das würde dir nicht gefallen«, entschied sie und schüttelte energisch den Kopf. »Kein Mann mag das.« Sie wirkte mit ihren Gedanken auf einmal weit weg. Dachte sie dabei vielleicht an einen ganz bestimmten Mann?

Er behielt seine Überlegung für sich. »Also keinen Wein. Ich habe auch Gin irgendwo ...«

Sie grinste schief und nahm sich eine Olive. »Auch nicht. Wasser reicht völlig.«

»Na schön. Dann betrinken wir uns mit Evian«, scherzte er, füllte zwei Gläser und stellte den Wein zurück in den Kühlschrank.

Er umrundete die Kochinsel und drückte ihr das Wasser in die Hand, sein Glas stellte er ab. »Und jetzt sag, welcher Kerl bringt dich zum Heulen?«

Sie riss die Augen weit auf. »Was?«

»Na, es kann doch nur einen Grund geben, warum du meinem Werben nicht nachgegeben hast. Dass du einen anderen im Kopf hast. Und dieser andere scheint Probleme zu machen.« Er sagte es in einem leichten, verspielten Tonfall, sodass es nicht rüberkam, als würde er auf einmal einen auf Sigmund Freud machen – oder gar eifersüchtig sein.

»Eingebildet bist du gar nicht, wie?«

Er schürzte die Lippen. »Ein bisschen vielleicht.«

Cat nahm einen Schluck, dann stellte auch sie ihr Glas ab und trat von einem Fuß auf den anderen. Auf ihren ebenmäßigen Zügen spiegelten sich die unterschiedlichsten Emotionen: Unsicherheit, Traurigkeit, Zuversicht.

Und plötzlich fing sie an zu weinen.

Ach du Schande.

Elijah konnte es nicht ertragen, wenn Frauen heulten. Aber das hier war anders. Sonst drückten die Damen ein paar Krokodilstränen heraus, um ihn um das oder jenes zu bitten – meist darum, dass er sie nicht abservierte. Aber er war kein Typ für Langfristiges, was er ihnen nie verschwieg, aber einige waren auf diesem Ohr regelmäßig taub. Bei Cat war es anders, ihre Tränen waren echt und gespickt mit einer solchen Sehnsucht, dass die Wut auf den Arsch, der sie so traurig machte, riesengroß wurde.

Er war mit der Situation komplett überfordert. Verdammt. Was sollte er tun?

Er hatte keine Ahnung, wie man eine Frau tröstete, schließlich war sonst er selbst derjenige, der die Heulerei verursachte.

Elijah hatte keinen Schimmer wieso, aber das einzig Richtige erschien ihm, sie in den Arm zu nehmen. Also trat er einen Schritt auf Cat zu. Er zog sie sanft, beinahe zögerlich in seine Umarmung, als fürchtete er, sie zu verletzen. Cat war so zart, so zerbrechlich, dass sich alles in ihm zusammenzog.

Er schien etwas richtig zu machen, denn sie schrie ihn nicht an, stieß ihn nicht von sich. Sie legte ihre Wange auf seine Brust und schloss die Augen, aus denen immer noch unaufhörlich die Tränen flossen. Er spürte, dass sie nicht weinen wollte, dass sie sich schämte und deswegen die Lider gesenkt hatte. Offenbar fühlte sie sich bei ihm geborgen und ließ nur deshalb zu, dass sie sich so gehen ließ – wo sie sonst doch immer die Starke spielte.

Ihre Schultern bebten, sie schluchzte unterdrückt. Er strich ihr immer wieder über den Rücken. »Ich halte dich. Wein dich ruhig aus, Cat. Ich bin für dich da.«

Gott, er hatte keine Ahnung, woher diese Worte auf einmal kamen. Hoffentlich würde nie jemand davon erfahren, dass er so etwas Schmalziges von sich gegeben hatte. Sein Ruf wäre ein und für allemal ruiniert. Wenn durchsickerte, dass er heulende Frauen ... Nein, er verdrängte den Gedanken. Als Cat tief und quietschend Luft holte, richtete er seine volle Aufmerksamkeit wieder auf sie und merkte, dass es gar nicht so schlimm war, einmal etwas für jemand anderen zu tun.

»Hat dir jemand was angetan?«, fragte er sanft. Kalte Furcht umklammerte sein Herz. Wenn ihr irgendwer auch nur ein Haar gekrümmt hatte, würde dieser Kerl langsam und qualvoll sterben.

»N-nein. D-doch.«

Sie konnte sich offenbar nicht entscheiden, was Elijah noch rasender machte.

»E-er hat mich verlassen. N-nach drei Jahren.«

Hm. Er stutzte. »Körperlich hat dich keiner belästigt?«

»N-ein«, stieß sie zwischen zwei Schluchzern hervor.

Okay, verlassen zu werden, war scheiße für eine Frau. Aber gut zu wissen, sie war Single. Seine Wut legte sich und wich einem anderen Gefühl, das er nicht klar definieren konnte.

»Und jetzt?«, fragte er selten dämlich, wo doch klar war, dass sie *ihn* – wer auch immer das war – zurückwollte und sie nur deshalb heiße Tränen vergoss.

»I-ich habe mich heute mit jemandem g-getroffen.« Sie atmete bebend ein. »D-der war s-so ein Arsch.«

»Dein Ex?«

»N-nein.«

Na, sieh mal einer an. Sie datete direkt einen Neuen? Wieso nicht ihn!

Elijah verschob diese Diskussion auf später. »Schon okay, Cat. Was war los?«

»Nichts ist okay. Der Typ war so ätzend. Ich hab einfach einen lausigen Männergeschmack.«

Das konnte er bestätigen, ohne je einen von den anderen getroffen zu haben, da sie ihn ja verschmäht hatte. »Deinen Männergeschmack kannst du ja noch verbessern«, scherzte er.

Langsam schien sie sich zu beruhigen, löste sich von ihm und blickte auf. Der Ausdruck in ihren hübschen Augen raubte ihm für einen Wimpernschlag den Atem. »Mann, ich sehe bestimmt ganz schrecklich aus, so verheult.«

Das tat sie nicht. Ganz und gar nicht. Sie sah so bezaubernd aus wie immer. Mechanisch hob er seine Hände und strich mit den Daumen über ihre Wangenknochen. Er wünschte, er könnte ihre Tränen einfach wegküssen. Aber das wäre falsch. Sehr falsch.

Er wollte kein Tröster sein.

Und das gewichtigere Argument war: Er konnte ihr nicht das geben, was sie verdiente. Wonach sie sich insgeheim sehnte. So ein Mann war er nicht. Beinahe bedauerte er es. Nur für eine Sekunde. Dann fing er sich wieder und erinnerte sich, dass er nur mit ihr ins Bett wollte. Sonst nichts.

»Ich kann dich auf andere Gedanken bringen«, schlug er vor und ließ seine Hände sinken.

Sie blinzelte und schniefte. »Keine gute Idee.«

»Wieso nicht?« Er grinste.

»Weil wir beide wissen, dass das zu nichts führt.«

»Ansonsten wärst du nicht abgeneigt?«

Damit erreichte er, was er wollte. Die Traurigkeit in ihrem Blick wich Ärger. »Du bist unmöglich! Hast du mich nur deswegen getröstet?«

Nein. Er hatte es getan, weil er ... ach, er wusste es selbst nicht. Um seine wahren Gefühle zu verbergen, lächelte er spöttisch. »Na klar, ich bin ein Aufreißer, das weißt du doch.«

Manchmal ekelte er sich vor sich selbst. Jetzt zum Beispiel, aber Cat sollte nicht wissen, dass sie etwas in ihm berührt hatte, von dem er gar nicht gewusst hatte, dass es noch existierte.

Sie schüttelte den Kopf und atmete tief durch. Dann fuhr sie sich mit den Zeigefingern unter ihren Augen entlang, schaute dann wieder zu ihm auf, und seine Welt hörte für einen Augenblick auf, sich zu drehen. Cat – rauschte es in seinem Schädel.

»Hätte ich mir ja denken können«, brummte sie, und er hatte vergessen, was er gesagt hatte, das diese schroffe Antwort von ihr herausgefordert hatte.

Verflucht, er fühlte sich, als ob eine Grippe im Anflug wäre. Vielleicht wurde er krank, das würde auch dieses flaue Gefühl im Magen und die wackeligen Knie erklären. Er strich sich durch die Haare. »Bist du überhaupt in der Lage, dich heute noch um diese Party zu kümmern?«, fragte er, weil ihm nichts Besseres einfiel. Sein Kopf war wie leer gefegt.

Sie nagte an ihrer Unterlippe. »Sicher, Ablenkung tut gut.«

Er verkniff sich den Kommentar, dass er sie auch anderweitig ablenken könnte. Selbst er merkte gelegentlich, wann es mit blöden Sprüchen reichte. »Dann also los. Setzen wir uns. Ich habe mal im Kopf überschlagen, wie viele Rippchen wir brauchen, die mariniere ich dann am Tag vorher schon und lasse sie durchziehen, das verstärkt das Aroma. Auf der Terrasse habe ich einen großen Smoker, da geht das Grillen dann ratzfatz.«

Cat nahm auf einem Barhocker Platz. »Männerspielzeug«, sagte sie nur und wackelte mit den Augenbrauen.

Er lachte. »Habe nie geleugnet, dass ich so veranlagt bin. Ich mag Spielzeuge ...«

»Ist ja gut.« Sie wedelte mit der Hand vor ihrem Gesicht. »Aber erlegen musst du die Schweine nicht mehr, oder?«

»Sehr witzig.«

Sie lächelte schwach. Es war schön, sie etwas gelöster zu sehen als noch vor wenigen Minuten. »Was ist mit deiner Lasagne?«

»Was soll damit sein?« Sie überlegte. »Ach, du meinst, ob ich die auch schon vorbereiten kann.« Cat schaute sich in seiner Küche um.

»Genau. Du kannst dich hier wie zu Hause fühlen«, kommentierte er. »Ich habe auch ein Gästezimmer.«

»Ach, Elijah.« Sie seufzte. »Wahrscheinlich muss ich einfach mit deinen anzüglichen Kommentaren leben. Die gehören anscheinend zu dir wie dieses saublöde Grinsen, das dir immer im Gesicht klebt, wenn du so einen Spruch raushaust.« Sie lächelte, was ihrer Stichelei ein wenig die Schärfe nahm.

»So schlimm bin ich auch wieder nicht.«

»Weißt du«, sie schaute ihn direkt an. »Ich glaube, du bist gar nicht so notgeil, wie du tust.« Sie zuckte die Schultern, als ob ihre Analyse über ihn damit beendet und dem nichts hinzuzufügen wäre.

Wenn sie sich mal nicht in ihm täuschte, vor allem, wenn sie in seiner Nähe war. Er dachte viel zu oft daran, wie es wäre, sie im Bett, statt neben sich auf einem Barhocker zu haben. »Und wie kommst du darauf?«, wollte er wissen.

»Eigentlich bist du doch ein kluger Kerl.« Sie machte eine bedeutungsschwangere Pause.

»Was hat das eine mit dem anderen zu tun?« Nun war er neugierig geworden.

»Dir muss doch klar sein, dass diese sexuellen Abenteuer auf Dauer niemanden glücklich machen.«

»Wer sagt denn, dass ich nach Glück suche? Ich will befriedigt werden, das ist was anderes und genügt mir völlig.«

Sie schaute ihn an, als ob er geisteskrank wäre. »Hm. Vielleicht habe ich mich ja wirklich getäuscht.«

Ganz sicher sogar, dachte er, behielt den Gedanken aber für sich.

»Gestattest du mir eine Frage?«

Cat legte den Kopf schief und zögerte eine Sekunde, ehe sie antwortete. »Nur, wenn sie sich nicht um Geschlechtsteile oder sexuelle Praktiken dreht.«

Er lachte. »Schade, das ist mein Spezialgebiet. Aber nein. Ich wollte dich fragen, warum du dich mit anderen Männern triffst, wenn du eigentlich an deinem Ex hängst und ihn zurückwillst. Willst du doch, oder?«

»Mann. Einzahl«, korrigierte sie ihn. Dann schnaufte sie aus. »Ja, ich will ihn zurück, aber die Sache ist die: Ich habe eine super miese Kollegin.«

»Was hat die denn damit zu tun?« Er runzelte die Stirn.

»Lass mich doch mal ausreden. Also, am Wochenende ist ein Firmenfest in unserer Agentur, und dafür brauche ich eine Begleitung. Außerdem wollte ich Josh eifersüchtig machen, ein Foto auf Facebook posten mit dem anderen Date. Na, du weißt schon, so wie man das halt macht.« Sie wurde rot und blinzelte hektisch.

»Gott, Cat. Wie alt bist du? Siebzehn? Glaubst du, deinen Josh interessiert es, ob du mit anderen ausgehst?«

Sie presste ihre Lippen zusammen, ehe sie zischte: »Wir

machen eine Pause, es ist eigentlich gar keine richtige Trennung.«

»Klar«, sagte Elijah. »Und mein Name ist Roger Rabbit.«

»Du bist so fies.«

»Bin ich nicht. Ich bin nur Realist.« Manchmal konnte Elijah nicht begreifen, warum Frauen sich selbst belogen – oder einfach die Augen vor den Tatsachen so fest verschlossen, dass man ihnen wirklich wehtun musste, damit sie begriffen, was los war.

»So oder so«, fuhr sie fort. »Ich brauche eine Begleitung für das Fest. Deswegen diese Dates.«

»Wo hast du den Kerl von vorhin denn überhaupt kennengelernt.«

»Tinder.«

Elijah schnappte nach Luft. »Wieso machst du so was? Das könnte gefährlich werden. Du weißt doch, was im Internet für Spinner unterwegs sind.«

Cat schaute ihn ungläubig an. »Bist du etwa nicht bei irgendwelchen Dating-Apps aktiv?«

Er grinste selbstgefällig. »Sicher nicht.«

Sie verdrehte die Augen, was er in dem Zusammenhang irgendwie niedlich fand. »Außerdem habe ich mich mit ihm in einem öffentlichen Café getroffen. Kein Problem also«, ergänzte sie und straffte ihren Rücken.

Es gefiel ihm nicht, dass sie wildfremde Typen datete. Er selbst wusste am besten, dass die nur eins im Schilde führten – wenn nicht sogar Schlimmeres. »Gib denen bloß nicht deine richtige Adresse. Du wohnst doch neben Liv, stimmt's? So habt ihr euch kennengelernt. Sie hat irgendwann mal was über dich erzählt.«

Eine ihrer perfekt gezupften Augenbrauen schnellte in die Höhe. »Muss ich Angst vor dir haben?«, provozierte sie ihn amüsiert.

»Ich musste noch nie eine Dame zu ihrem Glück zwingen,

wenn du das meinst. Ich werde garantiert nicht vor deiner Tür auftauchen und dich anbetteln, mit mir ins Bett zu gehen.«

»Das wäre ja auch noch schöner, aber das ist gerade auch nicht mein Problem. Warum beziehst du eigentlich immer alles gleich auf dich?«

Er überging diesen Kommentar.

»Warum gehst du nicht einfach alleine zu dieser Firmenfeier?«

»Du kennst Natalie nicht. Sie ist eine Schlange.«

»Kannst du nicht darüberstehen? Du wirkst gar nicht so ... unsicher.«

»Ich wünschte, ich wäre so stark, wie es vielleicht den Anschein hat. Aber nach der Trennung ... Mein Selbstbewusstsein ist in sich zusammengefallen wie ein Kartenhaus, ich gebe es nicht gerne zu.« Sie schaute auf ihre Hände. »Aber es ist so. Ich will einfach nicht alleine hingehen und mich Natalies blöden Sprüchen aussetzen.«

»Dieser Josh muss ganz schön bescheuert sein, wenn er dich abschießt«, hörte sich Elijah sagen.

Cat schaute ihn entgeistert an, erwiderte aber nichts. Sie räusperte sich. »Also, die Lasagne. Ich mache die hier in deiner Küche, ist wohl schlauer, als die Dinger dann durch die halbe Stadt zu kutschieren. Dazu wird es Salat und Baguette geben. Und die Torte habe ich bereits in Auftrag gegeben. Dazu brauchen wir dann nur noch Knabberkram, das dürfte genügen. Was ist mit Getränken?«

»Besorge ich. Kein Problem.«

»Gut, dann hätten wir das geklärt. Was ist mit Geschirr, Gläsern? Du wirst wohl kaum für dreißig Leute alles da haben? Einweggeschirr finde ich nicht so gut, das sieht so billig aus.«

»Nee, Plastikteller kommen nicht infrage. Ich fürchte, da müssen wir uns was überlegen.«

»Macht nichts, wir leihen einfach alles von einem Caterer. Das Gute an meinem Job – ich habe zig Kontakte in die Richtung.«

»Warum macht der nicht auch das Essen?«

Sie lachte spitz. »Es geht doch um eine tolle, kleine Party, da gehört Selbstgekochtes dazu.«

»Na, wenn du es sagst.« Er hob die Schultern.

»Gut, dann haben wir es, glaube ich, auch schon. Geschirr würde ich schon zwei Tage vorher liefern lassen, dafür kontaktiere ich dich noch mal. Okay?« Sie klappte ihr Notizbuch zu und stand auf. »Danke, dass ich mich bei dir ausheulen durfte.«

Für einen Moment schauten sie sich wortlos an. »Keine Ursache.«

Kapitel 4

Nach einem zermürbenden Arbeitstag besorgte Cat die Zutaten für einen grünen Smoothie. Nach den zwei Wochen, in denen sie sich so gut wie ausschließlich von Lasagne ernährt hatte, wollte sie sich – zum Wohle ihrer Hüften – etwas Gesundes einverleiben. In den Einkaufskorb wanderten frischer Spinat, Granny-Smith-Äpfel, Zitronen, Avocado, Brombeeren und Bananen. Sie war in Gedanken versunken, als jemand vor ihren Einkaufswagen sprang. Cat schrie auf. Dann sah sie, wer vor ihr stand. »Himmel! Willst du mich umbringen?«

Elijahs Mundwinkel schmückte ein arrogantes Lächeln. »Wollte nur Hallo sagen, wenn wir uns schon zufällig beim Einkaufen treffen.«

Wie zufällig konnte eine Supermarktbegegnung sein, wo er doch in einem völlig anderen Stadtviertel wohnte? Andererseits, vielleicht lebte eine seiner Bettbekanntschaften in der Nähe, schließlich war sie ihm neulich erst in die Arme gelaufen, nachdem sie in diesem Supermarkt einkaufen gewesen war.

»Stalkst du mich?«, fragte sie und legte ihre Stirn in Falten.

»Glaubst du, dass ich das nötig habe?« Seine blaugrauen Augen strahlten wie eine Leuchtreklame. Er war sich keiner Schuld bewusst, vielleicht war es wirklich Zufall.

»Du wohnst doch ganz woanders, was ist so speziell an dem Laden? Magst du die Bananen hier lieber?« Argwöhnisch schaute sie sich um, er hatte nicht mal einen Einkaufswagen.

»Darf ich nicht einkaufen, wo ich möchte?«

»Klar, kann mir ja auch egal sein.«

»Wie läuft's mit den, äh, Dates?«

»Das ist wohl keine Konversation, die man zwischen Joghurt und Duschgel führt, oder?«

»Och, ich habe nichts vor. Ich könnte auch mit zu dir kommen, und du erzählst es mir in Ruhe.«

Cat musste lachen. »Kommt gar nicht infrage. Und als Antwort kann ich dir sagen: Ich bin morgen Abend mit jemandem verabredet.«

»Wo geht ihr hin?«

»Das werde ich dir sicher nicht verraten, am Ende tauchst du da noch auf – warum auch immer.«

»Ich könnte dich doch zu der Firmenfeier begleiten«, schlug er mit unschuldigem Blinzeln vor.

»Du?« Sie riss die Augen auf. »Wie komme ich denn zu der Ehre? Oder haben Nate oder Liv dich vielleicht dazu gezwungen?« Sie stemmte die Hände in die Hüften. Das würde den beiden mal wieder ähnlich sehen. Cat hatte kürzlich mit Liv telefoniert und ihr von der Pleite mit Ike erzählt. Sie hatte sie ermutigt, nicht gleich die Flinte ins Korn zu werfen und es noch einmal mit einem anderen Mann zu versuchen. Sie konnte doch unmöglich Elijah gemeint haben? Nein, Liv war keine Kupplerin. Außerdem war glasklar, dass ein Date mit Elijah nur zu einem führen würde: Sex. Und daran war sie weiß Gott nicht interessiert. Schon gar nicht mit ihm.

Elijah gluckste und strich sich über das unrasierte Kinn. »Ich lasse mich von niemandem zwingen, mit jemand Bestimmtem auszugehen. Nicht mal mit dir. Ich würde allerdings mit dir ausgehen, wenn du willst. Freiwillig.« Er wackelte anzüglich mit den Augenbrauen.

Cat seufzte. »Also haben sie ...?«

»Nein«, fuhr er dazwischen. »Natürlich nicht. Ich bin nicht hier, weil mich Liv oder Nate um etwas gebeten haben. Außerdem weiß Liv gar nichts von unserer Bekanntschaft, schon vergessen? Die Überraschungsparty.«

Sie schob ihre Unterlippe vor und nickte. »Ja, stimmt auch wieder.«

»Und, akzeptierst du mich dann jetzt als Begleitung?«

In seinem Blick war eine Siegesgewissheit, die sie ein wenig ärgerte. Zugleich aber gefiel es ihr. Er war keiner dieser Schmachtjüngelchen, die sie bei Klubbesuchen umlagerten, er war ein echter Mann, und er wusste, was er wollte.

Cat kniff die Augen zusammen, als sie begriff, dass sie sich ihn tatsächlich für eine Sekunde an ihrer Seite vorgestellt hatte, dann schüttelte sie energisch den Kopf. »Es ist echt nett von dir, aber nein danke. Ich finde schon noch einen passenden Kandidaten.«

Das hoffte sie jedenfalls. Mit Elijah würde es nur Probleme geben, das war ihr klar.

Damit schien er nicht gerechnet zu haben, seine Gesichtszüge entglitten ihm. Das süffisante Grinsen war verschwunden. »Was? Wieso denn nicht? Was ist denn an mir auszusetzen?«

Oh, ihr fiel da eine ganze Menge ein. Er war attraktiv und wusste, was Frauen mochten. Und sie wollte einfach kein Risiko eingehen. Nicht, dass sie sich nach ein paar Gläsern Wein – und die würde sie sich genehmigen – auf eine Dummheit mit ihm einlassen würde. Das wäre fatal, und schon deswegen kam es nicht infrage. Sie würde Elijah immer wieder begegnen, immerhin war er der Freund des Freundes ihrer besten Freundin. Der letzte Kerl also, mit dem sie was anfangen würde – außerdem liebte sie ja immer noch Josh.

Den hatte sie tatsächlich für ein paar Sekunden vergessen, was äußerst merkwürdig war und sie nur darin bestätigte, keinesfalls mehr Zeit mit Elijah zu verbringen. Er würde sie nur von ihrem eigentlichen Plan ablenken.

»An dir ist natürlich gar nichts auszusetzen. Aber an mir. Du weißt doch: Ich suche einen Mann fürs Leben, nicht für eine Nacht.« Damit dürfte sie Elijah genügend abgeschreckt haben. Um ihre Zukunftspläne deutlicher zu machen, summte sie »damm damm dadamm«, die Melodie, die jeder kannte, wenn die Braut zum Altar geführt wurde.

Es wirkte, er rümpfte die Nase. »Du weißt gar nicht, was dir entgeht. Was wäre denn, wenn ich dir verspreche, dass ich dich auf der Betriebsfete nicht anmache?«

»Was ist denn eigentlich mit dir los? Warum bist du so versessen, mich zu begleiten?«

Für einen Moment wirkte er, als ob er selbst überlegen müsste, warum er so hartnäckig darauf bestand. Die Verwirrung stand ihm gut, das musste sie leider zugeben.

»Ich möchte dir lediglich die Last von den Schultern nehmen, den Stress, einen Mann zu finden, an dem du im Grunde eh kein Interesse hast – wo du doch deinen, wie hieß er noch gleich, äh, Ex noch liebst. So kurz vor Livs Party sollst du dich nicht auch noch um etwas kümmern müssen, das ohnehin sinnlos ist.«

Cat neigte ihren Kopf, es klang wie eine fadenscheinige Ausrede. »Ich komme schon klar, aber vielen Dank für deine Fürsorge.« Sie legte ihre Hände an den Einkaufswagen. »Also, man sieht sich. Ciao, Elijah.« Dann ging sie weiter. »Vielleicht überleg ich mir das mit der Begleitung ja noch mal«, rief sie ihm über die Schulter hinweg zu.

»Alles klar. Bis dann.« Er trat zur Seite. Cat spürte seinen Blick im Rücken, drehte sich aber nicht noch einmal um.

Gott, hatte sie eben wirklich eingewilligt, dass er mitkommen sollte?

Elijah streifte rastlos durch die Stadt, er wusste nichts mit sich anzufangen – zu Hause fiel ihm die Decke auf den Kopf. Er hatte keine Lust auf die Wiederbelebung einer alten Bekanntschaft, die ihm heute Nacht das Bett wärmen konnte, und für eine Neueroberung fehlte ihm die Motivation. Zudem er, wenn er ehrlich zu sich war, ohnehin nur an einer bestimmten Frau interessiert war. Irgendwie bekam er die fixe Idee, Cat zu zeigen, dass er die perfekte Ablenkung für sie war, nicht aus dem Kopf. Er würde sie diesen Josh vergessen lassen, aber sie war anscheinend – aus welchem Grund auch immer – nicht an ihm interessiert. Nun ja, er würde nicht aufgeben und auf den richtigen Moment warten. Bis dahin würde er, wenn es so weiterging, mit blauen Eiern herumlaufen. Er seufzte und zog sein Telefon aus der Hosentasche, dann rief er Brandon an.

»Hey, was gibt's?«, antwortete sein Freund nach dem vierten Klingeln. Immerhin ging der viel beschäftigte Anwalt ans Telefon, das ließ hoffen.

»Bock auf 'ne Klubtour?«

»Wieso nicht, hast du an einen bestimmten gedacht?«

»Nicht wirklich. Bin für Vorschläge offen.«

»Okay, treffen wir uns in zwanzig Minuten im *One.* Aber nicht so lange, ich habe morgen um zehn einen Gerichtstermin.«

»Wer wird geschieden?«

»Sie ist steinreich und wird am Ende noch reicher sein. Mehr kann ich dir nicht sagen.«

»Schon klar.« Brandon war einer der bestbezahlten Scheidungsanwälte der Ostküste, vielleicht war er aus diesem Grund noch Single. Er musste tagtäglich mit ansehen, wo einen die große Liebe hinführte. Elijah grinste finster.

Die beiden verabschiedeten sich, eine halbe Stunde später trafen sie sich vor einem ihrer Stammklubs. Da sie gerne gesehene Gäste waren, gingen sie an der langen Warteschlange vorbei und wurden vom Türsteher direkt in den VIP-Bereich geführt. Brandon und Elijah ignorierten die anzüglichen Kommentare der Damen, die ihnen so einiges versprachen, wenn sie sie mit hineinnahmen. Die beiden suchten sich ihre Affären immer noch selbst aus.

Kurz darauf saßen sie im oberen Bereich des Klubs in zwei dunklen Ledersesseln und genossen den Blick auf die Tanzfläche.

Elijah bestellte sich einen alkoholfreien Cocktail, und Brandon genehmigte sich einen fünfundzwanzig Jahre alten Whiskey auf Eis.

»Was hältst du von der da?« Brandon zeigte mit seinem Kopf auf eine dunkelhaarige Schönheit, die auf der Tanzfläche ihre Hüften kreisen ließ.

»Nicht mein Typ«, kommentierte Elijah gelangweilt.

»Häh?« Sein Freund schaute ihn mit gerunzelter Stirn an. »Seit wann?«

»Guck nicht so blöd. Ich muss doch nicht jeder hinterherlaufen, die einen runden Hintern hat.«

Brandon lachte. »Das ist mir neu. Also ich finde sie heiß.«

»Dann schnapp sie dir, ich habe heute keinen Bedarf.«

»Wieso das denn nicht? Hast du neuerdings Potenzprobleme?« Er unterdrückte ein Lachen.

Elijah schnaufte aus. An der Potenz lag es nicht, aber er hatte eine ganz bestimmte Vorstellung davon, wen er damit beglücken wollte. Aber Cat war nun mal nicht hier. »Du musst nicht von dir auf andere schließen, mein Lieber.«

»Jesus, was hast du denn für eine Laune? Ich geh mal rüber, dann kannst du hier alleine vor dich hin grummeln.«

Elijah schaute Brandon hinterher, mit langen Schritten

ging er auf die Tanzfläche und machte sich an die Dunkelhaarige ran. Er sah, wie Brandon ihr etwas ins Ohr flüsterte, aber sie schüttelte lachend den Kopf. Nach dem nächsten Song kehrte sein Kumpel wieder zu ihm zurück, die Getränke waren mittlerweile gebracht worden.

»Na, sag bloß, die Hübsche steht nicht auf gut situierte Anwälte?«

Brandon hob eine Augenbraue, dann trank er einen Schluck. »Scheint nicht mein Tag zu sein. Ein Jammer.«

»Es gibt doch noch andere Ladys im Klub.«

»Irgendwie fehlt mir die Motivation, wenn ich ehrlich bin. Ich muss morgen wirklich fit sein.«

Elijah lachte. »Du klingst wie ein Weichei.«

»Halt doch die Klappe. Warum rufst du mich an, wenn du doch nur stänkerst?«

»Sorry, hatte einfach einen Scheißtag.«

»Willst du drüber reden?«

»Sehe ich aus, als würden mir Titten wachsen?«

Brandon schnaubte.

»Eben«, meinte Elijah. »Es gibt nichts zu reden. Morgen sieht's schon wieder anders aus.«

»Die Laus muss schon ziemlich groß sein, wenn sie sogar deine Libido killt.«

»Das wird sich zeigen«, murmelte Elijah und nippte von seinem Cocktail. »Erzähl mal lieber, was es von dir Neues gibt.«

»Von mir? Nichts.«

»Ist das gut oder schlecht?«

»Ich bin zufrieden, aber meine Familie sitzt mir im Nacken, das nervt.«

»Inwiefern?«

»Die alte Leier, sie wollen eine Schwiegertochter, Enkelkinder und den ganzen Mist. Einen Stammhalter, der den Namen weiterführt, du weißt schon.«

»Da kann ich wohl froh sein, dass ich keine Eltern mehr habe.«

»So war es nicht gemeint.«

»Das weiß ich doch. Such dir doch eine Fake-Frau.«

»Ich glaube nicht, dass ich für so was die Nerven habe. Nicht mal ein guter Ehevertrag könnte mir den Ärger ersparen, den man mit dem weiblichen Geschlecht hat, egal, ob die Beziehung echt ist oder nicht. Nicht mit mir, nicht mit mir.« Er trank den Rest von seinem Glas aus. »Ich bin definitiv noch nicht so weit, mir das Leben durch eine Gemahlin versauen zu lassen.«

Elijah lachte. »Das kann ich gut verstehen. Soll ich mit deiner Mutter reden?«

»Lass mal, aber danke für das Angebot! So, mein Lieber«, sagte Brandon dann und erhob sich. »Ich mach die Biege. Das wird hier heute wohl nichts mehr.«

Die beiden klopften sich auf die Schultern. »Ich bleibe noch ein paar Minuten.«

Nachdem Brandon gegangen war, schlenderte Elijah noch einmal quer durch den Klub, grüßte hier und da und beobachtete das Treiben auf der Tanzfläche. Leider interessierte ihn heute niemand so recht, ihm wurde langweilig, deshalb verließ er den Klub ebenfalls und fragte sich, warum er nicht gleich mit Brandon abgehauen war. Auf dem Weg zu seinem Auto fühlte er sich beobachtet. Er warf einen Blick über seine Schulter, aber da war nichts.

Im nächsten Moment schlug ihm jemand mit etwas Hartem ins Gesicht, sodass er gegen die Karosserie seines Wagens geschleudert wurde. Der Schmerz raubte ihm den Atem. Mühsam rappelte er sich hoch und wappnete sich für seine Verteidigung. Vor ihm standen zwei dunkel gekleidete Männer, die sich nicht die geringste Mühe gaben, ihre Gesichter zu verbergen.

»Was wollt ihr?«, fragte er so ruhig wie möglich, während sein Herz raste. Dass das keine einfachen Diebe waren, war klar. Der Schlag war zu präzise gewesen, eine Warnung. Wenn sie ihn wirklich hätten verletzen wollen, wäre er jetzt tot.

»Das ist ein Gruß von Eduardo«, sagte einer der beiden, auf dessen Glatze der Mond sich widerspiegelte.

»Wer zur Hölle ist Eduardo?«, wiederholte Elijah genervt.

Ein Fehler, wie sich sogleich herausstellte. Der andere der beiden verpasste ihm eine Kopfnuss.

Elijahs Schädel dröhnte, er schwankte leicht. »Verdammter Mist, was soll der Scheiß!«, rief er und lehnte sich gegen den Wagen hinter ihm.

Der Glatzköpfige packte ihn am Kragen und kam so nah, dass er riechen konnte, dass er vor nicht allzu langer Zeit einen Hotdog mit Zwiebeln und Senf gegessen hatte. Elijahs Magen drehte sich um, er unterdrückte ein Würgen.

»Eduardo ist unser Boss. Aber vielleicht klingelt es ja bei dem Namen Valentina??«

Valentina.

Elijah grub in seinen Erinnerungen. Ja, in der Tat. Valentina war eine sexbesessene Latina, der er es ein paarmal ...

Wumms.

Ein weiterer Schlag ins Gesicht.

»Valentina gehört zu Eduardo, merk dir das. Unser Boss schickt dir seine besten Grüße.«

Elijah öffnete den Mund und schloss ihn sogleich wieder. Er hatte keine Lust, noch mehr auf die Fresse zu bekommen. Und dann begriff er, welchen Eduardo der Fettsack meinte. Eduardo de la Roche, *die* Unterweltgröße Bostons.

Verfluchter Mist. Er hätte das Telefonat mit der unterdrückten Nummer vor ein paar Tagen doch ernst nehmen sollen.

Scheiße.

Und so gut war der Sex mit ihr wirklich nicht gewesen. Zudem war es schon ein paar Wochen her ... Wieso kamen die Jungs jetzt an?

Ja, der Sex lag eine Weile zurück, aber Valentina hatte seitdem zigmal versucht, bei ihm anzurufen – er hatte gedacht, weil sie mehr von ihm wollte. Jetzt stellte sich heraus, dass sie ihn womöglich hatte warnen wollen.

»Hast du das verstanden?«, fragte Glatzkopf noch einmal.

»Klar«, gab Elijah zurück und biss die Zähne aufeinander, sein Kiefer schmerzte höllisch. Er schmeckte Blut.

»Beim nächsten Mal wird es nicht so freundlich, also lass deine Finger bei dir.«

»Vielleicht solltet ihr das der süßen Valentina mal sagen, sie ruft mich ständig an«, stieß Elijah hervor und spuckte auf den Boden.

Der Dicke trat ihm in die Eier. Elijah krümmte sich und fiel auf die Knie. Ein ersticktes Stöhnen schlich sich aus seiner Kehle. »Halt's Maul, Arschloch! Der Boss wird schon dafür sorgen, dass sie deine Telefonnummer vergisst.«

Elijah wollte lieber nicht wissen, wie *der Boss* das anstellen wollte.

Er bekam einen Tritt in die Rippen, der ihn ächzend auf die Seite katapultierte.

»Hast du das jetzt endlich kapiert?«, schrie einer der beiden. Elijah hatte die Augen geschlossen und atmete flach.

Er nickte. »Ja«, presste er hervor.

»Gut. Schönen Abend noch.« Dann hörte er, wie sich schwere Schritte auf dem nassen Asphalt entfernten. Elijah brauchte eine Weile, ehe er sich wieder rühren konnte. Gebrochen war vermutlich nichts, aber er fühlte sich wie durch den Fleischwolf gedreht. *Ein paar Prellungen, nichts, was nicht verheilen wird*, dachte er. Früher war er häufiger in Schlägereien geraten, eigentlich hatte er gedacht, dass diese Zeiten vorbei wären. Genau genommen war es keine

Schlägerei gewesen – denn er hatte keine Chance gehabt, sich zu verteidigen. Aber die Unterwelt spielte selten fair, keiner wusste das besser als er. Dumm, dass er an die Falsche geraten war. Sie war süß, so leidenschaftlich gewesen, wer hätte denn ahnen können, dass diese Valentina zu Eduardo de la Roche gehörte … Na ja, er hatte ohnehin nicht vorgehabt, sie wiederzusehen, und er hätte neulich besser gleich eins und eins zusammengezählt. Ein Fehler, das auf die leichte Schulter zu nehmen, wie sich jetzt herausstellte.

Mühsam schleppte er sich zur Fahrertür, fuhr nach Hause und nahm ein paar Schmerztabletten, ehe er ins Bett ging. Was für ein Abend! Dabei hatte er nur ein wenig Ablenkung gesucht. Gut, die hatte er gefunden. Aber auf andere Weise, als erhofft.

Kapitel 5

Tinder war nichts für sie, Cat hatte die App zwar noch nicht gelöscht, aber nachdem auch das zweite Date diese Woche total in die Hose gegangen war, hatte sie für sich entschieden, dass sie so nicht weiterkommen würde.

»Dann gehe ich eben doch alleine«, hatte sie stur vor sich hin gemurmelt und stand nun vor dem Spiegel im Wohnungsflur und warf einen letzten prüfenden Blick hinein.

Sie trug ihre blonden Haare offen, dazu ein langärmeliges, eng anliegendes Kleid, das bis zur Mitte der Waden ging. Dazu hatte sie Ankleboots mit breiten Absätzen an den Füßen. Nicht zu viel und nicht zu wenig, hatte sie sich vorgenommen, und glücklicherweise hatten ihre Lasagne-Tage keinen größeren figürlichen Schaden angerichtet. Vielleicht verbrauchte man bei Liebeskummer ja mehr Kalorien als sonst. Obwohl sie im Supermarkt noch zu Elijah gesagt hatte, dass sie es sich vielleicht überlegen würde, hatte sie ihn nicht mehr kontaktiert. Jetzt überlegte sie, ob er nicht doch einen guten Begleiter abgegeben hätte. *Zu spät*, dachte sie wehmütig.

Sie zog ihren Mantel über, schnappte sich ihre Clutch und wollte gerade nach der Türklinke greifen, als es klingelte. Sie runzelte die Stirn und ging nach unten, vielleicht ein Paketbote – aber sie konnte sich nicht erinnern, etwas bestellt zu haben.

Sie staunte nicht schlecht, als sie Elijah in einem blauen Anzug mit weißem Hemd vor ihr stehen sah, nachdem sie die Haustür geöffnet hatte.

»Huch, hast du dich in der Adresse geirrt?«, stieß sie atemlos hervor. Ihr Herz hämmerte hart gegen ihren Brustkorb.

Elijah hielt ihr seine Hand hin. »Darf ich bitten?«

»Was tust du hier?« Sie trat hinaus in die kühle Herbstnacht, die Tür fiel mit einem Krachen ins Schloss.

»Ich hole dich ab, nach was sieht es denn aus?« Er grinste spitzbübisch, was ihm ausgezeichnet stand und seinen kantigen Zügen einen weicheren Anstrich verlieh.

»Woher weißt du …?«

»Erinnerst du dich nicht? Wir hatten doch kürzlich erst darüber gesprochen, dass ich weiß, wo du wohnst.«

Sie kniff die Augen zusammen. »Ja, und wir waren uns auch einig, dass du nicht plötzlich vor meiner Tür stehen würdest.«

Er schaute angemessen zerknirscht, sie nahm ihm kein Stückchen davon ab.

»Okay, das war eine Lüge«, gab er zu.

Sie stieß zischend die Luft aus. »Hör auf mit dem Mist, ich habe echt keine Zeit für Scherze. Wie siehst du überhaupt aus? Hast du dich geprügelt?« Im fahlen Schein der Laterne konnte sie ein Veilchen sehen, das ihn noch verwegener wirken ließ als ohnehin schon. Es war kaum zu erkennen, nur wenn man genau hinsah.

»Nicht der Rede wert. Dann lass uns mal fahren, ich finde auch, dass es deutlich zu ungemütlich hier draußen ist. Kommst du, Cat?«

»Was soll das hier werden? Und woher zur Hölle weißt du eigentlich, dass ich heute und genau zu dieser Zeit los wollte? Stalkst du mich? Hast du etwa mein Telefon gehackt?«

Elijah lächelte schwach, was ihre Knie – bedauerlicherweise – weich werden ließ. Dieser Kerl machte sie nervös, und sie begriff einfach nicht wieso.

»Cat, bitte. So was würde ich nie tun. Ich habe einfach Liv gefragt.«

Diese Verräterin!

»Und sie hat es dir, ohne nachzuhaken, erzählt? Wieso denn das?« Sie konnte kaum glauben, dass Liv so freizügig über ihre Pläne berichtete. Andererseits, Elijah war Nates Freund, wenn Elijah sich beiläufig erkundigt hätte und dabei geschickt vorgegangen war, wäre es schon vorstellbar, dass Liv …

Sie kam nicht weiter mit ihren Überlegungen, denn Elijah forderte ihre Aufmerksamkeit.

»Ich habe ein bisschen geschwindelt, um ehrlich zu sein. Ich habe ihr gesagt, dass Nate mir von deinem Liebeskummer erzählt hat und dass ich gerne helfen würde bezüglich deines Dilemmas mit der Firmenfeier. Das ist die Wahrheit. Nur das mit Nate war eine klitzekleine Notlüge, aber ich wollte Liv die Überraschungsparty nicht verderben. Das verstehst du doch sicher.«

Oh, sie verstand durchaus.

»Gott, Elijah. Warum das alles? Nur, um mich ins Bett zu kriegen?« Sie schüttelte den Kopf. Einerseits fühlte sie sich geschmeichelt, dass er diesen Riesenaufwand betrieb, andererseits fand sie es merkwürdig. Er konnte doch jede haben, warum bemühte er sich so um sie? War es ein perverses Spiel, sie rumzukriegen, weil sie ihn nicht wollte?

Ja, vielleicht. Das bestätigte sie nur darin, nicht nachzugeben. Sie hatte keine Lust, sich benutzen zu lassen.

»Du unterschätzt dich, mein Kätzchen«, sagte er jetzt mit einem Funkeln in den Augen.

Herrgott noch mal, also entweder war er ein überdurchschnittlich guter Schauspieler, oder ihm lag wirklich etwas an ihr.

Cat verdrehte die Augen, weil es sie zunehmend mehr irritierte, dass sie Elijah einfach nicht durchschauen konnte. »Nenn mich nicht so«, brummte sie.

»Du bist süß, wenn du dich aufregst.«

Nun fauchte sie tatsächlich. »Gott, du bist echt unmöglich.«

»Aber verdammt sexy.« Er zwinkerte ihr zu. »Können wir dann los?«

»Wir gehen nirgendwo hin.«

»Muss ich dich etwa ins Auto zerren?«

»Das will ich sehen.« Sie verschränkte die Arme vor der Brust und konnte ein Grinsen nicht länger unterdrücken, irgendwie war sie doch froh, dass er gekommen war.

Zu ihrem eigenen Erstaunen blieb Elijah regungslos stehen. »Warum willst du partout nicht mit mir zu diesem Fest gehen?«

Er wirkte gekränkt. War es Unsicherheit, die sie in seinen Augen las? Im nächsten Moment war sein Gesicht mit einem schiefen Lächeln geschmückt, und sie glaubte, sich getäuscht zu haben. Elijah Moore unsicher? Wie albern.

Trotzdem, und diese Erkenntnis ließ ihr Herz einen Schlag aussetzen, fand sie die Idee, ihn an ihrer Seite zu haben, irgendwie schön.

»Pass auf, mein Lieber. Ich will nur eins klarstellen: Ich gehe nicht mit dir ins Bett. Egal, wie nett du zu mir sein wirst.« Es war besser, das noch einmal laut auszusprechen – vielleicht auch, um sich selbst daran zu erinnern.

»In Ordnung. Bist du dann so weit?« Es schien ihm nicht im Mindesten zu beeindrucken, was Cat wiederum höchst verwirrend fand.

»Du willst wirklich den Charmeur an meiner Seite spielen, auch wenn am Ende nichts für dich dabei rausspringt?« Sie runzelte die Stirn.

»Klar. Deswegen bin ich hier. Ich glaube, es könnte ein amüsanter Abend werden. Diese Natalie muss ich kennenlernen.«

Sie glaubte ihm kein Wort. Dennoch ... er hatte eine Chance verdient. Vielleicht wollte er ja wirklich nur helfen.

»Sie ist vergeben«, teilte sie ihm mit und schaute ihm direkt in die Augen.

Er gluckste. »Doch nicht deswegen. Es interessiert mich einfach zu sehen, welche Art von Person dich nicht leiden kann. Ich kann mir nicht vorstellen, dass es da überhaupt jemanden geben könnte.«

Elijah trat auf sie zu, für eine Sekunde glaubte sie, dass er sie küssen wollte, doch dann legte er eine Hand auf ihren unteren Rücken und schob sie sanft an. »Wir wollen doch nicht zu spät kommen. Also, was muss ich wissen?«

Sie konnte es nicht fassen, aber nun war sie tatsächlich mit Elijah unterwegs zu diesem dämlichen Firmenfest. Vielleicht hätte sie sich einfach krankmelden sollen.

Elijahs Sportwagen roch nach Leder und seinem herben Aftershave. Ihre ohnehin schon hohe innere Anspannung steigerte sich ins Unermessliche, als sie neben ihm auf den Beifahrersitz stieg. Nachdem auch Elijah hinter dem Steuer Platz genommen hatte, ließ er den Motor aufheulen. »So, dann wollen wir mal.«

»Ob das wirklich eine gute Idee ist?«, murmelte sie mehr zu sich selbst als in seine Richtung.

Elijah legte seine Hand auf ihren Oberschenkel und wandte ihr sein Gesicht zu. »Ich verspreche dir, dass ich dich nicht blamieren werde. Glaubst du mir das?«

Sie musste schlucken, leider vertrieb das nicht den dicken

Kloß in ihrem Hals. Warum war er auf einmal so süß zu ihr? Unfreundlich war er bisher natürlich nicht gewesen, aber bislang hatte immer etwas Sexuelles in seinem Ansinnen durchgeblitzt. Jetzt hatte sie den Eindruck, dass er ihr wirklich etwas Gutes tun wollte und nicht sich selbst. Sie räusperte sich und schaute auf seine Hand.

»Okay, schon gut. Keine Fummelei.« Er zog seine Finger zurück und fuhr los, dabei hatte sie gar nicht die Berührung beanstanden wollen. Im Gegenteil, es hatte sich verdammt gut und irgendwie beruhigend angefühlt.

Cat räusperte sich. »Will ich dir auch geraten haben.«

Er lachte, dann raste er los. Cat wurde tief in den Sitz gedrückt und genoss das Gefühl von Geborgenheit, das sich in ihr ausbreitete. In den letzten vierzehn Tagen hatte sie so sehr damit zu kämpfen gehabt, dass Josh nicht mehr an ihrer Seite war, dass sie ihren Kopf nicht mehr an seine Schulter hatte betten können, seinen warmen Körper nicht mehr spüren konnte. Darüber hatte sie ganz vergessen, wer sie selbst war.

Obwohl klar war, dass mit Elijah niemals etwas laufen durfte, gab ihr seine Nähe etwas von ihrem Selbstbewusstsein zurück, ohne dass er mehr tun musste, als nur da zu sein. Das war merkwürdig, gleichzeitig wusste sie instinktiv, dass sie sich auf ihn verlassen konnte. Wenn er etwas zusagte, würde er es auch tun. Das war bei Josh nicht so gewesen, er hatte oft gesagt, dass sie dies oder jenes gemeinsam unternehmen würden – am Ende war Cat oft alleine unterwegs gewesen, weil Josh doch wieder länger hatte arbeiten müssen.

Verdammt, was machte sie da eigentlich? Verglich sie die beiden miteinander? Sie schüttelte kaum merklich den Kopf, um diese albernen Gedanken loszuwerden.

»Stimmt was nicht?«, ertönte Elijahs Stimme neben ihr.

»Doch, doch. Alles supi«, log sie.

»Du hast vorhin nicht geantwortet«, fing er an.

»Was meinst du?«

»Was muss ich wissen? Wer ist dein Boss? Und wer ist diese Natalie noch mal?«

Sie entspannte sich ein wenig. »Mein Boss heißt Brad Appleton, ist Mitte vierzig und sehr exzentrisch.«

»Mit anderen Worten, er ist schwul.«

»Das eine hat mit dem anderen doch nichts zu tun.«

»Wenn du das sagst.« Er zuckte die Schultern. »Ist er nett?«

»Nett und exzentrisch schließen sich irgendwie aus, oder?«

»Ich weiß nicht. Okay, also nicht nett.«

»Na ja. Er ist halt mein Boss. Unsere Agentur wäre sicher nicht so erfolgreich, wenn Brad Appleton *nett* ausreichen würde. Aber er ist fair, er bezahlt einigermaßen gut, und ich bin flexibel in meinem Bereich.«

»Das klingt okay.«

»Ist es auch.«

»Magst du deinen Job?«

»O ja. Das tue ich. Wobei ich manchmal ganz schön im Stress bin, aber das macht es ja auch irgendwie aus. Unter Druck kann ich richtig gut arbeiten.«

»Tatsächlich?«

Sie warf ihm einen Seitenblick zu, er wirkte konzentriert und schaute auf die Straße. »Ja, wieso?« Cat schnaufte aus und legte sich eine Hand an die Stirn, dann ließ sie sie wieder sinken. »Ach so. Weil du mich nur als Häufchen Elend kennst, das in Liebeskummer versinkt. So bin ich nicht immer.«

»Das habe ich auch nicht geglaubt. Ich habe mich aber dennoch gefragt, warum eine tolle Frau wie du sich von einem Kerl verarschen lässt.«

»Verarschen?«

»Na, du weißt schon. Diesen Mist von wegen ›Lass uns mal eine Zeit lang mit anderen treffen‹. Das glaubst du doch selbst nicht, oder?«

Er hatte recht. Leider. Wenn sie ehrlich zu sich war, dann wusste sie, dass Josh nie zurückkommen würde. Die Erkenntnis schmerzte heute seltsamerweise nicht mehr so sehr wie noch einige Tage zuvor. »Tja, was soll ich sagen. Nenn mich naiv.«

»Das mache ich nicht.« Seine Stimme war ruhig, dennoch lag ein Unterton darin, den sie nicht ganz einordnen konnte.

Sie schwiegen eine Weile, Cat zog ihr Handy aus der Clutch und schaute kurz bei Facebook vorbei. Ein Fehler, denn ganz oben in ihrer Timeline tauchte ein Bild von Josh mit einer anderen Frau auf. Die beiden saßen auf einer Bank im Park und hatten ganz offensichtlich ein Bild mit einem Selfie-Stick aufgenommen. Die Köpfe aneinandergedrückt, sein Arm lag um ihre Schultern. Cat vergaß zu atmen. Der Schmerz kam langsam, er schwoll zu einem Dröhnen in ihrem Kopf an, das ihren Schädel zu zerreißen drohte.

»Was ist?«, hörte sie Elijahs Stimme wie durch dichten Nebel.

Sie starrte immer noch auf das Bild. Josh sah glücklich aus. Er lachte in die Kamera.

Früher hatte er sie so angesehen.

Aber das war lange her.

Monate, vielleicht länger. Cat hatte es nicht gemerkt, aber jetzt begriff sie. Josh war nur aus Bequemlichkeit bei ihr geblieben – bis er eine bessere Alternative gefunden hatte. Und selbst dann hatte ihm der Arsch in der Hose gefehlt, ihr die Wahrheit zu sagen. Er ging jedem Konflikt aus dem Weg, er hasste Streit. Oder er war einfach zu feige dafür.

»Cat?« Elijahs Hand auf ihrem Oberschenkel riss sie in die Realität zurück.

Hastig ließ sie ihr Telefon in der Clutch verschwinden

und strich sich eine Strähne aus dem Gesicht. »Alles gut«, log sie.

»Kätzchen, lass uns eins klarstellen. Du kannst mir wirklich immer alles an den Kopf werfen, was dir gegen den Strich geht. Aber lüg mich nicht an.« Seine Stimme klang härter als bisher. War er verärgert? Wieso?

»Was ist wirklich los?«, fügte er sanfter hinzu und drückte ihre Hand aufmunternd.

»Josh hat eine Neue.«

Einen Moment sagte Elijah nichts. »Tja, das wundert mich nicht.«

Sie atmete leise aus.

»Aber ich verstehe«, fuhr er fort, »dass die Wahrheit manchmal wehtun kann.«

Cat spürte, wie sich ihre Augen mit Tränen füllten.

Verfluchter Mist, sie würde jetzt nicht anfangen zu heulen. Sie hatte sich so eine Mühe mit dem blöden Make-up gegeben, damit es natürlich aussah und trotzdem perfekt war.

»Ich komme schon klar.« Sie straffte sich, und Elijah zog seine Hand zurück.

Cat erschauderte leicht, obwohl ihr nicht kalt war. Sie vermisste seine Wärme, die sie noch jetzt als Prickeln auf ihren Schenkeln spüren konnte.

»Tu nicht so stark«, brummte er, und Cat fragte sich, warum er sauer auf sie war.

»Ich möchte nicht mehr an Josh denken.«

»Weißt du, ich habe keine Ahnung von der Liebe, aber …«, sie spürte seinen forschenden Blick auf sich. »Aber eins ist klar. Man kann sie nicht per Knopfdruck abstellen. Gefühle lassen sich nicht planen.«

Cat neigte ihren Kopf und dachte kurz darüber nach. »Weise Worte für einen Mann, der angeblich nichts über die Liebe weiß.«

»Ich habe nicht gesagt, dass ich darüber nichts weiß.«

Sie riss ihre Augen auf und schaute ihn überrascht an, aber Elijah guckte stur auf die Straße. Sie sah jedoch, dass er das Lenkrad ein wenig fester umklammerte als zuvor.

War er einmal verliebt gewesen, und seine Gefühle waren nicht erwidert worden? Das konnte Cat sich irgendwie nicht vorstellen. Jede Frau würde sich in einen Mann wie ihn verlieben.

Jede Frau?

Ach du grüne Neune.

Natürlich nicht *jede* Frau. Sie nicht.

Aber ansonsten. Er war attraktiv, klug und charmant. Cat war sich sicher, dass er fast jede haben konnte. Theoretisch gesehen war es also möglich, dass er nur deshalb nicht gebunden war, weil sein Herz an einer anderen hing. Komischerweise hatte sie bislang keinen einzigen Gedanken daran verschwendet, sie hatte geglaubt, dass er einfach ein Kerl war, der nicht genug von Sex bekommen konnte, aber keine Lust auf Verbindlichkeit hatte.

Noch ehe sie eine weitere Frage dazu stellen konnte, hatten sie den Veranstaltungsort erreicht, und Elijah lenkte den Wagen geschickt in eine Parklücke. »Da wären wir«, verkündete er, ehe er den Motor ausmachte, ausstieg und ihr dann aus dem Sitz half. Das wäre natürlich nicht nötig gewesen, aber sie fand es galant, dass er an diesem Abend den perfekten Gentleman abgab. Jetzt glaubte sie ihm, dass er wirklich keine Hintergedanken hatte. Elijah war doch vielschichtiger, als es auf den ersten Blick aussah.

Brad Appleton hatte eine Bar für den Abend gemietet, die durch futuristisches Design bestach, dazu indirekte Beleuchtung und gemütliche Lounge-Möbel, die überall, scheinbar ohne Plan, herumstanden. Das Licht war gedämpft, aus unsichtbaren Lautsprechern tönten elektronische Klänge, die mit Klaviermusik gemischt waren. Ein frischer Zitrusduft, der mit hölzernen Noten versetzt war, stieg ihr in die Nase, als sie den Raum betraten. Gelächter, Murmeln und Gläserklirren, das von den vielen bereits Anwesenden verursacht wurde, drang an ihre Ohren.

»Wir sind wohl ein bisschen spät dran«, meinte Elijah, dessen Hand auf ihrem Rücken ruhte und ihr Halt und Sicherheit gab.

»Ist schon okay, das Büfett ist noch nicht eröffnet.«

»Darf ich deine Jacke abgeben?«, bot er an und zeigte mit dem Kopf auf die Garderobe neben dem Eingang.

»Danke, das wäre sehr nett.« Sie schenkte ihm ein Lächeln und ließ sich von ihm helfen.

Cat schaute ihm nach. Elijahs Bewegungen waren geschmeidig und kraftvoll zugleich. Der Anzug war vermutlich maßgeschneidert und passte wie angegossen. Sie kam nicht umhin, seine schmalen Hüften – und den überaus knackigen Po – zu begutachten, ehe sie ihren Blick über seine breiten Schultern und die Nicht-Frisur gleiten ließ, die seinem perfekten Look etwas Unperfektes verlieh, was ihn absurderweise noch stimmiger machte. In diesem Moment drehte er sich um und sah, dass sie ihn beobachtete.

Seine Mundwinkel bogen sich nach oben, er zwinkerte ihr zu.

Schmetterlinge flogen in ihrem Bauch auf. Cat schnappte entsetzt nach Luft.

Was war denn auf einmal mit ihr los?

Sie legte sich eine Hand auf den Magen, als ob das etwas nützen würde.

Mit wenigen Schritten war Elijah bei ihr und hielt sie an den Schultern fest. »Ist dir nicht gut? Soll ich dir ein Glas Wasser holen?«

Ein Schnaps wäre ihr lieber. Stattdessen rang sie sich ein Lächeln ab. »Nicht doch. Habe wohl vergessen zu essen, das wird gleich wieder. Alles bestens.«

Ja, das war eine Erklärung. Tatsächlich hatte sie seit dem Frühstück nichts mehr gegessen, jetzt war es gleich acht.

Lügnerin, hallte es durch ihren Schädel.

Sie biss sich auf die Lippe. »Komm, wir mischen uns mal unters Volk.«

Vielleicht würde sie das wieder zur Vernunft bringen. Sie kamen nicht weit, schon sprach Brad sie an. »Hallo Catherine, wie schön, dass du auch da bist.« Brad gab ihr ein Küsschen rechts und links, dann ließ er seinen Blick zu Elijah wandern und ließ ihn eine Sekunde länger auf ihm verweilen, als es sich gehörte. »Guten Abend, Brad.«

»Und, wen haben wir denn da?«

»Das ist Elijah Moore, meine Begleitung«, stellte sie Elijah vor.

Die Männer tauschten einen Händedruck aus. »Freut mich«, sagte Elijah.

»Oh, die Freude ist ganz meinerseits. Herzlich willkommen. Ihr habt ja noch gar nichts zu trinken«, stellte er fest.

»Das werden wir gleich ändern.«

»Wunderbar, wunderbar«, flötete Brad und klatschte in die Hände. »Dann amüsiert euch gut. Cat, es freut mich, dass du so einen netten Mann an deiner Seite hast. Ich hatte schon angefangen, mir Sorgen um dich zu machen.«

Sie spürte, dass sie knallrot anlief.

Elijah legte ihr einen Arm um die Schultern. »Nicht nötig, wie Sie sehen.«

Brad strahlte Elijah an. Offenbar hatte ihr Begleiter nicht nur auf die Damenwelt eine eindeutige Wirkung. Warum überraschte sie das nicht? Allerdings wirkte Elijah alles andere als interessiert an Männern. Seine Hüften berührten ihre, was ein seltsames Kribbeln in ihrem Unterleib auslöste, das da ganz und gar nichts zu suchen hatte. Immerhin standen sie vor ihrem Chef.

»Nun gut, ihr Lieben. Dann also viel Spaß, wir finden sicher noch später Zeit für einen Plausch.«

»Sehr gerne«, sagte Cat. Sie atmete erleichtert auf, als Brad weiterging, um Neuankömmlinge zu begrüßen. Nachdem sie sich etwas zu trinken an der Bar geholt hatten, ein Glas Wein für sie und eine Cola für Elijah, stellte Cat Elijah einigen ihrer Kollegen vor. Der Abend verlief überraschend amüsant. Sie hatte ihre Kollegin Natalie zwar schon gesehen, war ihr aber bislang aus dem Weg gegangen. Ihr Begleiter war redegewandt und witzig, er hatte es tatsächlich geschafft, keinen einzigen anzüglichen Kommentar in ihre Richtung abzugeben. Dennoch berührte er sie immer wieder, beiläufig, gleichzeitig zärtlich und äußerst liebevoll.

Wahnsinn, dachte sie. *Falls es mal mit seiner Firma den Bach runtergeht, kann er sicher sein, dass ihm in Hollywood Großes bevorsteht ...*

Unglücklicherweise sah sie, wie Natalie auf sie zukam. Sie trug ein bodenlanges schwarzes Kleid, das mit Pailletten besetzt war und dessen sündhaft tiefer Ausschnitt ihre weiblichen Vorzüge betonte.

»Guten Abend«, säuselte sie und gab Cat ein Küsschen rechts und links, dann wandte sie sich Elijah zu. »Hallo.«

»Hallo Natalie, das ist Elijah Moore.«

Natalie streckte ihm ihre perfekt manikürten Fingerchen hin. »Freut mich«, sagte sie und warf dann Cat einen Blick zu, aus dem klar hervorging, dass sie sich fragte, was dieser gut aussehende Kerl neben ihr hier machte. Dann schien sie sich an das Gespräch im Büro zu erinnern, als Cat behauptet hatte, dass sie längst über Josh hinweg wäre.

»Es ist doch das Beste, sich nach einer blöden Beziehung direkt in eine neue zu stürzen, nicht?« Natalie lachte künstlich.

Cat atmete tief ein.

Elijah lächelte schmallippig, Cat sah einen Muskel an seiner Wange zucken. Also war er doch nicht so ein begnadeter Schauspieler, wie sie angenommen hatte. Wenn er sie anlächelte, war sein Gesicht immer vollkommen entspannt gewesen, davon war jetzt nichts mehr zu sehen. Gleichzeitig fiel ihr auf, dass der linke Kiefer ein wenig geschwollen war, das hatte sie vorher gar nicht bemerkt, vermutlich weil sie sich den ganzen Abend im Halbdunkel aufgehalten hatten.

»Sehr erfreut, Sie kennenzulernen«, ertönte Elijahs dunkle Stimme, dann legte er einen Arm um Cats Schultern und zog sie eng an seine Seite. Er hatte es nicht nötig, ihren Kommentar zu bestätigen oder zu dementieren. Cat freute sich, dass er sich von Natalies blöden Sprüchen nicht aus der Ruhe bringen ließ.

»Oh, ganz meinerseits«, meinte Natalie. »Dann tut es sicher nicht so weh. Ich meine, Josh könnte da wirklich ein bisschen taktvoller sein, nicht?« Sie lächelte zuckersüß, Cat wusste, dass Natalie diesen Moment genoss.

»Ach, du meinst dieses Bild auf der Parkbank?«, sagte sie gelassen. Jetzt war sie froh, dass sie es schon im Auto entdeckt hatte und nicht erst jetzt von der Schlange darauf gestoßen wurde. Sie bereute, dass sie Josh und Natalie einmal bekannt gemacht hatte, die beiden hatten sich natürlich sofort auf Facebook befreundet.

»Das ist doch schon Schnee von gestern.« Sie winkte ab, und ihre rot lackierten Nägel blitzten im Licht. Sie kam noch ein Stück näher. »Ich habe vorhin was ganz anderes gesehen, das hat mich ziemlich schockiert. Ich meine, wie lange wart ihr zusammen und habt nie übers Heiraten gesprochen? Und jetzt, zack hat er eine Neue, da kann es gar nicht schnell genug gehen. Dieser Mistkerl.« Natalie schenkte Cat einen mitfühlenden Blick, dann zückte sie ihr Handy.

In Cats Bauch breitete sich ein mulmiges Gefühl aus, dem auch Elijahs Arm auf ihren Schultern nicht gegensteuern zu vermochte.

Natalie zeigte ihr das Smartphone, auf dessen Bildschirm ein Foto von Josh mit seiner Neuen zu sehen war. Sie hielt einen Ring in die Linse, dahinter strahlten die Gesichter des Paares um die Wette.

Ein Verlobungsfoto. Das war eindeutig. Cat las die Überschrift. »Wir trauen uns.«

O Gott. Ihr Magen drehte sich um.

Er hatte dafür gerade mal zwei Wochen gebraucht? Das andere Bild war ja schon krass gewesen, aber das toppte alles. Cat fühlte sich, als würde ihr jemand ganz langsam den Boden unter den Füßen wegziehen. Sie bekam keine Luft mehr. Dann spürte sie Elijahs Hand deutlicher, was sie ein wenig beruhigte. »Und du?«, hörte sie ihn zu Natalie sagen. »Was bringt dich dazu, die Exfreunde von Kollegen zu stalken?« Cat beobachtete die Szene, als wäre sie gar nicht dabei, sondern als schaue sie sich das alles aus weiter Ferne an.

Natalies Augen wurden tellergroß. Sie öffnete ihren rot geschminkten Mund, dann schloss sie ihn wieder. Sie sah aus wie ein Karpfen. Aber Cat konnte sich nicht darüber freuen.

»Wie unsensibel von dir, Natalie«, fuhr Elijah indes fort. »Natürlich tut es auch heute noch weh, denn die Trennung war schmerzhaft für Cat, nicht wahr?«

Cat blieb nichts anders übrig, als zu nicken, denn ihre Kehle fühlte sich immer noch so an, als läge ein eiserner Ring darum, der immer weiter zugezogen wurde.

»Das war nicht meine Absicht«, sagte Natalie kühl, die sich schnell wieder gefangen hatte.

»Aber wir sind nicht nachtragend, nicht wahr, Darling?«, meinte Elijah. »Ich würde mir aber doch wünschen, dass du vielleicht etwas weniger in Cats – und damit auch meinem – Privatleben schnüffeln würdest.«

Der Druck seiner Hand auf ihrem Oberarm verstärkte sich. Sie spürte, die Wärme, die von ihm ausging und vom Arm in ihren Brustkorb Richtung Herz aufstieg. Ganz langsam löste sich der Druck von ihren Lungen.

»Das ist ja wohl …«, zischte Natalie, dann fehlten ihr die Worte.

Es gab also doch noch Wunder.

»Wenn du uns einen Augenblick entschuldigen würdest«, sagte Elijah emotionslos und ging mit Cat, die sich wie eine Marionette an unsichtbaren Fäden führen ließ, ein Stück weiter an den Rand des Geschehens.

Er blieb vor ihr stehen und nahm ihr Gesicht zwischen seine Hände. »Schau mich an, Cat.«

Sie hob ihren Blick und verlor sich im Graublau seiner Augen. »Ja«, war alles, was sie hervorbrachte. Äußerlich wirkte sie wie erstarrt, das war ihr bewusst, aber der Aufruhr in ihrem Inneren tobte mit unverminderter Kraft. Jetzt gesellte sich noch ein anderes, verwirrendes Gefühl hinzu, das seine Nähe, seine Wärme, in ihr hervorriefen.

»Knall mir keine, spiel einfach mit«, bat er sie mit rauer Stimme und rührte sich nicht. Sein heißer Atem war ganz nah, er roch süß und frisch. Sie erschauderte.

Alles, was sie noch denken konnte, war, dass sich seine Haut auf ihren Wangen verdammt gut anfühlte, dann senkte er auch schon seine Lippen auf ihre. Zart drückte sich sein Mund auf ihren, liebkoste sie federleicht. Cat hatte nicht vergessen, wo sie waren, *warum* er das tat, dennoch fühlte es sich nicht wie ein Mitleidskuss an. Im Gegenteil. Es war überaus real und sinnlich. Echt. Nichts war gespielt. Nicht von ihrer Seite jedenfalls.

Noch nie hatte sie jemand so hingebungsvoll und gleichzeitig einfühlsam geküsst. Elijahs Zunge strich sanft über ihre Unterlippe, irgendwer seufzte leise.

Das musste sie gewesen sein. Ach herrje. Sie hatte weder sich noch ihre körperlichen Reaktionen im Griff, sie war froh, dass es Elijah war, der vor ihr stand. Sie vertraute ihm.

Ihr Körper verselbstständigte sich unter seinen Berührungen, irgendwie war sie an seiner Brust gelandet, ihre Hände hatte sie in seinen Nacken gelegt. Sie klammerte sich an ihm fest, als sei er ihr Fels in der Brandung – denn es war so. Er war für sie da, gab ihr Halt und Sicherheit. Elijah drängte sich dichter an sie, sein Kuss wurde fordernder. Seine Zunge spielte mit ihrer. Cats Knie waren weich wie zu lange gekochte Spaghetti, aber das machte nichts, denn er hielt sie fest und geborgen in seinen Armen. Hitze sammelte sich zwischen ihren Beinen, ein Sehnen breitete sich in ihren Nervenenden aus, das sie schneller atmen ließ.

Neben ihnen klirrte es, ein Glas zersprang in tausend Teile. Das Geräusch holte sie in die Realität zurück. Widerwillig löste sie sich von seinen sinnlichen Lippen. Sie wäre getaumelt, wenn sich der Griff seiner Hände nicht verstärkt hätte. Er ließ ihr den Raum, den sie brauchte, aber hielt sie dennoch fest. Sie war froh darüber.

Cat hob ihren Blick und erschrak über das Verlangen in seinen Augen, sie erkannte ihr eigenes darin.

Es war real.

Es war gewaltig.

Es war gegenseitig.

Elijahs Lippen waren geöffnet, doch er sprach kein Wort. Eine steile Falte hatte sich zwischen seinen Brauen gebildet, als ob er selbst einige Fragen hätte, auf die er keine Antwort wusste. War er etwa genauso verwirrt wie sie?

»Elijah«, murmelte sie. Ihre Stimme klang heiser, ihr Mund fühlte sich geschwollen an.

Er legte ihr einen Finger unter das Kinn. »Schhh. Sag nicht mehr«, bat er sie rau.

Sie nickte, dann legte sie ihre Wange auf seine Brust, wie sie es schon einmal bei ihm zu Hause getan hatte. Sie hörte seinen rasenden Herzschlag, spürte, wie schnell er noch immer atmete. Die Gewissheit, dass seine Reaktion nicht gespielt war, beruhigte sie auf eine seltsame, euphorisierende Weise. Sie versuchte, es nicht näher zu analysieren. So standen sie eine ganze Weile, Elijah strich über ihren Rücken, irgendwann sagte er: »Komm, ich bringe dich nach Hause.«

Sie löste sich von ihm, auch wenn sie am liebsten die ganze Nacht so eng umschlungen mit ihm verbracht hätte. Natürlich ging das nicht. Sie hatte ihre Meinung nicht geändert.

Elijah war für sie da gewesen, als sie es gebraucht hatte. Der Kuss war das Mittel zum Zweck gewesen, um sie von Josh abzulenken. Es würde sich nicht wiederholen.

»Hast du Lust, noch einen Kaffee trinken zu gehen?«, fragte Elijah auf dem Nachhauseweg. Er wollte nicht, dass der Abend schon endete, und ihm war nichts Besseres eingefallen als das. Beinahe hätte er über sich selbst gelacht. So unbeholfen hatte er sich nicht mal mit vierzehn angestellt. Gleichzeitig ertappte er sich dabei, wie er schon wieder an den Kuss dachte.

Sie hatten kein Wort darüber verloren, aber er hatte gespürt, dass sie es genossen hatte. Aber Elijah wollte kein Notnagel sein. Er wollte nicht, dass sie ihn küsste und dabei an ihren Ex dachte. Der Gedanke machte ihn rasend. Und doch ... Er hatte es sich nicht verkneifen können, von ihren Lippen zu kosten. Cat war anders als die Frauen, mit denen er sich sonst traf, und er hatte wissen wollen, wie sie schmeckte. Er hatte sich dazu hinreißen lassen, seinen

Mund auf ihren zu drücken und sie vergessen zu lassen, warum sie so unglücklich war. Er hoffte jedenfalls, dass es geklappt hatte.

Hoffnung, was für ein albernes Wort. So dachte er nicht. Nicht mehr.

Nicht, seit seine Kindheit buchstäblich in Rauch aufgegangen war. Von Marihuana über Crack bis zu den schlimmsten Drogen, die man sich vorstellen konnte. Seiner Mom war irgendwann alles egal gewesen. Aber das war nicht immer so gewesen. Elijah erinnerte sich gut an seinen siebten Geburtstag. Sie waren gerade umgezogen. Wieder einmal.

»Wir werden in einem hübschen Wohnwagen wohnen«, hatte sie zu ihm gesagt. Ihr schmales Gesicht war gerötet gewesen, die dunkelblonden Haare frisch gewaschen. Sie duftete nach Pfirsich.

»Wirklich, Mommy?«, hatte Elijah gefragt und zu ihr aufgeblickt.

Seine Mom hatte sein Gesicht zwischen beide Hände genommen und genickt. »Ja, mein Süßer. Wirklich.«

Die Aufregung in ihrer Stimme und die Beteuerungen, dass ihr Leben von nun an besser würde, klangen aufrichtig. Doch das Einzige, was sich je änderte, war ihre Adresse. Wie immer wollte er seiner Mutter glauben. Ganz bestimmt, aber er war gerade sieben geworden. Alt genug, um zu merken, dass nie etwas besser wurde. Dass sich nichts änderte.

Es war nur schlimmer geworden. Irgendwann hatte sie sich nicht mehr die Haare gewaschen. Irgendwann hatte sie nicht mehr »mein Süßer« zu ihm gesagt. Irgendwann war sie tot gewesen. Sie hatte die Drogen mehr geliebt als ihn.

Das hatte er damals jedenfalls geglaubt, heute wusste er es besser. Sie war einfach nicht stark genug gewesen, um ihre Sucht zu besiegen. Sie hatte sich den Drogen ergeben und ihren Sohn sich selbst überlassen.

Er verdrängte die Erinnerungen und konzentrierte sich auf die Straße vor ihm. Es war eine dunkle Nacht, es regnete. Die Scheibenwischer zuckten über die Scheibe.

Erst jetzt fiel ihm auf, dass Cat nicht auf seine Frage nach Kaffee geantwortet hatte. »Und?«, fragte er in leichtem Tonfall, vielleicht um sich selbst etwas zu beweisen. »Wie sieht's aus? Wir sind gleich da.«

»Ich glaube nicht, dass das so eine gute Idee ist.«

Er seufzte. »Die Diskussion nutzt sich langsam ab.«

»Was soll das, Elijah? Wir hatten bis jetzt doch einen ganz wunderbaren Abend.«

»Der Abend ist noch nicht vorbei. Es ist Wochenende, du willst doch jetzt nicht schon schlafen gehen?«

»Ich dachte, du wärst anders«, fing sie an.

Er lachte. »Was denn? Dachtest du, ich gebe mich wirklich mit einem Nein zufrieden, Kätzchen?«

Er hasste sich beinahe selbst dafür, aber er konnte nicht anders. Dieser Abend hatte sich in eine seltsame Richtung entwickelt, er war dabei, sich zu verlieren. Und das durfte nicht passieren. »Komm mit zu mir, und ich kann dich diesen blöden Josh vergessen lassen. Ich lenke dich ab. Ich bringe dich auf andere Gedanken. Ich zeige dir, wie begehrenswert du bist.«

Das war nicht gelogen, er begehrte sie so sehr, dass es beinahe schmerzhaft war. Er erkannte sich selbst kaum wieder. Es lag sicher nur daran, dass sie es ihm so schwer machte.

Statt ihm eine giftige Antwort entgegenzuschleudern – er hatte tatsächlich nicht mit einem Ja gerechnet –, seufzte sie nur leise. Es klang nicht einmal genervt, vielmehr resigniert.

»Ich bin mal wieder drauf reingefallen«, sagte sie so leise, dass er es kaum hören konnte. »Du kannst mich auch hier rauslassen, Elijah. Vergeude nicht noch mehr deiner Zeit.«

Dann begriff er, dass er zu weit gegangen war. Verdammt.

»Cat …«

»Sag bitte nichts mehr, Elijah. Ich kann das heute Abend nicht, okay? Mein Ex hat sich gerade verlobt. Lass mich jetzt einfach in Ruhe.«

»Es tut mir leid.«

»Sag nichts, was du nicht so meinst.«

Also fuhren sie schweigend weiter, vor Cats Wohnung stellte er den Wagen ab und stieg aus. Sie kam ihm zuvor. »Bemühe dich nicht.«

»Was, jetzt nicht mal mehr das? Der Mohr hat seine Schuldigkeit getan, oder wie?«

Elijah wusste selbst nicht, warum er so wütend war. Am meisten ärgerte er sich über sich selbst. Er hatte es geschafft, einen wunderbaren Abend zu ruinieren.

Darin war er anscheinend ganz großartig.

»Danke, dass du mich begleitet hast«, sagte sie mit dünner Stimme. In ihren Augen schimmerten Tränen. Er wollte sie in seine Arme ziehen, ihren Kummer wegküssen, aber er rührte sich nicht, sondern nickte nur.

»Gern geschehen. Liege ich richtig mit der Annahme, dass ich dich nicht wieder anrufen soll?«

»Sei nicht albern, Elijah«, meinte sie und reckte ihr Kinn ein Stück nach vorne. »Bis zu Livs Party werden wir uns häufiger sehen, als uns lieb ist.«

»Dann können wir uns ja freuen, dass sie schon nächste Woche Geburtstag hat, nicht?«, gab er mit einem grimmigen Lächeln zurück.

Cat atmete tief durch. »Gute Nacht, Elijah.« Dann ging sie an ihm vorbei zum Haus.

Er vergrub die Hände in den Taschen seiner Hose und ballte sie zu Fäusten. Das Verlangen, irgendetwas zu zerschlagen, wurde immer drängender. Cat wandte sich nicht noch einmal um – warum auch? –, was ihn noch mehr aufregte.

»Scheiße, Scheiße, Scheiße«, knurrte er und zerzauste sich die Haare, ehe er in seinen Wagen einstieg und zum nächstbesten Klub fuhr, der ihm in den Sinn kam.

Kapitel 6

Wie siehst du denn aus?«, fragte Nate Elijah am darauffolgenden Montag im Büro.

»Du meinst also, Veilchen stehen mir nicht?«, scherzte Elijah.

»Bist du nicht letzte Woche erst vermöbelt worden?«

Elijah lehnte sich im Stuhl zurück. »Tja, mieses Karma.«

Nate runzelte die Stirn. »Im Ernst, was war los?«

»Falsche Zeit, falscher Ort.«

»Geht's ein bisschen genauer?«

Elijah grunzte genervt. »Blöderweise habe ich letztens die falsche Frau gevögelt.«

»Du sprichst in Rätseln, Mann.«

»Eduardo de la Roche, sagt dir der Name was?«

»Klar, du hast dich doch nicht etwa mit ihm angelegt?«

»Nicht direkt, aber mit seiner Tussi.«

Nate stöhnte und rieb sich die Stirn. »Sag mir, dass das nicht wahr ist.«

»Hey, ich hatte keine Ahnung, wer sie ist.«

»Und was war jetzt los?«

»Ich bin in seinem Klub aufgetaucht, ehrlich, ich wollte wirklich nur ein bisschen Ablenkung suchen.«

»Elijah.« Nate seufzte. »Verkauf mich nicht für dumm. Bring dich nicht in ernsthafte Schwierigkeiten.«

»Tu nicht so, als wärst du meine Mutter. Ach, nein.« Er

lachte humorlos. »Die hat sich ja einen Dreck für mich interessiert und lieber Drogen gefressen.«

»Ich verstehe, dass das Leben manchmal scheiße ist, Elijah. Aber trotzdem. Wenn du schlecht drauf bist, gibt es bessere Wege, als Ärger zu provozieren. Such dir ein Hobby.«

»Ha ha, sehr witzig.«

»Ich möchte dich nicht irgendwann mit einem Messer im Rücken in einem Müllcontainer finden.«

»Hey, Mann, glaub mir, das möchte ich auch nicht. Das am Samstag war wirklich ein Versehen.«

»Wie kann man denn versehentlich im falschen Klub landen?«

Indem man an eine Frau denkt, die man nicht haben kann. Und damit meinte er nicht Valentina – deren Nachnamen er nicht mal kannte.

Er winkte ab. »Frag lieber nicht.«

Elijah spürte Nates bohrenden Blick auf sich. Dennoch verlor er kein Wort mehr darüber, sondern wechselte das Thema. »Für die Party ist alles klar?«

»Aye, Sir. Alles tutti. Und Liv ahnt nichts?«

Ein verträumter Gesichtsausdruck legte sich auf Nates Züge. Elijah unterdrückte ein Augenrollen. Wenn Liebe einen zu so einem debil grinsenden Deppen machte, wollte er gar nicht erst mit so einem Mist anfangen.

»Nein, sie hat keine Ahnung. Brauchst du Unterstützung?«

»Nee, lass mal. Cat hilft mir ja.«

»Wie läuft's mit ihr?«

»Was soll mit ihr laufen?«

Nate bekam große Augen. »Du baggerst doch nicht etwa an ihr rum?«

Elijah griff nach einem Kugelschreiber und spielte damit herum. »Spinnst du? Die ist viel zu brav.«

»Gut.«

»Gott, seit wann spielst du dich eigentlich als der große Moralapostel auf?«

»Hey, nur, weil du scheiße drauf bist, brauchst du deinen Frust nicht an mir ablassen. Ehrlich. Was ist denn überhaupt los? Nur wegen dieser Valentina? Hängst du etwa an ihr?«

Elijah lachte. Nate lag so was von daneben. »Nee. Bin trotzdem sexuell frustriert.«

Das war die Wahrheit und nichts als die reine Wahrheit. Er hatte ein Telefon mit zig Nummern, die er nur anklingeln musste, schon hätte er eine willige Kandidatin im Bett. Das Problem dabei war nur, dass er keine von seinen Gespielinnen anrufen wollte, und das pisste ihn fast mehr an als der Druck in seinen Eiern.

»Dabei kann ich dir auch nicht helfen. Und, Elijah …«

»Was?«, brummte er.

»Halte dich von diesem Klub fern.«

»Jaha, ich habe einfach nicht nachgedacht.«

Nate schaute ihn noch einmal eindringlich an, Elijah senkte den Blick. Warum, wusste er selbst nicht, er hatte nie Geheimnisse vor Nate gehabt. Auch jetzt wollte er nicht damit anfangen, trotzdem hielt ihn etwas davon ab, über das, was seine Frustration verursachte, zu sprechen. Weil er wusste, dass Nate ihm den Kopf abreißen würde, wenn er die Finger nicht von Cat ließ.

Auch vierundzwanzig Stunden später hatte sich seine Stimmung kaum merklich gebessert. Cat hatte ihm eine Nachricht geschickt, dass sie die Lasagne doch lieber in ihrer eigenen Wohnung vorbereiten wollte. Er wollte sauer auf sie sein, aber er konnte es ihr nicht verübeln. Elijah sollte sie sich aus dem Kopf schlagen, er wollte nicht an sie denken. Und doch ertappte er sich immer wieder dabei, wie er sich an den Kuss erinnerte, und daran, wie es sich anfühlen würde, seinen Schwanz …

Verdammt. Jetzt dachte er schon wieder an sie.

Das musste aufhören. Es grenzte an Besessenheit, die ihm absolut nicht gefiel und ihm vor allem nicht ähnlich sah.

Du willst sie erobern, und sie sträubt sich. Es ist nur dein Jagdinstinkt.

Genau! Das musste es sein.

Erleichtert atmete er auf und nahm sich eine Cola aus dem Kühlschrank. Jetzt, wo er es endlich begriffen hatte, ging es ihm gleich viel besser.

Der Catering-Service brachte das Geschirr, Gläser und kurze Zeit später erfolgte die Lieferung der Getränke. Es war eigentlich alles vorbereitet, bis auf die Spareribs, die noch darauf warteten, seine Spezial-Würzmischung aufgepinselt zu bekommen. Um sich auf andere Gedanken zu bringen, ging er in seinen Sportraum und trainierte verbissen, danach kochte er sich etwas und schaute einen Film. Aber auch das half nur mäßig.

Er konnte nicht schlafen, die Gedanken an Cat hielten ihn wach. Er war genervt, am meisten von sich selbst.

Irgendwann griff er nach seinem Handy und schrieb ihr eine Nachricht. Die Wahrscheinlichkeit, dass sie antwortete, war gering, seit dem Firmenfest hatte er nichts mehr von ihr gehört, trotzdem wollte er etwas loswerden.

Cat saß an ihrem Schreibtisch und starrte Löcher in die Luft, dabei hatte sie alle Hände voll zu tun. Es stand eine große Präsentation an, die sie noch vorbereiten musste. Zudem fehlten ihr noch ein paar nette Details, die das Programm der Veranstaltung abrundeten. Aber egal, wie sehr sie sich auch anstrengte, die zündende Idee wollte ihr einfach nicht einfallen. Und in einer halben Stunde musste sie los.

Selbst schuld, dachte sie. *Ich hätte die Lasagne ja auch bei Elijah vorbereiten können, dann müsste ich jetzt nicht noch durch Boston hetzen, um die Dinger zu holen und sie zu ihm zu schleppen.*

»Na, träumst du?« Natalies Gesicht schob sich über die Abtrennung der Schreibtische. Cat spürte, wie sich der Knoten um ihren Magen langsam zuzog.

»Und du? Nichts zu tun?«, erwiderte sie genervt.

»Bist schwer verliebt, hm?«

Warum überraschte es Cat nicht, dass Natalie davon anfing? Sie hatte sich erstaunlich viel Zeit gelassen, seit der Firmenfeier hatte sie keinen einzelnen Pfeil diesbezüglich auf sie abgeschossen.

»Was?«, fragte sie daher nur.

Natalie schaute gekünstelt besorgt. »Oder ist mit deinem neuen Stecher etwa schon wieder Schluss?«

Cat atmete tief durch, um der blöden Schnepfe nicht an die Gurgel zu springen. Stattdessen versuchte sie es mit Gleichgültigkeit. »Nee, läuft super. Hast du kein eigenes Leben?«

»Gott, hast du deine Tage, oder warum bist du so bissig?«

»Ich bin es einfach leid, mir dauernd deine blöden Sprüche anhören zu müssen. Okay?«

Sie schaute wieder auf ihren Bildschirm, Natalies empörtes Schnauben entging ihr allerdings nicht. Cat war es egal, sollte sie doch sauer sein – das war sie auch. Sie hatte es satt, sich dauernd von Natalie grundlos anpöbeln zu lassen.

»Meine Güte, reg dich ab. Hoffentlich bist du bei ihm nicht so zickig, sonst ist der genauso schnell weg, wie er gekommen ist.«

Cat schlug mit der flachen Hand auf den Schreibtisch, sodass ihr Bildschirm wackelte. »Kannst du jetzt endlich mal deine boshafte Klappe halten? Das ist ja nicht auszuhalten.«

Natalie hob die Hand. »Ja, ist ja schon gut.« Dann verschwand sie hinter der Abtrennung, aber Cat konnte ihre fiesen Gedanken förmlich hören.

Sie raufte sich die Haare und starrte auf ihren blinkenden Cursor. So wurde das hier nie was. Außerdem hasste sie es zu lügen, aber was hätte sie auf Natalies Frage nach Elijah sonst antworten sollen?

Läuft super, hatte sie gesagt. Beinahe musste sie lachen.

Gar nichts lief. Irgendein sehr dämlicher Teil in ihr bedauerte das, denn sie hatte diesen einen besonderen Kuss keineswegs vergessen.

Und dann hatte Elijah ihr gestern Nacht eine SMS geschickt, die sie zutiefst verwirrt hatte.

Ich kann nicht schlafen und denke an dich. Was sagt das über mich aus? Dass ich ein verdammt blöder Typ bin, der dich nur ins Bett zerren will, oder dass ich ein noch dümmerer Kerl bin, der keine Ahnung davon hat, wie er nett zu einer Frau sein soll, die er mag.

Seine Worte hatten sie irritiert, gleichzeitig hatte sie sich darüber gefreut. Dennoch wusste sie nicht, wie sie damit umgehen, und wichtiger, wie sie ihm nachher gegenübertreten sollte. Wäre es das Beste, so zu tun, als wäre der Kuss nie passiert, oder sollten sie ihn auffrischen?

Nein, das auf keinen Fall!

Ich will den arroganten Elijah zurück. Den, der mich anbaggert und anmeckert oder damit angibt, dass er so ein Frauenschwarm ist und jede rumkriegen kann. Denn mit diesem Elijah kann ich gut umgehen. Aber diese neue Version, die sie küsste, die ihr diese Nachrichten schickte und sie förmlich dahinschmelzen ließ? Uff. Mit der war sie wirklich überfordert.

Am frühen Nachmittag stand sie schließlich mit vier Auflaufformen bewaffnet vor Elijahs Tür. Die Kalorienbomben mussten noch für eine Stunde in den Ofen, ansonsten waren sie fertig. Aber das war es nicht, was Herzklopfen bei ihr auslöste.

Als Elijah die Tür für sie öffnete, überschlug sich ihr Puls. Er trug eine hellblaue Jeans und ein T-Shirt mit der Aufschrift »Fleisch ist mein Gemüse«, das sich über seiner breiten Brust spannte.

»Hallo«, sagte er, seine Stimme klang ein bisschen rauer als sonst. Sein Blick fühlte sich sehr intim an. Intimer, als wenn er sie auf die Innenseite der Schenkel küssen würde.

Mist. Was war nur mit ihr los? Das durfte doch nicht wahr sein!

Da bekam sie eine einzige nette SMS, und sie verwandelte sich in ein wandelndes Hormonmonster.

»Hallo«, gab sie schroffer als beabsichtigt zurück.

Das Leuchten verschwand aus seinen graublauen Augen, er trat beiseite. »Ich sehe, du bist immer noch sauer auf mich. Tut mir leid, Cat. Ehrlich.«

O nein. Jetzt entschuldigte er sich auch noch bei ihr, obwohl *sie* sich unmöglich aufführte.

Was war aus dem Arsch geworden, der sie mit blöden Sprüchen in die Horizontale bringen wollte? Wieso benahm er sich auf einmal wie ein Heiliger?

Oder hatte sie ihn einfach falsch beurteilt, und *das* war der wahre Elijah? Sie hatte keine Ahnung, und das machte sie noch nervöser.

»Ähm. Cat. Willst du nicht reinkommen?«, fragte er sie, während sein Blick auf ihr ruhte.

»Wie? Was?«, stammelte sie. »Doch, ja, natürlich. Könntest du bitte die Lasagne kurz halten?«

»Klar doch.« Er nahm ihr die übereinandergestapelten Formen ab, dabei berührten sich ihre Fingerspitzen für einen kurzen Augenblick.

Der genügte, um ihr die Hitze in die Wangen zu treiben. »Danke«, krächzte sie.

Cat legte ihre Jacke ab und hängte ihre Handtasche mit an den Haken, dann folgte sie Elijah in seinen offenen Wohnbereich. »Wow«, stieß sie hervor. »Das sieht ja spitzenmäßig aus.«

Er stellte die Auflaufformen auf der Küchentheke ab und wandte sich ihr zu. »Keine große Sache, ich habe einfach einen Floristen angerufen.«

Schon wieder. Er tat es schon wieder! Elijah stellte sein Licht unter den Scheffel. Eigentlich hatte sie erwartet, dass er damit prahlen würde, dass er auf die glorreiche Idee gekommen war, überall Vasen mit gelben Rosen zu verteilen, stattdessen tat er so, als ob es unbedeutend wäre. Es duftete wundervoll, überall brannten Kerzen, er hatte sogar den Kamin angefeuert. Aus den Lautsprechern drangen sanfte Gitarrenklänge, die Atmosphäre war perfekt.

»Eigentlich hätte ich auf diese Idee kommen sollen«, meinte sie und fasste sich an ihre Hochsteckfrisur. Sie hatte ein schwarzes Etuikleid übergezogen, ehe sie hergekommen war. So eine Geburtstagsparty war doch ein Grund, sich in Schale zu schmeißen, sie hatte es nicht für Elijah getan – dem ihr Outfit nicht mal einen Kommentar wert war. Und sie dusselige Kuh hatte aus irgendeinem unerfindlichen Grund genau darauf gewartet.

»Äh, Cat?«

»Was?« Sie blinzelte ein paarmal. Hatte er etwas zu ihr gesagt, und sie hatte es nicht mitbekommen? Musste so sein, denn er schaute sie erwartungsvoll an.

»Was soll jetzt mit der Lasagne passieren?«

»Oh, ja. Entschuldige. Ich weiß gar nicht, wo ich mit meinen Gedanken bin.« Nervös stakste sie auf ihren Sieben-Zentimeter-Absätzen zu ihm, äh, zu den Auflaufformen hinüber und nahm die Alufolie mit fahrigen Bewegungen ab. Zu ihrem Leidwesen zitterten ihre Finger. Elijah stand so dicht neben ihr, dass sie sein Aftershave riechen konnte.

Sie war sich seiner Anwesenheit überdeutlich bewusst, und dann hielt er sie plötzlich am Handgelenk fest und zog sie in seine Richtung.

Cat schluckte, ihr Herz fing an zu rasen. Mit dem Zeigefinger der anderen Hand hob er ihr Kinn an. »Warum bist du so nervös?«, fragte er mit rauer Stimme.

»I-ich? Quatsch«, stammelte sie. »Bin ich doch gar nicht. Ich mache mir nur Sorgen, dass alles gut klappt.«

»Ich dachte, wir hätten geklärt, dass du mich nicht anlügen sollst.«

Verdammt. Warum durchschaute er sie, als wäre ihr Äußeres eine frisch geputzte Fensterfläche, durch die er direkt in ihr Gefühlsleben hineinblicken konnte? Es war ... irgendwie auch schön, dass er sich überhaupt Gedanken über ihr Befinden machte. Josh war es nie aufgefallen, wenn sie etwas bedrückt oder besonders aufgeregt hatte.

»Ich bin überfordert«, gab sie ehrlich zu.

»Wieso?«

Wieso? Fragte er ernsthaft, wieso? Sie wollte ihm an den Kopf werfen, dass so ein Kuss eben nicht ganz unbedeutend war und ... dass er ihr gefallen hatte. Aber sie traute sich nicht, sie hatte Angst, dass dann wieder der spöttisch grinsende Elijah vor ihr stehen würde mit einem »Hab ich dir doch gleich gesagt, ich krieg jede rum«. Deswegen machte sie sich von ihm los und ging zum Backofen. Das gab ihr ein wenig Spielraum und, noch wichtiger, Abstand zu ihm und seiner maskulinen Aura. »Mein Leben überfordert mich«, sagte sie schließlich, ihm den Rücken zugewandt. Und das war nicht mal gelogen.

»Verstehe.«

Irgendwie enttäuschte sie diese knappe Reaktion. Ihr war anscheinend nicht mehr zu helfen.

Glücklicherweise klingelte es dann an der Tür. »Ich mache mal auf«, sagte er und verschwand.

Das gab Cat ein wenig Zeit zum Durchatmen. Sie schob die Lasagne in den Ofen, dann schaute sie in den Kühlschrank. Er war prall gefüllt mit Bier, Champagner, Wein, Limonade, Cola und Mineralwasser. Einige Rotweinflaschen standen bereits geöffnet bei den Weingläsern. Elijahs Küche war nicht groß, deswegen gab es kaum eine Fläche, die nicht zugestellt war.

Nach und nach trudelten die Gäste ein, Cat kannte fast alle, da es sich hauptsächlich um Livs Freunde und Kollegen handelte, Brandon war natürlich auch da, er zählte zu Nates engsten Vertrauten. Brooke, die wie Liv auch im *Women's Shelter* arbeitete, brachte eine große Schüssel Salat mit, und Penelope, Livs Chefin, eine riesige Schachtel mit Pralinen. Sie umarmten sich kurz. »Liv wird so aus dem Häuschen sein«, meinte Brooke und lachte. »Sie hasst es, im Mittelpunkt zu stehen.«

Cat lächelte. »Bitte, bedient euch doch schon mal an den Getränken.«

»Vielen Dank«, erwiderten die beiden gleichzeitig.

»Achtung, Achtung. Hört mal alle her, Liv und Nate sind auf dem Weg zum Fahrstuhl. Seid mal alle still und kommt hier rüber zum Sofa. Wir verstecken uns nicht, aber sie soll nicht schon auf dem Flur hören, dass hier eine Party im Gange ist. Wenn sie hier sind, zähle ich leise bis drei, dann springen wir auf und rufen Happy Birthday.«

Leises Gemurmel und Schuheklappern folgten, bis alle ihren Platz gefunden hatten, dauerte es nicht lange. Cats Herz schlug erwartungsvoll, sie hob den Kopf und sah direkt in Elijahs graublaue Augen, die auf sie gerichtet waren. Hatte er sie etwa beobachtet?

Sie fühlte sich geschmeichelt, gleichzeitig fühlte sie Verlegenheit in sich aufsteigen. Seit wann war sie eigentlich so ein schüchternes Mäuschen? Sie hatte keine Ahnung, schob es auf die Aufregung des Abends.

Es war so still im Raum, dass jeder das Klicken der Haustür hören konnte. Cat hörte Liv fragen: »Wieso hast du denn einen Schlüssel zu Elijahs Wohnung?«

Sie musste grinsen, das war so typisch Liv. Sie hatte keinen Schimmer, dass hier eine Party für sie geschmissen wurde, und war kein bisschen misstrauisch.

»Komm doch erst mal rein, meine Liebe«, erwiderte Nate, während beide in den Flur gingen.

»Eins, zwei, drei«, flüsterte Elijah.

»HAPPY BIRTHDAY!«, schallte es durch die Wohnung, Nate schaltete das Licht im Flur an, sodass Liv plötzlich im Rampenlicht stand. Sie stand mit offenem Mund da und war augenscheinlich fassungslos.

»O Gott«, stieß sie hervor und schlug sich die Hände vor den Mund. »Ihr seid ja verrückt!«

»Happy Birthday, Liv«, wünschte Nate und zog seine große Liebe in seine Arme.

»Awwwwww«, machten viele der anwesenden Damen, weil es einfach zu schön war, das verliebte Paar zu beobachten.

Liv löste sich, wischte mit den Händen über ihre Wangen und wandte sich dann an die Gäste. »Wie habt ihr das nur hingekriegt? Ich hatte keine Ahnung!«

Es wurde laut, nach und nach bekam jeder die Gelegenheit, Liv in die Arme zu schließen. Schließlich war auch Cat an der Reihe. »Komm her, meine Süße«, sagte Cat und drückte ihre Freundin fest an sich. »Alles Gute zum Geburtstag, hab dich lieb.«

»O Cat, danke schön! Du steckst doch mit unter der Decke, oder?«

Sie kicherte. »Ja, auch wenn es nicht buchstäblich gemeint ist.«

Livs Augen wurden tellergroß. »Wie meinst du das? Du und Elijah?«

Cat lachte hysterisch. »Was? Nein! Nein! Auf keinen Fall, deswegen sage ich doch *nicht* buchstäblich.«

Liv musterte sie argwöhnisch, aber dann kam schon der Nächste, der ihr gratulieren wollte. Cat war froh darüber. »Ich schaue mal nach den Lasagnen im Ofen. Nicht, dass sie noch verbrennen.«

Während Cat genau das tat, bat Elijah um Ruhe. »Einen Moment mal bitte. Könnte ich kurz eure Aufmerksamkeit bekommen?«

Das Gemurmel wurde leiser, dann sprach Elijah weiter. »Danke, dass ihr alle gekommen seid. Ich wollte nur kurz zum Organisatorischen ... Bedient euch, mein Haus ist euer Haus sozusagen, ich verschwinde gleich nach draußen und grille ein paar Spareribs. Die gute Catherine hat für euch Lasagne gezaubert – vegetarisch oder mit Hack. Salat, Schokolade, Wein, Bier, Wasser haben wir auch besorgt. Es gibt für alle etwas, hoffen wir. Und jetzt würde ich vorschlagen, dass wir ein Liedchen für die gute Liv singen. Was meint ihr?«

Er grinste in die Runde, seine kleine Ansprache wurde mit Zustimmung aufgenommen. Und dann trällerten sie einmal den Geburtstagssong für Liv, allen voran Elijah, der mal wieder eine neue Seite – die nicht unattraktiv war – von sich zur Schau stellte. Er war ein hervorragender Gastgeber und ein noch besserer Sänger. Cat machte anscheinend immer noch den Fehler, dass sie ihn unterschätzte.

Sie plauderte hier und da, erwischte sich immer wieder, dass sie nach Elijah Ausschau hielt, aber er stand mit einer Cola in der Hand auf der Terrasse und grillte. Es war ein milder Septemberabend, allerdings würde er bestimmt auch bei einem Schneesturm seine Rippchen grillen. Der Gedanke ließ sie schmunzeln.

»Na, was grinst du so?« Liv tauchte mit einem Glas Wein in der Hand plötzlich neben ihr auf.

»Ach, nichts Besonderes.«

»Du und Elijah, ihr kennt euch also?«

»Notgedrungen«, erwiderte sie und wünschte, sie hätte auch etwas zu trinken.

»Wieso? Ist er nicht nett zu dir gewesen?«

O doch. Zu nett vielleicht.

»Alles bestens. Ehrlich. Er ist ein super Typ.«

Liv warf ihren Kopf in den Nacken und lachte herzhaft. »Ich habe schon eine Menge über ihn gehört, auch, wenn ich ihn jetzt noch nicht so lange kenne. Aber als super Typ hat ihn, glaube ich, noch niemand bezeichnet.«

»Tja.« Cat zuckte die Schultern und goss sich Rotwein in ein Glas. »Wie ist er denn so?«

Liv forschte in ihrem Gesicht, Cat schlug die Augen nieder. Warum wusste sie selbst nicht. Dann trank sie einen großen Schluck.

»Er ist zum einen Nates bester Freund.«

»Und zum anderen?«

»Er hat einen schnelleren Frauenverschleiß, als man bei einem Rennwagen die Reifen abfährt.«

»Das kann ich mir vorstellen«, murmelte Cat, er hatte keinen Hehl daraus gemacht. »Gut, dass ich gegen seinen Charme immun bin.«

Livs Ausdruck wurde weich. »Wie geht es dir denn? Ich meine ... die letzten News waren schon hart!«

Cat winkte ab. »Wem sagst du das. Aber ich komme schon klar. Trotzdem, natürlich tut es weh. Das lässt sich nicht leugnen. Vielleicht hat es auch sein Gutes, ich weiß immerhin, dass es wirklich aus ist und dass Josh ein Feigling ist. Nicht wahr? Es ist beendet, und ich kann mir diese Eifersuchts-Rache-Nummer sparen, weil es sinnlos ist. Tinder ist nichts für mich.«

»Ach, Süße. Vielleicht solltest du dir einfach einen, äh, Übergangsmann suchen?«

»Einen Übergangsmann? Was ist das denn?«

»Dass du nicht gleich in eine neue Beziehung schlittern solltest, heißt das. Du kannst dich ja mit jemandem trösten.«

»Liv!«, stieß Cat aus und lachte. »So kenne ich dich ja gar nicht. Nate hat einen schlechten Einfluss auf dich.«

Sie gackerten beide. »Vielleicht. Ein bisschen. Aber im Ernst. Ich habe mir diese Liebeskummer-Arie wirklich gern mit angesehen und dich getröstet, aber ich glaube, es ist an der Zeit, dass du dich neu orientierst, ohne dich gleich wieder zu verlieben.«

»Meinst du?«

Liv nickte und nahm einen Schluck Wein. »Absolut. Wie wäre es mit Elijah?«

Cat fing an zu husten. »Bist du verrückt?«

Liv gluckste. »Vielleicht ein bisschen betrunken. Elijah ist doch ... sexy.«

»Lass das mal Nate nicht hören.«

»Ach, der weiß, dass ich nur ihn liebe. Aber du ... Das wäre doch lustig, dann könnten wir Doppel-Dates machen.«

»Und wenn Elijah irgendwann mal nicht mehr mein, äh, Übergangsmann sein sollte? Dann würde es unangenehm für alle werden.«

Liv überlegte. »Mist. Daran habe ich gar nicht gedacht.«

»Wir reden ein andermal darüber, wenn du wieder nüchtern bist.« Sie lachte. »Ich hätte nie gedacht, dass ich das mal sage. Sonst bin ich immer die, die über die Stränge schlägt.«

»Komm, trink auch was, du bist definitiv zu nüchtern.«

Nate trat neben Liv und küsste sie auf den Nacken. »Da bist du, meine Schöne.«

Liv schmiegte sich an ihn. »Ich habe dich auch vermisst.«

Cat wurde es zu viel, den beiden beim Turteln zuzusehen. »Ich schau mal, wie weit die Rippchen sind, dann können wir das Büfett eröffnen.« Ehe sie verschwand, goss sie sich

Rotwein nach, Liv hatte recht, sie sollte den Abend auch genießen. Immerhin war das die Party ihrer besten Freundin.

Elijah unterhielt sich gerade mit einer Brünetten, die Cat noch nicht kannte. Sie war kleiner als sie und hatte beachtliche Kurven, die sie nicht zu stören schienen, denn sie trug ein weit ausgeschnittenes Kleid und hohe knallrote Pumps. Die beiden lachten zusammen und bekamen sich kaum mehr ein. Was wohl so witzig war?

»Hey Cat«, sagte Elijah, als er sie entdeckte.

»Hallo«, erwiderte sie und fühlte sich fehl am Platz.

»Das hier ist die gute Seele von WestMoore. Ohne Whitney wären wir am Arsch.«

Whitney hob eine Augenbraue und grinste breit. »Gut, dass ihr das wisst. Sonst würde ich das auch nicht mit euch aushalten.« Sie streckte Cat ihre Hand hin. »Hi, freut mich.«

»Gleichfalls«, erwiderte Cat und war aus einem unerfindlichen Grund erleichtert, dass sie für Elijah arbeitete und nicht … Himmel. Sie war bescheuert.

»Ja, äh, ich wollte nur fragen, wie es mit den Rippchen steht.«

Er hob den Deckel. »Sie grillen vor sich hin.«

Whitney gluckste und trank den Rest aus ihrem Glas aus. »Ich bin dann mal weg, nicht, dass ich noch zum Kellnern angestiftet werde. Elijah hat bei so was keine Skrupel, obwohl ich laut Stellenbeschreibung nur die Sekretärin des Hauses bin.«

Cat mochte sie auf Anhieb. Whitney schien ein Unikat zu sein, anders hielt man es vermutlich mit jemandem wie Elijah auf Dauer auch nicht aus. Aber sie wusste ja nicht, wie er im Büro drauf war.

»Coole Party«, meinte Elijah, nachdem Whitney durch die offene Tür hinein verschwunden war. Cat nickte. »Ziemlich gut geplant.«

Sie grinsten.

»Tolle Location«, fuhr Elijah fort.

»Wäre super, wenn die Gäste heute auch noch was zu essen kriegen würden«, scherzte Cat und trank einen Schluck Rotwein. »Dafür, dass du keinen Alkohol trinkst, hast du einen guten Geschmack.«

»Ich habe mich beraten lassen.«

Wie das ausgesehen hatte, konnte sich Cat gut vorstellen. Die Verkäuferin im Weinladen war sicher eine vollbusige Dame mit kornblumenblauen Augen und roten Lippen gewesen.

»Sicher«, meinte sie daher nur kurz angebunden.

»Was habe ich denn jetzt schon wieder falsch gemacht?«

»Gar nichts.«

»Schon klar.« Er seufzte. »Ich bringe die Rippchen gleich rein.«

»Super. Bis dann.«

Cat war nicht glücklich, als sie in die Küche zurückkehrte. Irgendwas war da draußen eben mächtig schiefgelaufen.

Den restlichen Abend gingen sie sich aus dem Weg, was nicht schlimm war, Cat unterhielt sich angeregt mit Brooke und Liv, der Wein schmeckte hervorragend. Irgendwann waren nicht mehr viele Gäste da. Liv sprang auf. »Ich will tanzen gehen.«

Nate setzte sich neben sie. »Wirklich? Es ist schon spät.«

Cat wollte sich ein Grinsen verkneifen und hielt sich eine Hand vor den Mund. Sie war auch nicht mehr ganz nüchtern. Nate merkte, dass er sich wie ein Ober-Beschützer aufführte. »Okay, dann gehen wir eben tanzen.«

»Ich kann fahren«, bot sich Elijah an, der aus dem Nichts aufgetaucht war. Cat vermied es, seinem forschenden Blick zu begegnen, sie hatte Angst, dass er wieder in ihr las wie in einer Tageszeitung. Sie hatte nämlich keine Ahnung, welcher Artikel derzeit bei ihr ganz oben stand. Mal dachte sie an Josh und daran, was sie verloren hatte, und dann tauchte hin und wieder Elijahs Gesicht in ihrem Kopf auf, und sie erinnerte sich an diesen innigen Kuss, der auch verdammt schön gewesen war. Vermutlich war sie einfach betrunkener, als sie dachte.

Etwas später fanden sie sich im Klub *Red* wieder, er wollte dem Ärger mit de la Roche heute unbedingt aus dem Weg gehen, deswegen waren sie nicht ins *One* gefahren. Bässe dröhnten aus den Lautsprechern, schwitzende Körper zuckten auf der Tanzfläche, es war bereits nach zwei Uhr morgens, als sie ankamen. Die Schlange war dennoch beachtlich gewesen, aber dank ihrer Beziehungen hatte man sie sofort durchgewunken, und Cat und Liv strebten den direkten Weg an die Bar an. Nate warf ihm einen hilfesuchenden Blick zu. »Deine Frau, deine Party«, erklärte Elijah und hob abwehrend die Hände.

»Ein schöner Freund bist du.«

Elijah lachte. »Okay, dann komme ich eben mit.«

Brooke und ihr Kollege Matt waren schon auf die Tanzfläche gelaufen.

»Ich muss aufs Klo«, sagte Liv, als sie gerade vorne an der Bar angekommen waren.

»Soll ich dich begleiten?«, fragte Nate.

»Ja, bitte. Sonst finde ich nie wieder zurück.« Sogleich hängte sich Liv an Nates Arm.

Cat beachtete Elijah gar nicht, sie guckte stur geradeaus in Richtung Barkeeper. »Was möchtest du trinken?«, fragte er und beugte sich zu ihrem Ohr herunter.

Sie zuckte zusammen und drehte sich zu ihm. »Huch. Elijah.« Ihr Atem roch nach Rotwein. Normalerweise störte es ihn, bei ihr komischerweise nicht.

»Getränkewunsch?«, wiederholte er.

»Wodka. Pur.«

Er runzelte die Stirn. »Bist du sicher?«

»Äh, lass mich überlegen.« Sie legte sich einen Finger an die Lippen und veralberte ihn ganz offensichtlich damit. Dann erstarrte sie, als sie etwas hinter ihm entdeckte, das ihr offenbar nicht gefiel. Oder jemanden. Elijah ließ sich davon nicht beirren und bestellte einen Wodka für Cat und ein Wasser für sich.

»Oh, hi«, säuselte sie. Ihre Stimme klang erfreut, doch er glaubte ihr kein Wort. Sie zwang die Mundwinkel ihres üppigen Mundes nach oben, doch auch das Lächeln nahm er ihr nicht ab. Vielleicht, weil es nicht ganz bei ihren grünen Augen ankam.

Neben ihnen kamen ein Mann und eine Frau zum Stehen. »Mensch, Cat«, sagte der Kerl. »Ich hätte nie gedacht, dich hier zu treffen. Das ist ja ein, äh, Zufall.«

Elijah musterte ihn und seine Begleitung. Er hatte eine Hühnerbrust, die in einem rosafarbenen Poloshirt steckte. Seine Haare waren streng zurückgegelt. Der typische Business-Kotzbrocken, der sich zu wichtig nahm. In fünf, sechs Jahren würden die Geheimratsecken so groß sein, dass er eine riesige Stirn bekam. Die Frau an seiner Seite war dunkelhaarig und hatte schneeweiße Haut. Sie war durchaus attraktiv, hing aber an ihm, als sei sie an ihm festgetackert worden.

»Josh«, stieß Cat aus. Ihr Lächeln klebte noch immer im Gesicht, aber es war eingefroren. »Wie … schön.« Obwohl das Licht im Klub schummrig war, sah er, dass sie blass geworden war. Elijah stellte sich neben sie und legte seinen Arm um ihre Schulter, sie wehrte sich nicht. »Und Sie sind?«, fragte Elijah.

»Josh Myers, Cats …, äh, wir waren mal zusammen.«

»Aha«, machte Elijah und rührte sich nicht, er sah jedoch mit Genugtuung, dass seine Begleitung Josh den Ellenbogen leicht in die Seite stieß.

»Äh, das ist Mary, meine Verlobte.«

Verlobte. Stimmte ja, das hatte er schon wieder vergessen. Cat versteifte sich neben ihm, es fiel ihr sichtlich schwer, die Fassung zu bewahren.

»Schön für euch«, meinte Elijah kühl. »Darling, unsere Getränke sind da.«

Er sah, wie Cat schluckte. »War nett, euch zu treffen, viel Glück euch beiden.«

Elijah bewunderte sie. Obwohl sie am Boden zerstört war, zeigte sie Größe. Was man von ihrem Ex nicht behaupten konnte. Josh stand da wie bestellt und nicht abgeholt und rührte sich nicht. Am liebsten würde Elijah ihm ins Gesicht brüllen: »Wird's bald? Verschwinde! Siehst du nicht, dass sie nicht mit dir reden will.« Stattdessen nickte er Josh und Mary knapp zu. »Man sieht sich. Schönen Abend noch.«

Er legte einen Zehner auf den Tresen, dann wollte er mit Cat weitergehen. Sie kippte sich aber gerade den Wodka hinter die Binde, dann atmete sie zischend aus. »Jetzt können wir. Wobei, nein, warte, ich möchte noch einen.«

Josh und Mary tauchten in der Menge ab, sie hatten Cats Reaktion nicht mehr mitbekommen.

»Glaubst du, das ist eine gute Idee?«

Sie wand sich aus seiner Umarmung. »Und ob.«

»Alkohol ist doch keine Lösung.«

»Kein Alkohol aber auch nicht. Und jetzt hör auf, mich zu bevormunden. Ein Kuss gibt dir noch lange nicht das Recht, dich wie mein Bodyguard aufzuführen.«

Elijah kapierte, wann er das Maul halten sollte. Das war so ein Moment. Also bestellte er ihr noch einen Drink.

»Einen doppelten«, rief sie dem Barkeeper hinterher.

Er seufzte und beobachtete den jungen Mann hinter dem Tresen, wie er drei Fingerbreit Wodka in ein breites Glas eingoss – ohne Eis. Morgen würde sie es bereuen, aber sie war alt genug, das selbst zu entscheiden. Er konnte es ihr nicht mal verübeln. Manchmal hatte er auch trinken wollen, um zu vergessen, es aber nie getan, denn er wusste zu gut, wo das die Menschen in seiner Familie hingebracht hatte. Auf die Straße und dann ins Grab, dafür war er sich zu wertvoll.

Und wo waren eigentlich Nate und Liv? Er sah sich in der Menge um und entdeckte sie auf der Tanzfläche mit Brooke und Matt. Gut für die beiden, also blieb ihm wohl nichts anderes übrig, als sich um Cat zu kümmern. Er war vielleicht ein Arsch, aber er würde sie nicht ihrem Elend überlassen.

Als auch der nächste Wodka ausgetrunken war, wollte sie noch einen, dabei schwankte sie und ihr linkes Augenlid fing an zu zucken. Sie hatte definitiv genug.

Cat schlug seine Hand weg. »Ich will aber noch einen.«

»Sei doch vernünftig.«

»Ich bin mein ganzes Scheißleben vernünftig gewesen. Und wo hat mich das hingebracht? Richtig. Ich bin allleeeeein.« Sie zog das Wort dermaßen in die Länge und fuchtelte mit ihrem ausgestreckten Zeigefinger vor seiner Nase herum, dass er wider Willen grinsen musste. Obwohl er es nicht wollte, fand er sie betrunken äußerst niedlich.

Er winkte und hoffte, dass Nate ihn sah. Nach einigen Minuten, Elijah hatte die Hoffnung schon beinahe aufgegeben, wurde sein Flehen erhört.

Nate kam mit Liv im Schlepptau an die Bar.

»Cat muss nach Hause«, erklärte er Nate. »Sie ist zu betrunken, um alleine Taxi zu fahren.«

»Ich habe alle Hände voll mit Liv zu tun«, Nate hob die Schultern.

»Ich kann sie bringen«, schlug Elijah vor.

»Aber du lässt die Finger von ihr.«

»Glaubst du, ich hätte es nötig, eine Besoffene rumzukriegen?«

Nate rieb sich die Stirn. »Sorry. Ich bin gerade ein bisschen überfordert.«

Liv zupfte an seinem Shirt. »Mir ist schlecht.«

Elijah grinste.

Nate warf Elijah einen bösen Blick zu, dann wandte er sich an Liv. »Wie schlimm ist es, Schätzchen?«

Liv hielt sich eine Hand vor den Mund. »Sofort«, brachte sie hervor.

Die beiden verschwanden und Elijah schaute nach Cat. Sie kippte gerade noch einen Wodka.

Verdammt, wenn man sie eine Sekunde aus den Augen ließ ... Er zog an ihrem Arm. »Du kommst jetzt mit, junge Dame.«

Sie hob ihren Kopf und schaute ihn aus glasigen Augen an. »Mirwsch...«

»Was?«

Cat wedelte mit der Hand und wiederholte. »Mirwrschh...«

Okay, mit dem Verlust der Muttersprache hatten sie also Stufe zwei erreicht. Er hoffte inständig, dass sie sich das Kotzen für zu Hause aufhob. Er hatte genug, umfasste ihre Taille und zog sie mit sich. Zu seiner Überraschung widersprach sie nicht mehr, sondern ließ sich führen wie eine willenlose Puppe.

Eigentlich sollte er völlig genervt sein, stattdessen sorgte er sich um sie und wollte sie beschützen. Und all das Elend wegen dieses Idioten im rosa Polohemd. Lächerlich, so rumzulaufen. Sie sollte froh sein, dass sie den Lackaffen los war.

Bis zu seinem Wagen sprachen sie kein Wort, er öffnete die Tür, setzte sie auf den Beifahrersitz und schnallte sie an.

»Ist dir schlecht?«, fragte er.

Cat schloss die Augen. »Nö. Alles super. Warum gehen wir schon?«

Immerhin, die frische Luft hatte sie ihre Sprache wiederfinden lassen. »Wo sind deine Hausschlüssel?«

Sie guckte ihn verständnislos an. »Weiß nich.«

»Hast du keine Handtasche?«

Sie zuckte ihre schmalen Schultern. »Vergessen.«

Er schlug sich die Hand vors Gesicht. »Okay, gut. Dann also keine Schlüssel.«

Er würde den Teufel tun und noch einmal mit ihr da rein gehen. Die verdammte Tasche würde schon wieder auftauchen – oder er kaufte ihr eine neue. Momentan war es ihm einfach nur eine Bürde, um die er sich später kümmern würde. Elijah steuerte den Wagen zu sich nach Hause, Cat war sofort eingenickt. Während er vor dem Tor zur Tiefgarage wartete, dass es sich öffnete, begann sein Nacken zu prickeln. Etwas stimmte nicht. Im Augenwinkel huschte jemand an seinem Wagen vorbei, zur selben Zeit klingelte sein Telefon. Er trat das Gaspedal durch und fuhr aus einem Impuls heraus los, dann drückte er am Lenkrad einen Knopf und nahm das Gespräch an. Seltsam genug, dass ihn jemand mitten in der Nacht anrief. »Hallo?«

»Sir, hier spricht der Concierge.«

»Was gibt's?«

»Ich fürchte, bei Ihnen ist eingebrochen worden.«

»Wie bitte?«

»Wir sind benachrichtigt worden, dass es bei Ihnen sehr, äh, laut zuging, und haben nachgesehen. Die Tür stand offen und … alles war verwüstet, Wände beschmiert, ich habe die Polizei schon verständigt, Sir.«

Shit. Elijah stöhnte leise. Das Haus war bestens gesichert, und ein Dieb beschmierte keine Wände. Das war eine Warnung, und er hatte keine Lust, darauf zu warten, dass jemand auftauchte und eine weitere Drohung persönlich bei ihm aussprach. Vermutlich hatten die Typen damit gerechnet, dass er zu Hause war. Er hätte nach der ersten

Warnung nicht noch mal im *One* auftauchen dürfen, damit hatte er es zu weit getrieben. Sein Glück, dass ...

Neben ihm stöhnte Cat leise und rutschte unruhig auf dem Sitz hin und her.

»Ich kann leider nicht sofort nach Hause kommen. Können Sie das mit der Polizei für mich regeln? Die sollen mich dann anrufen, ich bin momentan, äh, verhindert.«

Im selben Moment riss Cat den Mund auf und übergab sich. In seinen Wagen. Auf ihre Füße.

»Scheiße«, fluchte er.

»Sir?«

»Melden Sie sich bitte wieder bei mir, wenn das geregelt ist.« Dann legte er auf und fuhr rechts ran. Aber es war zu spät. In seinem Wagen stank es erbärmlich, Cat wischte sich über den Mund und schaute ihn aus trüben Augen an.

Elijah sprang aus dem Auto und riss die Beifahrertür auf. »Musst du noch mal kotzen?«

Sie schüttelte verlegen den Kopf. »'Tschuldigung«, murmelte sie und rülpste.

Er schaute auf das Häuflein Elend hinab. Von ihrer süßen Hochsteckfrisur war nicht mehr viel übrig, sie war kreidebleich, die Augen blutunterlaufen. Ihn brachten keine zehn Pferde mehr in die Karre zurück. Er war hartgesotten, aber das war zu viel.

»Was machen wir jetzt?«, fragte er sich leise, raufte sich die Haare und ging ein paar Schritte. Eine blinkende Hotelüberschrift stach ihm ins Auge. Nicht das beste Haus am Platz, aber besser als mit einer aufgeschlitzten Kehle im Graben zu enden, heute Nacht wollte er kein weiteres Risiko mehr eingehen. Er traf eine Entscheidung.

»Okay, Kätzchen. Steig aus.« Er hielt ihr seine Hand hin.

»Wirfst du mich raus?«

»Natürlich nicht. Wir gehen in ein feines Hotel und schlafen den Rausch aus.«

Sie war zu erschöpft, um zu widersprechen. Ihre Pumps ließ sie in der Kotze liegen. *Gute Entscheidung*, dachte er und verdrängte den Gedanken daran, ob man den Geruch von Erbrochenem wohl jemals wieder herausbekommen würde. Auf dem Weg ins Hotel schickte er Whitney eine Nachricht, dass sie sich darum kümmern sollte. Abschleppdienst und Fahrzeugaufbereiter und die Handtasche aus dem Klub. Er reichte Cat seine Hand und stützte sie, so gut es ging.

Zehn Minuten später öffnete er ein Zimmer mit einer Plastikkarte – das letzte, das sie noch freigehabt hatten – und führte sie ins Bad. Dort stellte er das Wasser an. »Wäre gut, wenn du da kurz drunterspringen könntest. Ich dreh mich auch um.«

Sie konnte kaum stehen und machte keine Anstalten, ihm zuzuhören, aber ihr Haar war feucht, und er war sich sicher, dass es kein Schweiß war. So konnte sie nicht ins Bett, morgen würde sie es ihm danken.

»Ich bin müde«, war alles, was sie von sich gab.

»Nix da. Ausziehen.« Gott, er hätte nie gedacht, dass er das mal in diesem Zusammenhang zu Cat sagen würde. Er seufzte und half ihr, dabei versuchte er wirklich, nicht hinzusehen. Unter ihrem Kleid trug sie ein passendes Unterwäscheset in schwarzer Spitze.

»Dreh dich um«, forderte er und hakte den Verschluss des BHs auf. Dann schob er sie in die Dusche. »Haare waschen kannst du selbst, oder?«

Sie hielt sich an der Wand fest und tapste unter den Wasserstrahl, den er nur auf lauwarm eingestellt hatte. Sie antwortete nicht, aber es schien ihr zu gefallen – und ihre Rückseite war wirklich ansehnlich. Sie hatte eine schlanke Taille und sanft geschwungene Hüften. Über ihrem Po war eine niedliche Kuhle. Er senkte den Blick, weil er kein Spanner war. Entweder sie wollte sich ihm zeigen oder eben nicht. Nur in Kotzgeruch schlief er nicht. Punkt.

Elijah zog ein Handtuch vom Haken und faltete es auseinander. »Bist du so weit?«, fragte er nach ein paar Minuten.

Als Antwort folgten platschende Schritte, er schloss die Augen und hielt das Frottiertuch hoch. Sie zog es ihm aus der Hand und rubbelte sich ab. Leider ließ ihn der Gedanke an ihren feuchten, glänzenden Körper alles andere als kalt. Das würde eine harte Nacht werden. Aber er hatte Grundsätze, da hatte er Nate nicht angelogen. Er würde Cat nicht ausnutzen, nur weil sie betrunken und leichte Beute war.

»Kommst du klar?«, fragte er. »Oder soll ich deine Haare föhnen?«

Himmel. War er komplett irre geworden? Er würde ihr garantiert nicht die Haare trocknen, am Ende noch bürsten und sie eincremen. Okay, Letzteres würde er natürlich liebend gerne tun.

Er fluchte unterdrückt und flüchtete aus dem Badezimmer. Im winzigen Schlafzimmer schlüpfte er aus Jacke, Shirt und Hose und zog die Bettdecke zurück. Sie hatten ein Kingsize-Bett mit nur einer Decke bekommen. Super. Seine Glückssträhne schien kein Ende zu nehmen. Er schnitt eine Grimasse und legte sich auf den Rücken.

Aus dem Bad hörte er das Summen des Föhns. Na, immerhin, das bekam sie hin. Wenige Minuten später, sie hatte sich Gott sei Dank einen Bademantel übergezogen, krabbelte sie unter die Bettdecke und schmiegte sich wortlos an ihn. Er war zwar verwundert, sagte aber nichts.

Elijah lauschte ihren gleichmäßigen Atemzügen und spürte ihre Wärme an seiner Haut. Es war nicht nur das sexuelle Verlangen, das ihn wach hielt. Es war die Tatsache, dass er jede Sekunde ihrer Gegenwart genoss. In der Dunkelheit war vieles anders als am Tag. In der Nacht lag eine Stille, die einen alles andere ausblenden ließ. Die Grenzen zerflossen, Schatten verschmolzen.

Er hatte sich nie in der Düsternis gefürchtet, hier war er zu Hause. Es war die Sonne, die er mied, denn das Licht machte ihm Angst. All die Familien, die im Park spielten, die Mütter, die mit ihren Kindern lachten, all das hatte er nie – nein, zu selten und dann gar nicht mehr – erlebt.

Seufzend fischte er nach seinem Smartphone und hörte die Mailbox ab. Der Concierge teilte ihm mit, dass die Polizei sich am Morgen bei ihm melden würde, sie hätten die Spuren genommen, aber es seien Profis am Werk gewesen. Vandalismus, Täter unbekannt lautete der Titel der Anzeige, aber Elijah wusste es besser. Er hatte sich einen Feind geschaffen, und seine Besuche in de la Roches Klub letzte Woche hatten seiner Affäre mit Valentina die Krone aufgesetzt. Der Gute war richtig angepisst, weil er sich provoziert fühlte. Das würde sich legen, aber bis dahin musste er sich in Acht nehmen.

Cat grunzte leise im Schlaf. Ein Lächeln legte sich auf sein Gesicht, ohne dass er es wollte. Gleichzeitig tauchte ein Gedanke in seinem Kopf auf, der so absurd war, dass er ihn gleich wieder verwerfen wollte. Doch etwas ließ ihn zögern.

Wieso nicht?

Was hatte er zu verlieren?

Zudem war ihm noch etwas klar geworden. Dass er seit geraumer Zeit enthaltsam lebte, hatte nur einen Grund. Ihm fehlte nicht irgendeine Frau, ihm fehlte eine ganz bestimmte. Er konnte gar nicht genau sagen, wann der Reiz, mit wildfremden Tussis Sex zu haben, seinen Reiz verloren hatte, aber er glaubte, dass es um dieselbe Zeit passiert war, als er Cat zum ersten Mal geküsst hatte. Ihr Mund war Himmel und Hölle in einem.

Kapitel 7

Als Cat am nächsten Tag die Augen aufschlug, fühlte sie sich grässlich. Blinzelnd sah sie sich um, sie hatte keine Ahnung, was passiert war und wie sie ins Bett gekommen war.

Moment mal. In welchem Bett lag sie überhaupt?

»Ach du Schande«, jammerte sie und hoffte so, Herrin über ihr Unwohlsein zu werden. Sie versuchte erst gar nicht aufzustehen, hob aber die Decke und stellte erschrocken fest, dass sie nackt war. Neben ihr lag ein Bademantel, aus dem sie sich vermutlich herausgewunden hatte – oder? Sie hatte keinen blassen Schimmer. Ein Filmriss der übelsten Sorte hinterließ nichts als Dunkelheit in ihren Erinnerungen.

Sie horchte in sich hinein. Hatte sie Sex mit jemandem gehabt? Nein, das würde sie doch nicht vergessen. Außerdem fühlte sie sich weder befriedigt noch wund, da war nur eine unterschwellige Übelkeit, die vom Alkohol herrühren musste.

»Mist«, fluchte sie, denn jetzt fiel ihr wieder ein, dass sie sich in Elijahs Auto übergeben hatte, nachdem sie sich betrunken hatte. Warum zur Hölle hatte Josh ausgerechnet in diesem verdammten Klub aufkreuzen müssen? Sonst war Josh immer zu müde gewesen, um mit ihr auszugehen. Tja, das hatte sich anscheinend geändert. Der Abend war so gut verlaufen, bis zu diesem Zeitpunkt jedenfalls. Aber was war danach passiert? Elijah hatte sie nach Hause gebracht, oder nein. Das hier war nicht ihr Zuhause. O Gott. War er mit ihr in ein Hotel gefahren, um mit ihr zu schlafen? Hatte sie mit Elijah …?

Nein. Selbst der machte wohl einen Punkt und schlief nicht mit einer Schnapsleiche. Da war sie sich ziemlich sicher. Zudem war er komplett nüchtern gewesen. Aber warum lag sie dann in diesem Hotelzimmer und nicht in ihrem Bett? Oder in seinem … Und wo steckte er? Er hatte sie doch wohl nicht hier abgeladen und war dann gegangen, ohne eine Nachricht, ohne eine Verabschiedung.

Hm. Sie überlegte. Vielleicht hatte er ihr gesagt, dass er sie nun ihren Rausch ausschlafen lassen wollte. Natürlich, es gab keinen Grund, warum er ihren Babysitter spielen musste. Wie blöd von ihr. So viele Flüche, wie sie aussto-ßen wollte, fielen Cat gar nicht ein. Sie wollte im Erdboden versinken oder auf einen anderen Kontinent gebeamt werden. Ehe sie sich wegen ihres muffigen Atems schämen konnte, ging die Zimmertür auf, und Elijah kam mit zwei Kaffeepappbechern, ihrer Handtasche und einer braunen Bäckertüte herein. Er trug dieselben Klamotten wie gestern, ansonsten sah er frisch wie der Frühling aus. Kein Wunder, er hatte sich ja auch nicht mit Wodka vergiftet.

Ihr fiel nichts Besseres ein, als sich die Decke über den Kopf zu ziehen. »Ich bin tot«, quietschte sie.

Elijahs dunkles Lachen erfüllte den Raum, dann krachte die Tür ins Schloss. »Schon gut, Kätzchen. Ich bin nicht nachtragend.«

Sie spitzte hervor. »Was habe ich noch getan, außer deinen Wagen zu ruinieren?«

Hoffentlich hatte sie sich ihm nicht an den Hals geworfen, nachdem sie ihren Kummer in Schnaps ertränkt hatte.

»Hm«, machte er, hob den Deckel von einem Kaffeebecher ab und setzte sich auf die Bettkante. »Stimmt ja. Mein Auto. Das habe ich eben verschrotten lassen.«

Sie schnappte nach Luft. »O Gott. O Gott. O gottogottogott.«

Sie wollte nur noch sterben. Wenn es nach ihrem Magen ging, war es sowieso nicht mehr weit bis dahin.

»Hey, das war ein Witz. Hier, möchtest du einen Kaffee? Es ist ein doppelter Espresso mit Milchschaum. Fettarme Milch natürlich, das versteht sich von selbst.«

»Du findest mich zu dick?« Sie setzte sich auf und die Decke rutschte bis zum Bauchnabel hinab.

Elijah stöhnte und stellte den Kaffee für sie auf der Nachtkonsole ab. »Himmel!«, rief er, als sein Blick auf ihre Brüste fiel. Dann schlug er die Hände vor die Augen. »Catherine!«

Sie runzelte die Stirn und hob die Decke vor ihren Oberkörper. »Ach, komm, als ob du die nicht schon gesehen hättest!«

Er stand auf und nahm sich einen Becher, dann ließ er sich auf einen Stuhl neben dem Fenster fallen. »Erstens, du bist weich an den richtigen Stellen.«

Cats Augen weiteten sich. Also doch, er fand sie zu dick.

»Weich?«, piepste sie. Shit, sie führte sich auf wie ein Teenager, sie musste noch mehr Restalkohol im Blut haben, als ihr lieb war.

»Unterbrich mich doch nicht dauernd. Du bist eine Frau, du *musst* weich sein. Nenn mir einen normalen Mann, der mit einem Gerippe vögeln möchte. Das ist nur die Werbung, die euch das immer vormacht. Kein Mann mag Frauen, die nur Salat knabbern. Wenn ich das möchte, hole ich mir ein Kaninchen.«

Cat öffnete den Mund, um zu widersprechen, aber er brachte sie mit einer Handbewegung zum Schweigen. »Zweitens«, sagte er mit Nachdruck. »Ich habe deine göttlichen Titten, dieser Kommentar muss mir nach der Aussicht eben gestattet sein, vorher *nicht* zu Gesicht bekommen. Auch, wenn du es nicht glaubst, ich bin kein notgeiler Sack, der eine Besoffene im Schlaf befingert.«

Schuldbewusst senkte sie den Blick. »Sorry.«

»Schon gut. Aber es gibt was, das ich mit dir besprechen möchte. Und mir ist es verdammt ernst damit.« Seine blaugrauen Augen fixierten sie streng. »Eventuell möchtest du erst ein Schlückchen Kaffee zu dir nehmen? Ein Croissant vielleicht?« Er hob die Tüte und wedelte damit herum. War er verlegen? Wieso?

»Du hast Croissants geholt?«, fragte sie überrascht, ihr Gehirn arbeitete noch nicht wieder im Normaltempo.

»Es sah nicht so aus, als würdest du in naher Zukunft aus deinem, äh, Schönheitsschlaf erwachen, Dornpupschen.«

»Dorn-was?« Sie schnappte nach Luft.

»Du furzt im Schlaf.«

Sie stieß ein Quietschen aus, das nicht sehr damenhaft war. »Das ist ja wohl die Höhe!« Cat merkte, dass sie knallrot anlief. Im Geiste machte sie sich eine Notiz, dass sie in seiner Gegenwart nie wieder, nie, nie wieder Alkohol trinken würde.

»Soll ich dich lieber wieder Kätzchen nennen?«

»Ist geringfügig besser.« Mist, sie war so beschämt, dass sie ihn gar nicht ansehen wollte. Trotzdem schielte sie zu ihm hinüber.

»Okay. Hunger?« Er wedelte erneut mit der Tüte.

»Ich kann es ja mal versuchen«, gab sie kleinlaut von sich und war froh über die Ablenkung. Elijah warf sie ihr zu. Cat nahm sich eines heraus und biss ab. Sie kaute langsam, die Übelkeit war blöderweise immer noch sehr stark. Vielleicht wurde es damit besser.

»Es tut mir wirklich leid, dass ich gestern so durchgedreht bin«, murmelte sie zerknirscht, während sie kaute. »Nachdem ich drei Jahre mit Josh zusammen war und er sich nicht mal zu einer gemeinsamen Wohnung durchringen konnte, hat er mich verlassen, sich in die Arme einer anderen geflüchtet und hat ihr direkt einen Ring an den Finger gesteckt. Hast du den Klunker gesehen? Ich habe zum Geburtstag nicht mal Blumen bekommen!« Ihre Stimme brach.

»Habe ich leider nicht gesehen, nein. Ich verstehe, dass dich das ganz schön mitgenommen hat.« Er trank von seinem Kaffee und wartete ruhig.

»Ich war absolut überfordert. Seit er mich verlassen hat, habe ich viel nachgedacht. Ich fühlte mich so verdammt wertlos. Ich glaubte, dass ich ohne ihn einfach nicht existieren könnte. Alles, was ich wollte, war, dass er zu mir zurückkommt.«

Es fiel ihr nicht leicht, diese Worte auszusprechen, aber sie wollte es Elijah erklären. Er dachte ohnehin schon, dass sie bescheuert war, da konnte sie ja noch eins draufsetzen und einen Seelenstriptease hinlegen. Seine Stirn lag in Falten, aber er hörte aufmerksam zu und wirkte dabei verständnisvoll.

»Und dann tauchst du auf«, sagte sie und schaute ihn direkt an.

»Dann tauche ich auf, und was?«

»Du bist erst ein Arsch und dann auf einmal nett.«

»Hm. Beides klingt nicht positiv. Nett ist langweilig. Arsch haben mich schon mehrere Damen genannt.«

»Das war ein Kompliment.« Sie lächelte. »Nicht der Arsch natürlich. Aber dass du nett zu mir warst, das fand ich schön.«

»Hm.« Er wirkte noch nicht überzeugt.

»Du hast mein angeknackstes Selbstvertrauen gekittet. Es hat mir gutgetan, dass du mich, auch wenn es nervig war, angemacht hast. Ehrlich. Danke dafür.«

Er lachte nicht, er war sogar sehr ernst. Sie glaubte, dass

sie ihn vielleicht beleidigt hatte, als er den Mund öffnete und sagte: »Was mich zu meinem Vorschlag bringt.«

In ihrem Bauch rumorte es, was aber sicher nicht am Alkohol lag. Es kribbelte. Was hatte er vor?

»Ich muss für ein paar Tage verschwinden.«

»Oh«, machte sie. Sie war enttäuscht.

»Es gab Ärger. Und … ich dachte, dass du vielleicht mitkommen würdest.«

»Mit dir?«

Er neigte seinen Kopf und setzte sich auf. »Ist die Idee so abwegig?«

Ihre Blicke verhakten sich ineinander, sie rührten sich beide nicht.

»Nein«, hörte sie sich sagen.

»Nein?«, wiederholte er irritiert.

»Ich meine, es ist nicht so abwegig.«

Überrascht riss er die Augen auf und stieß den Atem aus. »Wirklich?« Konnte es sein, dass er nervös war? Das war seltsam. Bisher hatte sie ihn stets selbstbewusst, manchmal sogar selbstherrlich erlebt. Vielleicht war doch mehr davon Fassade, als sie bislang angenommen hatte.

»Nun tu nicht so. Du hast wohl gemerkt, dass ich dich mag«, gab sie zu und warf ihm unter halb gesenkten Lidern einen schüchternen Blick zu.

Er lachte rau. »Du hast eine eigenartige Weise, das zu zeigen. Statt Kätzchen könnte ich dich Kratzbürstchen nennen.«

»Wenn du weiter so blöde Namen für mich erfindest, ist dein Vorschlag ganz schnell wieder vom Tisch.« Sie zog ihre Augenbrauen zusammen.

»Na gut. Cat. Mir ist es wirklich ernst damit. Ich werde nach Kanada fahren, dort habe ich ein kleines Blockhaus. Es wäre nur für ein paar Tage, bis sich hier alles beruhigt hat.«

»Kanada ist nicht gerade um die Ecke.«

»Aber auch nicht aus der Welt. Mein Haus ist in New Scotland.«

Sie überlegte. Ja, sie hatte einen Abgabetermin und eine Präsentation, aber erst nach ihrem Abstecher zu ihren Eltern, den Brad längst abgesegnet hatte, sie müsste nur ein paar Tage dranhängen. Sie könnte sicher auch in Kanada ein wenig arbeiten, und etwas Abstand von Boston und ihrem Leben hier würde ihr guttun. Ihr Herz fing an, schneller zu klopfen. »Wenn ich mitkomme, willst du sicher Sex, oder?«

Sein Grinsen wurde breit. »Wäre schön. Ja. Willst du?«

Ihr wurde heiß. »Was ist das eigentlich für eine seltsame Diskussion, die wir da führen?«

»Du hast angefangen, von Sex zu reden.«

Sie hielt sich eine Hand an die Stirn und schloss kurz die Augen. Dann schlug sie sie wieder auf. »Lass mich nur noch etwas sagen.«

Er seufzte. »Ich wusste es, der Haken kommt jetzt.«

»Was auch immer in Kanada passiert. Wir wissen beide, es wird nicht von Dauer sein. Du glaubst nicht an Beziehungen – und ich nicht mehr an die Liebe.«

Elijah rührte sich nicht, sie hatte keine Ahnung, was hinter seinen wundervollen graublauen Augen vor sich ging.

»Was ist aus dem Ich-will-heiraten-und-Kinder-Ding geworden?«, fragte er ruhig.

Sie zuckte die Schultern und schnaubte verächtlich. »Ich glaube nicht, dass ich noch einmal einem Mann so weit vertrauen möchte, dass ich mir das vorstellen kann. Das Thema ist also vom Tisch.«

Er hatte Zweifel daran, das war deutlich zu sehen. Aber sie hatte genug davon, das Richtige zu tun, wo sie das hinbrachte, sah man ja. Sie wollte nur eins: Josh aus ihrem Kopf und Herzen vertreiben. Was das anging, hatte Cat keinerlei Bedenken: Der richtige Kandidat, das zu bewerkstelligen, war Elijah. Wenn ein Kuss ihre Welt bereits dermaßen aus der Umlaufbahn gerissen hatte, was würde dann Sex mit ihm erst anstellen? Der Gedanke jagte heißkalte Schauer an ihrer Wirbelsäule entlang.

»Dann ist das also ein Ja?«, fragte er. Seine Stimme war sonderbar leise, der Ausdruck auf seinem markanten Gesicht unergründlich.

»Zeig mir, wie gut es ist, Single zu sein«, bat sie ihn. »Lass mich Josh vergessen.«

Sie sah, wie seine Kiefer mahlten. »Wenn du noch einmal seinen Namen im Zusammenhang mit Sex erwähnst, bringe ich den Kerl eigenhändig um.«

Sie lachte. Ja, das war gut. Weiter so.

»Wir sind perfekt füreinander«, stellte sie zufrieden fest und lächelte leise. »Du weißt, wie ich bin, ich brauche mich nicht verstellen. Ich muss nichts tun, um dir zu gefallen.«

»Denkst du, so lautet das Konzept für eine funktionierende Beziehung?« Ein spöttischer Zug legte sich um seine vollen Lippen.

»Bisher war es so, aber damit ist jetzt Schluss. Und du musst keine Angst haben, dass ich mich an dich klebe, wenn dieses kleine Abenteuer hinter uns liegt. Das Letzte, was ich brauche, ist ein Mann, der bindungsunfähig ist. Ich brauche Sex, um Du-weißt-schon-wen zu vergessen.« Sie stand auf und wickelte die Decke um sich. Als ob das noch nötig wäre, wo sie doch beschlossen hatten, dass sie miteinander schlafen würden. Nicht nur einmal. Trotzdem, sie wollte jetzt nicht nackt vor ihm stehen. Das Ganze war schon absurd genug.

»Äh, wie lange wolltest du in Kanada bleiben?«, fragte sie schließlich, ihm den Rücken zugewandt. »Ich muss mich in der Agentur melden und alles absprechen.«

»Ein paar Tage, maximal eine Woche.« Er klang etwas gequält, sie verstand nicht, wieso. »Ist das ein Problem?« Sie konnte von Kanada aus einen Flug nach Texas zu ihren Eltern nehmen. Ihr Vater hatte Geburtstag und sie hatte versprochen zu kommen. Auf einmal war die Aussicht, einen ungeplanten Urlaub einzuschieben, sehr verlockend.

»Nein. Natürlich nicht«, gab sie deswegen zurück.

Nach einem kurzen Telefonat, in dem sie ihrem Boss etwas vorlog von wegen, sie müsste früher zu ihren Eltern und würde von dort aus arbeiten, war die Sache geklärt. Von einer seltsamen Schüchternheit ergriffen, wagte sie es kaum, ihn anzusehen. »Ja, äh, dann ... wie kommen wir denn zu deiner Blockhütte?«

»Glücklicherweise habe ich nicht nur ein Auto.«

»Oh.«

»Ich hole dich nachher ab, bis dahin habe ich noch was zu erledigen.« Elijah stand auf. »Und, Cat?«

»Ja?«

»Pack Wanderstiefel und robuste Klamotten ein. Auch wenn wir nicht viel draußen sein werden.« Das Glitzern in seinen Augen löste ein heißes Kribbeln in ihr aus, das sie bis tief in ihren Unterleib spürte. Sie konnte nichts sagen, sondern nickte nur.

Nachdem Elijah mit der Polizei gesprochen hatte, fuhr er bei Nate vorbei. Liv lag nach wie vor im Bett, sie hatte einen Kater und konnte weder Geräusche noch Licht ertragen.

»Willst du was trinken?«, fragte Nate, als sie ins Wohnzimmer gingen.

»Ein Kaffee wäre nicht schlecht.«

»Kurze Nacht?«

»Das kannst du sagen. Cat hat in mein Auto gereihert.«

»Oh.« Nate lachte.

»Whitney wird schon eine Lösung finden.«

»Das tut sie doch immer.«

»Zur Not verkauf ich den Wagen.«

»Aber du hängst doch so daran.«

Elijah verzog seinen Mund und ließ sich ins Sofa sinken. »Jetzt nicht mehr.«

»Verstehe.« Nate gluckste und verschwand dann kurz, um sich um den Kaffee zu kümmern.

Elijah schloss für einen Moment die Augen. Die letzten vierundzwanzig Stunden waren selbst für seine Verhältnisse dermaßen absurd verlaufen, dass er sich fragte, ob er das wirklich alles erlebt hatte.

»Träumst du?«, fragte Nate.

Elijah sah ihn an. »Schönheitsschlaf, so was brauche selbst ich manchmal.«

»Warum gehst du nicht ins Bett?«

»Da kommen wir gleich zum nächsten Problem.« Er nahm Nate eine Tasse ab und roch daran. Herrlich, er liebte den Geruch von frischem Kaffee, der nicht nach Entenpisse schmeckte. Zum Glück teilten Nate und er die Vorliebe für starke Wachmacher und tranken nicht, wie so viele seiner Landsleute, wässrige Instantbrühe.

Sein Freund setzte sich ihm gegenüber. »Was meinst du?«

»De la Roche. Du erinnerst dich?«

Nate stöhnte. »Nein. Was hast du jetzt schon wieder gemacht? Konntest du echt nicht die Finger von seiner Kleinen lassen? Scheiße, Elijah!«

»Hey, lass mich doch mal ausreden. Ich habe seine Tussi nicht noch mal angerührt.«

»Was ist es dann?«

»Letzte Nacht ist bei mir eingebrochen worden, während wir im Klub waren. Ich habe wohl Glück gehabt, dass ich nicht da war. So sind nur ein paar Möbel kaputt und Wände mit Farbe beschmiert worden.«

Nate machte große Augen. »Scheiße.«

»Ja. Das sehe ich auch so.«

»Und, was hast du vor? Du kannst dem Kerl ja schlecht die Eier abschneiden. An den kommst du nicht ran.«

Elijah grinste. Er mochte es, wie Nate dachte. »Wir sind ja jetzt erwachsen und sehen es so, dass Gewalt auch keine Lösung ist. In dem Fall sowieso nicht, der hat eine Batterie an Sicherheitsleuten. Ich werde für ein paar Tage abtauchen, vielleicht kriegt er sich ja ein.«

»Paar Tage oder Monate?«

Er zuckte die Schultern. »Weiß ich auch nicht. Hast du 'ne bessere Idee?«

Nate trank von seinem Kaffee und überlegte. »Ich könnte diese Detektivin beauftragen, ein bisschen was über die Beziehung der beiden rauszufinden. Vielleicht macht diese … wie hieß sie noch mal?«

»Valentina«, half Elijah ihm aus.

»Vielleicht macht Valentina das öfter, dass sie den Typen betrügt, meine ich.«

»Du denkst, wenn sie mit dem nächsten vögelt, wäre ich also raus aus dem Fokus?«

»So in etwa. Hast du 'ne bessere Idee?«

»Erin Lark ist eine Frau, das ist dir klar.«

»Sie soll ja auch nicht mit Valentina ins Bett gehen. Auch nicht mit de la Roche. Nur herausfinden, was da so abgeht.«

»Meinst du, sie kriegt das hin?«

Nate nickte. »Lass mich mit ihr reden, sie ist äußerst fähig, auch wenn man es ihr nicht ansieht. Du hast mir in der Sache mit meinem Vater sehr geholfen, ich bin froh, dass ich mich jetzt zumindest ein wenig revanchieren kann.«

»Du weißt, dass ich das nicht von dir erwarte.«

»Das tun Freunde nun mal, Elijah.«

Er seufzte. »Ja«, war alles, was er sagte. Obwohl ihn und Nate eine jahrelange Freundschaft verband, so fiel es ihm auch heute manchmal noch schwer, nicht alles selbst in die Hand zu nehmen. Zu lange war er auf sich gestellt gewesen, dabei hatte ihn Nate noch nie enttäuscht. Sie waren als Jugendliche in einer ähnlichen Situation gewesen, hatten sich zusammengetan und waren aus Atlanta nach Boston gekommen, um ein neues Leben anzufangen. Gemeinsam hatten sie sich von der Straße hochgearbeitet. Und auch heute noch waren sie eng miteinander vertraut. »Also schön. Ich verschwinde, und du kümmerst dich darum, was rauszufinden.«

»So machen wir es. Wo geht die Reise hin?«

Er überlegte, ob er Cat erwähnen sollte. Er hatte das nicht mit ihr besprochen, vermutlich würde sie es ohnehin Liv erzählen. »Kanada, in mein Blockhaus. Dort kann ich fischen, habe meine Ruhe – und WLAN gibt es auch. Ich arbeite von dort aus.«

»Ich komme hier schon paar Tage ohne dich klar, deine Termine übernehmc ich.«

»Okay.«

»Ich bin mir sicher, du wirst schnell Ablenkung finden, eine Frau, die sich mit dir die Zeit vertreibt.«

Oh, wie gut Nate ihn doch kannte.

»Du hast schon eine?«, fuhr Nate fort.

»Jepp.«

»Hat sie einen Namen.«

»Catherine Archer.«

Nate spuckte seinen Kaffee im hohen Bogen über den Couchtisch. »Willst du mich verarschen?«

»Nope.«

»Liv wird dich *und* mich umbringen.«

»Wieso denn das?«

Nate wischte sich über den Mund. »Na, weil du es verkacken wirst, du Idiot.«

»Werde ich nicht. Sie sucht eine Ablenkung von ihrem Ex, und die habe ich ihr angeboten.« Er zuckte die Schultern.

»Du weißt, dass Frauen so nicht ticken, oder? Sie macht dir was vor.«

Darüber hatte Elijah noch nicht nachgedacht. »Glaube ich nicht.«

»Es ist deine Sache, ich mische mich nicht ein. Aber wenn Liv das rausfindet, sagst du ihr, dass ich nichts davon wusste. Ich hab dich gewarnt: Cat ist ihre Freundin. Wenn du ihr wehtust, wird Liv dich hassen.«

»Ey, sag mal. Ich habe nicht vor, Cat was anzutun. Ich will sie …«

»Erspar es mir«, unterbrach ihn Nate. »Ihr habt eine Affäre, und zack will sie mehr.«

»Sicher nicht. Sie kann mich nicht mal leiden.«

Nates Augen weiteten sich. »Das hat sie gesagt?«

»Klar, sonst hätte sie mich gar nicht in Erwägung gezogen. Ihr ist vollkommen klar, dass ich keine Beziehung will – sie im Übrigen auch nicht.«

»Du hast doch nicht schon mit ihr …?«

»Jesus, Nate. Spinnst du? Ich befingere doch keine Betrunkene.«

»Und vorher?«

»Nein. Sag mal. Geht's eigentlich noch? Ich hätte dir auch nichts davon erzählen müssen. Hör auf, mir auf den Sack zu gehen.«

Sein Freund hob abwehrend die Hände. »Okay, okay. Deine Sache. Aber sag hinterher nicht, ich hätte dich nicht gewarnt.«

»Werde ich nicht. Und wirklich, du hast keinen Grund zur Sorge.«

Kapitel 8

Cat verkniff sich einen Kommentar über den Zusammenhang der Größe des Autos und des besten Stückes eines Mannes. Der rote Dodge Ram Pick-up war jedenfalls ein äußerst männliches Statement, mit dem Elijah sie am Nachmittag zu Hause abholte.

»Dann kann's ja losgehen«, sagte er mit einem Augenzwinkern und warf beziehungsweise hievte ihren Koffer hinten auf die Laderampe, dann schlug er den Deckel zu.

»Was ist, willst du nicht einsteigen?«

»Doch, doch. Natürlich.«

»Oder wartest du, dass ich dir die Tür aufmache?«, scherzte er.

»Sehr witzig, das kann ich schon selbst.« Sie riss am Griff und sprang auf den Beifahrersitz. Worauf sie da draußen gewartet hatte, wusste sie selbst nicht. Sie hatte keine Ahnung, wie sie sich Elijah gegenüber verhalten sollte. Vielleicht hatte ein kleiner, selbstsüchtiger Teil von ihr erwartet, dass er sie küssen würde, wo doch klar war, warum sie mit auf die Reise kam. Aber anscheinend hatte Elijah es nicht eilig damit, das fand sie irgendwie … schade.

Cat spürte, dass sie rot wurde. Die Hitze kroch über ihren Hals ganz langsam nach oben und stieg in ihre Wangen. Natürlich musste genau in diesem Moment Elijah auf dem Fahrersitz Platz nehmen und den Motor anlassen. »Du schaust schon besser aus, ist wieder etwas Farbe in deinem Gesicht«, stellte er zufrieden fest und legte einen Gang ein. »Und du riechst gut.«

Sie war froh, dass er es bemerkte. Tatsächlich hatte sie eine ganze Batterie an Körperpflegeprodukten benutzt, um sich vorzubereiten. Sie hatte ja keine Ahnung, was auf sie zukam. Sie warf ihm einen verstohlenen Seitenblick zu. Eigentlich glaubte sie nicht, dass er auf irgendwelche perversen Spielchen stand, aber eins war sicher: Er war sehr viel erfahrener als sie.

»Kätzchen, was ist? Hat es dir die Sprache verschlagen, oder hast du Zweifel?«

Er legte ihr eine Hand aufs Knie, und sie atmete tief ein. Das alles brachte sie mehr aus der Fassung, als sie gedacht hatte. Heute Morgen war sie noch so cool gewesen, Schlafmangel und Restalkohol hatten ihr Übriges getan, damit sie die Absurdität dieser Abmachung nicht im vollen Ausmaß begriffen hatte. Das sah jetzt anders aus, was nicht heißen sollte, dass sie nicht mit ihm ins Bett wollte. Das wollte sie. Aber sie war einfach unsicher. Sie wollte nichts falsch machen.

»Cat?«

»Äh, sorry!«, fing sie an.

Er nahm seine Hand von ihrem Bein und grinste. Was hatte er nun schon wieder.

»Was ist?«, fragte sie.

»Du bist nervös. Das finde ich süß. Aber es gibt gar keinen Grund dafür. Ich beiße nicht, außer du willst es.«

Er fand sie also süß. Cat verschränkte die Arme vor der Brust und zog ihren Kopf ein wenig ein, sodass ihr Kinn an den Kragen ihres Rollis stieß. »Ich habe einfach einen riesigen Kater«, log sie.

»Liv liegt im Bett, sie kann gar nicht aufstehen.«

»Oh, du hast mit ihr gesprochen?«

»Nein, aber mit Nate. Ich habe ein bisschen Bürokram geregelt. Hast du mit Liv geredet?«

»Äh, nein.«

»Aber mit deinem Chef?«

»Ja, Notebook habe ich dabei. Ich kann von unterwegs aus arbeiten.«

»Das ist doch gut.«

»Ich hoffe, wir werden uns nicht auf den Keks gehen.«

»Das denke ich nicht.«

Sie linste zu ihm herüber. »Wieso nicht?«

»Keine Ahnung, du wirkst ganz okay auf mich.«

»Oh, ist das ein Kompliment?«

»Sollte keins sein, nur eine ehrliche Antwort auf eine Frage.«

»Gut.«

»Und warum hast du Bedenken?«

Sie zuckte die Schultern. »Keine Ahnung.« Josh hatte nie etwas mit ihren Vorlieben für romantische Komödien, Klamotten oder Zeitschriften anfangen können. Er hatte immer nur über seinen Job als Unternehmensberater geredet, trockene Materie, Zahlen und über seinen Weg nach oben auf der Karriereleiter. Cat war nicht so, ihr Ziel war es nicht, die Summe auf ihrem Bankkonto zu erhöhen, sie wollte Spaß bei der Arbeit haben, ihre Kreativität ausleben können – ebenso wie in der Freizeit.

»Cat«, mahnte Elijah sie. »Ich weiß, dass da gerade eine ganze Menge in deinem Oberstübchen vor sich geht. Willst du mir nicht sagen, was dich beschäftigt?«

Wieder einmal überraschte er sie. »Ist nicht wichtig.«

»Doch, ich glaube schon.«

Sie seufzte. »Na schön. Ich fürchte, dass meine Interessen mit deinen nicht so viele Überschneidungen haben.«

»Wir werden schon klarkommen. Oder willst du mir die Nägel pink lackieren?«

Sie musste lachen. »Nein, außer du willst es.«

»Kein Bedarf. Und ich werde dich nicht zwingen, die Fische auszunehmen, die wir angeln.«

»Ach du grüne Neune. Wir müssen unser Essen selbst … erlegen?«

»Müssen wir nicht. Aber die Hütte liegt direkt an einem See.«

»Hast du auch ein Boot?«

»Ein Ruderboot, ja.«

»Wow, das ist irgendwie cool.«

»Siehst du«, sagte er zufrieden und bog auf die Interstate Richtung Norden. »Wir werden uns gut verstehen.«

Nicht nur im Bett, hörte sie förmlich seine Stimme in ihrem Kopf. Es war eigenartig, aber sie freute sich auf die Tage in Kanada, die Natur, die Ruhe – Elijah.

Allein seinen Namen zu denken, löste eine Gänsehaut bei ihr aus, wie würde es erst sein, wenn … ihre Hände wurden feucht.

Nach einer Weile legte sich die Aufregung, als sie merkte, dass er sie nicht gleich nach fünfzig Meilen fressen würde, sondern dass er ganz normal mit ihr umging. Irgendwann fielen ihr die Augen zu, und sie dämmerte weg.

Als sie die Lider das nächste Mal aufschlug, war es dunkel geworden. »Wow, wie lange habe ich geschlafen?«

»Oh, eine ganze Weile«, meinte er und rieb sich den Nacken.

»Wie spät ist es?«

»Schon nach zehn.«

»Entschuldige, das tut mir leid. Ich wollte nicht …«

»Hey«, unterbrach er sie. »Lass uns mal eins klarstellen: Du brauchst dich nicht dauernd für Dinge entschuldigen, die völlig in Ordnung sind. Wenn du müde bist, kannst du schlafen, *ich* fahre ja und nicht du.«

Sie öffnete ihren Mund und schloss ihn dann wieder. Josh

hatte sie immer wach gehalten, damit sie ihn bitte schön unterhalten möge, wenn er sie schon kutschierte. »Bist du nicht müde?«, fragte sie ihn.

»Es geht.«

»Du hast doch auch kaum geschlafen letzte Nacht, oder?«

Er gähnte unterdrückt. »Ich komme schon klar«, knurrte er.

Cat lächelte. »Oh, der Herr Macho will nicht zugeben, wenn er mal eine Pause braucht. Ich kann fahren. Wirklich.«

»Reicht es nicht, dass du in ein Auto gereihert hast, willst du das andere vielleicht in den Graben setzen, um die Sache komplett zu machen?«, neckte er sie.

»Elijah, das war nicht nett.«

»Stimmt. Entschuldige. Hast du Hunger? Ich könnte eine Kleinigkeit vertragen.«

Tatsächlich regte sich ihr Magen. Sie hatte außer dem Croissant am Morgen nichts heruntergebracht. »Ja, was zu essen wäre nicht verkehrt. Sollen wir die Nacht durchfahren, oder möchtest du unterwegs übernachten?«

»Am liebsten wäre es mir, wir fahren durch.«

»Wie weit sind wir denn schon?«

»Knapp die Hälfte.«

Etwa fünfzehn Meilen weiter fuhr er an einer Ausfahrt ab, tankte den Wagen und parkte dann vor einem Diner, der vierundzwanzig Stunden geöffnet hatte. Cat stieg aus und streckte sich, die Nacht war kühl und sternenklar. Sie atmete tief durch und schloss die Augen. Es roch ein wenig nach Abgasen, aber das störte sie nicht. Dann folgte sie Elijah hinein. Nachdem beide die Toiletten aufgesucht hatten, suchten sie sich ein ruhiges Plätzchen im Lokal. Der Boden war weiß und schwarz gekachelt, die Plastiksitzbänke leuchteten in einem hellen Rot. Licht aus Neonröhren verlieh dem Ganzen eine wenig heimelige Atmosphäre, aber für eine Mahlzeit war es in Ordnung.

»Hi Leute, was kann ich euch bringen?« Die Bedienung hielt eine Kaffeekanne in der Hand. »Kaffee?«, fragte sie mit einem freundlichen Lächeln.

Cat nickte. »Gern.«

»Für mich bitte einen doppelten Espresso«, sagte Elijah. »Und eine Cola.«

»Da braucht wohl jemand Koffein«, scherzte Candy, die Bedienung, wie ihr Namensschild auf der Brust verriet.

Elijah war nicht zu Witzen aufgelegt, er überging den Kommentar. »Cat, hast du schon eine Idee, was du essen möchtest?«

Sie zuckte die Schultern. »Was nimmst du denn?«

Das musste er wohl lustig finden, denn seine Augen blitzten und seine Mundwinkel zuckten verräterisch. »Wir nehmen zwei Mal den Cheeseburger mit Pommes.«

»Spiegelei oder Bacon?«

»Beides für mich. Cat?«

»Oh, danke. Für mich bitte nur den Cheeseburger, aber ohne Gurken und ohne Pommes.«

»Keine Pommes?«, wiederholte Elijah irritiert.

»Lieber einen Salat. Danke. Aber ohne Dressing.«

Er runzelte die Stirn, hielt sich aber zurück, wofür Cat dankbar war. Wenn sie auf eines keine Lust hatte, dann einen Begleiter, der ihre Essgewohnheiten kommentierte. Das war etwas, das sie an Josh wirklich gestört hatte und was sie absolut nicht vermisste.

»Gut, ihr Süßen. Bin gleich wieder bei euch«, teilte Candy ihnen mit und zog mit ihrer Kaffeekanne von dannen.

Elijah würde diesen Unsinn mit dem Salat ohne Dressing nie verstehen, aber da es ihn nichts anging, hielt er sich zurück. Cat umklammerte die Tasse mit beiden Händen und guckte hinein, als ob die braune Brühe ihr die Antwort verraten würde.

Sie sah hübsch aus, der weiße Wollpullover stand ihr ausgezeichnet. Hatte irgendwas, auch wenn man ihre Kurven darunter nur erahnen konnte. Obwohl er es gerade nicht sehen konnte, wusste er, dass ihre Schenkel in einer Skinny Jeans steckten, und wie knackig alles an ihr war, wusste er dank letzter Nacht ganz genau.

Verlangen zuckte durch seine Lenden, er rieb sich die Stirn. Es gab nur einen Grund, warum er die ganze verdammte Nacht lang durchfahren wollte. Er hatte keine Lust, das erste Mal in einem schäbigen Motel mit Cat zu schlafen. Er wollte es in seinem Bett tun, jede Sekunde davon auskosten und jeden Millimeter ihrer samtigen Haut erforschen. Es sollte keine schnelle Nummer werden, um seine Lust an ihr zu befriedigen. Nein, er wollte mehr. Viel mehr.

Scheiße. Seine Hose war bereits unangenehm eng geworden. Schon wieder.

»Warum guckst du so grimmig?«, fragte sie leise.

O, wenn sie nur wüsste. »Hunger«, log er. »Da werde ich immer schlecht gelaunt.«

Ihr hübsches Gesicht hellte sich auf. »Kenne ich. Du hättest mich ja früher wecken können, ehrlich. Nach letzter Nacht habe ich es gar nicht verdient, wie eine Prinzessin behandelt zu werden, während du die ganze Nacht fahren musst.«

Elijah lachte. »Du machst wohl Witze, oder? Nur, weil ich dich schlafen lasse, heißt das noch lange nicht, dass du wie eine Prinzessin behandelt wirst. Ich frage jetzt mal lieber nicht, was du von mir erwartet hast. Das könnte mich kränken.«

Sie winkte ab. »Nein, so war das doch gar nicht gemeint.«

In diesem Moment brachte die Kellnerin endlich seinen Espresso und die Cola. »Du wolltest nichts außer Kaffee trinken?«, fragte er.

»Noch nicht.« Sie lächelte.

Wenig später saßen sie vor ihren Burgern und aßen genüsslich. Cat biss herzhaft zu, wenigstens das. Er hätte sich geärgert, wenn sie an ihrem Essen wie ein Mäuschen geknabbert hätte. Wenn er eins nicht leiden konnte, dann Nahrungsmittel zu verschwenden. Er hatte in seinem Leben oft genug Hunger gelitten und wusste eine gute Mahlzeit auch heute noch zu schätzen. Es war nicht selbstverständlich, dass man jeden Tag satt wurde.

Nach dem Essen besorgte er noch ein paar Flaschen Wasser für die Fahrt, dann setzte er sich hinters Steuer, Cat war noch einmal zur Toilette gegangen.

Er war überrascht, als sie kurz darauf die Fahrertür aufriss und plötzlich vor ihm stand, als sei sie eine Kriegerin, die ihr Recht zu kämpfen einforderte.

»Äh, was soll das werden?«, fragte er. »Wenn du es nicht mehr aushältst, bis wir in Kanada sind und mich hier und jetzt vernaschen willst, nur zu. Ich halte dich nicht auf.«

Sie überging seine sexuelle Anzüglichkeit mit einem »Das hättest du wohl gerne« und zupfte ungeduldig an seinem Ärmel. »Rutsch rüber, ich fahre.«

Elijah lachte dunkel. »Ich mag Frauen, die wissen, was sie wollen. Aber ich bin nicht müde. Danke für das Angebot.«

Sie stemmte die Hände in ihre Taille. »Wird's bald, mein Freundchen? Ich will nicht länger nutzlos daneben sitzen und mich die ganze Strecke chauffieren lassen.«

»Ich fahre dich sehr gerne, Kätzchen.«

»Und du musst hundemüde sein.« Sie würde sich nicht davon abbringen lassen, das war ihm klar. Er konnte entweder noch eine halbe Stunde mit ihr diskutieren oder nachgeben. Und er war tatsächlich ein wenig erschöpft, warum also nicht.

»Na schön, ehe wir hier noch mehr Zeit verschwenden, irgendwas sagt mir, dass du dich nicht umstimmen lässt, also bitte schön.« Er schwang seine Beine aus dem Pick-up und blieb vor Cat stehen. Sie blickte zu ihm auf, und das Verlangen, sie gegen die Tür seines Wagens zu drücken und atemlos zu küssen, wurde beinahe übermächtig. Aber er wusste, wenn er einmal damit anfing, würde er nicht mehr aufhören können. Nachdem sie am Morgen zugestimmt hatte, mit ihm zu schlafen, konnte er kaum an etwas anderes denken. Seine sexuelle Anspannung nahm bedenkliche Ausmaße an. So bedenklich, dass er fürchtete, sie müsse nur einmal über die Ausbuchtung seiner Hose streifen, und er würde sofort kommen, als wäre sie ein feuchter Traum. Es war absurd. So hormongetrieben hatte er zuletzt mit fünfzehn reagiert, als das Testosteron in seinem Körper noch nicht kapiert hatte, dass sein Hirn und nicht der Schwanz die Entscheidungen traf. Momentan wusste er nicht, ob er nicht wieder an diesem Punkt angekommen war.

»Lässt du mich jetzt vorbei? Oder müssen wir auch darum kämpfen?«, fragte sie mit unschuldigem Augenaufschlag, und er überlegte, ob sie sich bewusst war, was sie mit ihm anstellte.

Seufzend atmete er den zarten Pfirsichduft ein, der von ihrem Haar aufstieg. Schon wieder Obst! Er erinnerte sich noch sehr gut an die Erdbeeren auf ihrem Kleid neulich. Immerhin, dachte er mit einem selbstzufriedenen Grinsen, bald würde er sein Dessert bekommen. Er gab ihr einen verspielten Klaps auf den Hintern und umrundete den Wagen, ehe er es sich doch noch anders überlegte und sie auf den Rücksitz des Pick-ups zerrte. Ihr empörtes Schnauben ließ ihn glucksen. »Macho«, schimpfte sie.

»Kätzchen«, erwiderte er, was sie mit einem unmutigen Grummeln quittierte.

Als sie endlich beide im Wagen saßen, dauerte es noch eine halbe Ewigkeit, bis Cat Sitz und alle Spiegel, die sie finden konnte, eingestellt hatte. Er verkniff sich einen Scherz auf ihre Kosten.

»Die Adresse habe ich schon ins Navi eingegeben, der Tank ist voll. Das Ufo kann jetzt abheben«, witzelte er dann doch. »Oder brauchst du Hilfe beim Ausparken?«

Cat verdrehte die Augen, was er sogar in der Dunkelheit sehen konnte, dann legte sie einen Gang ein und trat das Gaspedal durch. Schon nach ein paar Meilen lehnte er sich entspannt zurück, sie fuhr besser, als sie trinken konnte, wobei ihm klar war, dass das eine mit dem anderen natürlich nichts zu tun hatte.

»Du kannst ruhig schlafen«, sagte sie nach einer Weile und richtete ihren Blick stur geradeaus. Auf der Straße waren außer ihnen nur ein paar Trucks und wenige Autos unterwegs. Sie hatten sich beim Essen Zeit gelassen, es war bereits nach Mitternacht, und sie hatten immer noch knapp fünfhundert Meilen vor sich.

»Ich bin nicht müde.«

»Sagt der Mann, der sich eben zwei Espresso und zwei Cola reingekippt hat.«

»Eben, ich bin nicht müde.«

»Na schön. Dann bleib wach.« Sie drehte das Radio lauter und fing an, leise *Say something* von Justin Timberlake mitzusingen.

»Sag bloß, du magst Liebeslieder.« Er hatte es geahnt, aber ihre Stimme war wie sie. Lieblich und süß wie der Zuckerguss auf einem Donut.

»Wer mag die denn nicht?« Sie schüttelte den Kopf, als ob sie noch nie auf die Idee gekommen wäre, dass ein harter Kerl wie er lieber Rock hörte.

Elijah schwieg und schmunzelte in sich hinein. Sie war eben durch und durch ein Mädchen. Er konnte es gar nicht abwarten, wie sie reagieren würde, wenn sie erfuhr, dass es kein warmes Wasser im Blockhaus gab. Stromleitungen hatte er schon allein wegen des Internets legen lassen, aber er hatte es immer gemocht, sich mit dem Wasser aus dem

Brunnen oder im See zu waschen, und es nie für nötig befunden, das zu ändern. Deswegen fuhr man doch in die Natur. Er gähnte und lehnte seinen Kopf gegen die Stütze.

Elijah schreckte hoch. Er musste eingenickt sein.

»Hey, ganz ruhig«, hörte er Cats sanfte Stimme neben ihm. »Alles okay. Ich fahre.«

Er rieb sich die Augen und richtete sich auf. Sein Nacken schmerzte höllisch, er musste wirklich tief und lange geschlafen haben. Außerdem roch das ganze verdammte Auto nach Pfirsich, und seine Erektion drückte sich unangenehm gegen den Reißverschluss seiner Jeans. Wenn sie nicht bald ankamen, würde er sie bitten, rechts ranzufahren, und sie ... nein. Würde er natürlich nicht, aber die Idee gefiel ihm leider immer besser. Aber er wusste, dass Cat davon nicht begeistert sein würde. Sie war eine von den Frauen, die mehr als eine Nummer auf dem Rücksitz verdient hatten. Er zwang sich, an eine Wurzelbehandlung zu denken, es half nur mäßig. »Wie weit sind wir?«, fragte er und hörte selbst, dass seine Stimme belegt klang.

»Noch hundert Meilen.«

Oh! Dann war sie stundenlang gefahren, während er von ihren Kurven geträumt hatte. »Puh, da war ich wohl ziemlich lange weg.«

»Ja, du warst eben müde.«

»Schon okay«, brummte er. »Ich gebe mich geschlagen, du hattest recht. Soll ich wieder fahren?«

Das würde ihn dann hoffentlich auf andere Gedanken bringen, und sie konnte sich ein bisschen ausruhen, ehe sie an seiner Blockhütte ankamen. Er konnte schlecht von ihr verlangen, dass sie direkt mit ihm rummachte, nachdem sie die ganze Nacht durchgefahren war. Seit wann war er eigentlich ein verdammter Frauenversteher geworden?

Er fluchte leise.

Normalerweise würde es ihn einen Scheiß interessieren, ob die Frau an seiner Seite genug Schlaf abbekommen hatte, ehe er es ihr besorgte.

»Ist nicht alles in Ordnung, Elijah?«, erkundigte sie sich ruhig.

»Alles super. Ich muss mal aufs Klo«, log er.

»Zu viel Kaffee?«, meinte sie amüsiert.

Er würde ihr all das heimzahlen, obwohl sie genau genommen nichts dafür konnte, dass er seit Tagen, ach was, seit er ihr begegnet war, scharf auf sie war und seitdem mit keiner anderen geschlafen hatte. Trotzdem: Quälend langsam würde er sie lieben und sie um jeden einzelnen, verdammten Orgasmus betteln lassen. O ja. Das würde ein Spaß werden. Für beide.

Kapitel 9

Die letzten hundert Meilen fuhr Elijah, Cat kuschelte sich in ihren Pullover und schlummerte ein wenig. Als sie merkte, dass der Wagen langsamer rollte und die Straße unebener wurde, öffnete sie die Augen. Es war fast sieben Uhr morgens, die Dämmerung hatte eingesetzt, aber viel konnte man nicht erkennen, denn ein dichter Nebel verhüllte so gut wie alles um sie herum. Cat konnte aber immerhin erkennen, dass sie durch einen dichten Wald fuhren. Die Straße war eng und schlängelte sich durch hohe Tannen und Laubbäume. Mehr konnte sie nicht ausmachen.

»Wow, das ist ja gruselig hier«, sagte sie und richtete sich im Sitz auf.

»Findest du?«

»Ja, irgendwie schon. Man erwartet fast, dass gleich der böse Wolf auftaucht, weil er Rotkäppchen nicht gefunden hat.«

»Du bist herrlich, Cat. Warum überrascht es mich nicht, dass du Märchen magst? Warst du schon mal in der Gegend?«

»Neuschottland? Nein, noch nie.«

»Ich liebe es. Und irgendwie finde ich es gut, dass wir traditionell begrüßt werden. Du bekommst also den richtigen Eindruck und kein verklärtes Bild.«

»Traditionell?«

Er lachte. »Nur eines ist sicher, nämlich, dass es Nebel geben wird.« Er hatte seine Stimme verstellt und sprach, als wäre er ein alter Mann. »Nebel gibt es in Neuschottland jeden Tag, nur wie lange und wann, das weiß niemand.«

»Klingt traumhaft«, sie kicherte.

»So ist es nun mal an der Atlantikküste, im Sommer kann es schon mal vorkommen, dass man vor dem Mittagessen Sonnencreme *und* die Regenklamotten braucht.«

»Aber nicht zur gleichen Zeit?«, witzelte sie.

»Warten wir es ab. Ende September ist die Wahrscheinlichkeit, dass wir uns einen Sonnenbrand holen, sowieso gering. Dafür kriegen wir, wenn wir Glück haben, einen richtig guten Indian Summer.«

»Davon habe ich schon viel gehört. Ich bin gespannt.«

»Die Farben sind atemberaubend, du wirst schon sehen, es wird dir gefallen. Hoffe ich jedenfalls.« Obwohl es noch nicht ganz hell war, konnte Cat den glühenden Eifer auf seinen Zügen erkennen, die ihn beinahe jungenhaft wirken ließen.

Sie fuhren durch ein Schlagloch, der Pick-up wurde durchgeschüttelt, Cat schrie vor Schreck auf.

Elijah lachte und legte ihr seine Hand auf den Oberschenkel. Sie konnte nicht verhindern, dass sich ein Kribbeln von der Stelle, an der er sie berührte, bis tief in ihren Bauch ausbreitete.

»Ich pass schon auf dich auf«, verkündete er mit seinem tiefen Timbre, und das Kribbeln verstärkte sich.

Sie nahm ihm in diesem Moment sogar ab, dass er es ernst meinte. Elijah war kein Kerl, der halbe Sachen machte, das war ihr schon länger klar gewesen. Daher war es gut, dass sie im Voraus geklärt hatten, was jeder von ihnen erwarten – oder eben nicht erwarten konnte. Das ließ ihnen die Chance, am Ende der Affäre Freunde zu werden, denn das waren sie nicht. Noch nicht, sie waren Fremde, obwohl sie bereits das Bett miteinander geteilt hatten, auch wenn Cat sich daran nicht erinnern konnte.

Er tat zwar immer so offen und witzig, im Grunde aber war er ein verschlossener Mensch. Sie glaubte nicht, dass er viele Vertraute hatte, denen er Sorgen oder gar Ängste mitteilte – er glaubte vielleicht sogar selbst, dass er unverwundbar war. Manche Männer hatten diese scheußliche Eigenschaft anzunehmen, dass Schweigen Probleme löste, hoffentlich gehörte Elijah nicht dazu.

»Ich kann auf mich selbst aufpassen«, fügte sie, nur zur Sicherheit, hinzu.

»Ja, das habe ich gesehen.« Er sah das natürlich anders.

Ihr war klar, dass er auf Livs Party anspielte. Es kam ihr vor, als läge der Abend schon Wochen zurück, dabei war gerade mal ein Tag vergangen. »Sag mal, wer hat denn eigentlich deine Wohnung aufgeräumt, oder hast du die ganzen Lebensmittel, Flaschen und so einfach stehen lassen? Das würde ganz schön eklig werden, bis du wieder da bist.«

Elijah versteifte sich kurz, dann wandte er ihr sein Gesicht zu. »Das ist erledigt.«

Damit schien für ihn alles gesagt.

»Wie, erledigt?« So einfach ließ sie sich nicht abspeisen.

»Es gab da einen kleinen Zwischenfall, jetzt dürfte nicht mehr viel davon übrig sein.«

»Zwischenfall?«

»Lass dich nicht irritieren, Cat. Sei einfach unbesorgt, meine Wohnung wird sauber und ordentlich sein, wenn ich zurückkomme. Danke, dass du dir deswegen Gedanken machst, aber das ist nicht nötig.«

»O-kay«, meinte sie lang gezogen und runzelte die Stirn.

»Whitney kümmert sich um alles.«

Whitney? Die Ärmste. »Die Gute scheint ja alle Hände voll zu tun zu haben.«

»Ja, dank dir durfte sie sich auch noch um mein Auto kümmern.«

Das ließ Cat verstummen. O je, sie würde sich bei Elijahs Sekretärin entschuldigen, und sie hoffte, dass sie es nicht selbst putzen musste. Nein, das würde er doch nicht mit ihr …

»Whitney macht so was aber nicht selbst, hoffe ich?«

Elijah prustete los. »Du kennst sie nicht.«

»Heißt das nein?« Es war ihr schrecklich unangenehm, dass das passiert war.

»Das heißt, dass Whitney delegieren kann, und das auch tut. Das gehört zu ihrem Job.«

Cat atmete erleichtert aus. »Da bin ich aber beruhigt. Hoffentlich bezahlst du sie gut.«

»Das tun wir. Was aber noch lange nicht bedeutet, dass es ihr Spaß macht, sich um meine mehr oder weniger großen Problemchen zu kümmern.«

»Sag mal, willst du mir vielleicht ein schlechtes Gewissen machen? Keine Sorge, das habe ich auch so schon. Herzlichen Dank.«

Sein Grinsen wurde breiter. »Nein, ich wollte dich nur ärgern.«

»Das scheint dir Spaß zu machen.«

»O ja. Irgendwie schon.«

Sie fuhren eine lange Kurve, dann lichtete sich der Wald, ebenso wie der Nebel. Nach und nach hatte er sich, ohne dass sie es gemerkt hatte, aufgelöst. Vor ihnen tauchte ein lang gezogener See auf, der von Tannen, Pinien und Ahornbäumen gesäumt war. Die rote Morgensonne spiegelte sich im dunkelblauen Wasser, einige Graugänse flogen darüber. Und dann sah sie die Blockhütte. »Das ist deine Hütte?«, fragte sie mit offen stehendem Mund.

»Klein, aber fein«, gab er zurück und parkte den Pick-up.

Dunkelbraune Holzstämme und graue Steine waren zu einem rustikalen Häuschen zusammengezimmert worden. Aus dem mit Schieferplatten gedeckten Dach ragte ein riesiger Kamin. Die Haustür war klein, Elijah musste sicher seinen Kopf einziehen, um ihn sich nicht anzustoßen, wenn er hineinging. Neben dem Haus befand sich ein runder Brunnen mit einer Pumpe.

»Süß«, sagte sie und deutete darauf. »Funktioniert der noch?«

»Das hoffe ich.« Sie verstand nicht, was er meinte, sagte aber nichts, denn er war bereits ausgestiegen und machte sich daran, ihr Gepäck zu holen.

Cat folgte Elijah und wollte ihm helfen. »Kommt nicht infrage, du bist sicher müde.«

»Und du nicht?«

Er zuckte die Schultern. »Keine Widerrede.«

»Oh, sind wir jetzt schon so weit?« Sie grinste herausfordernd.

Elijah hielt inne und neigte seinen Kopf. Das Funkeln in seinen Augen trieb ihren Puls in die Höhe. »Spar dir das lieber für später«, meinte er knapp und grinste anzüglich.

Cat rang nach Luft, sie wusste genau, worauf er anspielte. Für einen kurzen Moment hatte sie sich auf der Fahrt gefragt, ob er überhaupt *daran* dachte. Er hatte nicht mal im Ansatz Anstalten gemacht, sie zu küssen oder sich ihr auf irgendeine Weise zu nähern, die mehr als nur freundschaftlich war. Jetzt wusste sie, dass er ihre Abmachung nicht vergessen hatte, und diese Erkenntnis freute sie mehr, als sie zugeben wollte.

Elijah brachte die Koffer ins Haus, Cat folgte ihm. Während er nach oben ging, sah sie sich um. Alles schien aus Holz zu bestehen, das Zentrum im Erdgeschoss bildete ein gemauerter Kamin, vor dem ein braunes Chesterfieldsofa und zwei mit rotem Samt bezogene Ohrensessel standen. Neben dem Kamin führte eine Treppe nach oben. Das Geländer bestand aus abgeschnittenen Baumstämmen, um die sich ein Seil schlängelte. Unter der Decke bildeten dicke Balken das Gerüst des Hauses. Hinter dem Sofa gab es einen kleinen Tresen, der den Wohnbereich von der Küche trennte. Es gab einen Herd mit zwei Gasflammen, einen Kühlschrank und einige Schränke, die aussahen, als wären sie selbst gezimmert. Durch die bodentiefen Sprossenfenster im Wohnbereich hatte man einen wundervollen Ausblick auf den See. Das Haus war kühl und still, es wirkte so friedlich, während es vom schwachen Licht der Morgensonne erfüllt wurde. Feine Staubkörnchen tanzten in den Strahlen, als wären es kleine Sterne, die nur für sie leuchteten.

Polternde Schritte verkündeten, dass Elijah auf dem Weg nach unten war. Cat war auf einmal sehr schüchtern, wusste nicht so recht, wie sie sich verhalten sollte, als sie ihn näher kommen hörte.

»Muss noch mal raus«, rief er ihr im Vorbeigehen zu, dann war sie wieder allein.

Sie fing wieder an zu atmen, dann schüttelte sie grinsend den Kopf. Sie musste endlich damit anfangen, sich zu entspannen, sonst würde sie irgendwann im Verlauf dieser Tage mit ihm noch einen Herzinfarkt bekommen. Mit einem Lächeln im Gesicht ging sie näher zum Fenster und schaute hinaus. Der Himmel war von rosa Schleierwolken durchzogen, im Wasser schwammen ein paar Löffelenten, sie konnte ihr Schnattern beinahe hören.

Hinter ihr rumste es. Sie schrak zusammen und fuhr herum.

»Das war die Tür«, stellte er mit einem entschuldigenden Grinsen fest und hievte mehrere Tüten in die Küche, wo er direkt anfing, sie auszuräumen.

»Du bist vorbereitet, hm?«, sagte sie und verschränkte die Arme vor ihrer Brust, weil sie nicht wusste, wohin damit.

»Klar, glaubst du etwa, ich will verhungern.«

»Gibt es hier keine Läden?«

»Doch, aber man fährt ein Stückchen.« Er packte weiter aus, in den Kühlschrank und in die Vorratsschränke.

Sie wollte lieber nicht wissen, wie er *ein Stückchen* definierte. »Soll ich dir helfen?«

»Nö, bin gleich fertig. Dann mache ich uns erst mal ein Frühstück. Oder willst du gleich schlafen?«

Ihr Magen machte eine nervöse Umdrehung. »Frühstück klingt gut«, gab sie etwas atemlos zurück.

»Erwarte keine Wunder von mir«, erwiderte er mit einem entschuldigenden Grinsen.

»Ich kann doch auch ...«, sagte sie und kam zu ihm in die Küche.

Ein Fehler, denn es war verdammt eng, und er war sehr nah. Plötzlich rührte sich niemand mehr, sie schauten sich an und die Luft zwischen ihnen lud sich sexuell auf. »Was kannst du?«, murmelte er dicht an ihren Lippen, die Wimpern halb gesenkt.

»Vergessen ...«, hauchte sie.

Und dann knallte etwas gegen die Scheibe.

Sie fuhren auseinander, Cat schrie auf.

»Nur eine blinde Ente«, erklärte er rau. »Ich muss wohl endlich mal einige dieser schwarzen Adler auf die Fenster kleben, wobei das natürlich bei blinden Enten auch nicht hilft. Aber mal ganz ehrlich, ich war schon oft hier, das ist noch nie passiert.«

»Ich hoffe, das ist kein schlechtes Omen«, scherzte Cat.

»Ach was.« Er nahm eine French Press aus dem Schrank, dazu Kaffeepulver. »Oder möchtest du lieber heiße Schokolade mit Marshmallows?«

»Das klingt toll.«

»Gut, dann kriegst du die.«

»Du kannst ja richtig nett sein.« Sie hatte keine Ahnung, was sie mit sich und ihren Händen anstellen sollte, und trat von einem Fuß auf den anderen.

»Die Diskussion hatten wir schon, Kätzchen. Pass auf. Setz dich doch hin, und ich kümmere mich darum, dass du nicht vom Fleisch fällst.«

»Da besteht kein Risiko.«

Cat schlängelte sich an ihm vorbei, er hielt sie am Handgelenk fest. »Wer hat dir nur so einen Unsinn eingeredet. Du bist genau richtig so, wie du bist.«

Und wieder war er ihr so nah, dass ihre Knie zu Pudding wurden. »Ich selbst, schätze ich.«

»Dann bist du dir ein schlechter Ratgeber, hör lieber auf mich.«

Elijah gab ihr einen Kuss auf die Stirn, dann schob er sie aus der Küche. Cat hatte mit vielem gerechnet, mit einem leidenschaftlichen Zungenkuss, mit einer ekstatischen Szene auf der Arbeitsfläche, aber nicht mit Zärtlichkeit an dieser Stelle. Verwirrt blinzelte sie und kletterte auf einen der beiden Barhocker hinter dem Tresen, während er Milch in einen Topf goss.

»Frierst du?«, wollte er wissen und blickte auf.

Tatsächlich, jetzt merkte sie es auch. Es war recht kühl in der Hütte. »Ich mache gleich den Kamin an«, verkündete er, ohne auf ihre Antwort zu warten.

»Du bist multitaskingfähig, hm? Ich komme mir irgendwie blöd vor, nichts zu tun. Kann ich nicht doch etwas helfen?«

»Glaub mir, du bekommst schon noch genug zu tun.« Der hungrige Ausdruck in seinen Augen ließ sie verstummen und trieb ihren Puls in die Höhe.

Sie beobachtete ihn, wie geschickt er hantierte, nachdem er ihr eine Tasse mit Kakao und Marshmallows vor die Nase gestellt hatte. Dann schlug er ein paar Eier in die Pfanne, in die zweite gab er Speckstreifen. Während das vor sich hin brutzelte, zündete er ein Feuer im Kamin an. Es dauerte nicht lange, und eine wohlige Wärme waberte durch den Raum. Hin und wieder knackte ein Scheit. »Zentralheizung gibt's hier wohl nicht«, stellte Cat lachend fest.

»Aber WLAN«, erwiderte er.

»Super, da wird sich mein Chef freuen.«

Irgendwann saßen sie nebeneinander und aßen schweigend ihr Frühstück, es war irgendwie absurd. Cat hatte sich vieles ausgemalt, in keiner Szene war vorgekommen, dass sie als Erstes Speck und Eier essen würden. Gerade deswegen genoss sie das unkomplizierte Miteinander umso mehr, Elijah war viel umgänglicher und witziger, als sie nach dem ersten Aufeinandertreffen angenommen hatte. Vielleicht war er doch nicht nur am Sex interessiert, es kam ihr so vor, als ob ihm wirklich daran gelegen war, dass sie sich mit ihm wohlfühlte.

»Woran denkst du?«, fragte er.

Sie fühlte sich ertappt. »Du bist ganz anders, als ich anfangs dachte.«

»Ist das gut oder schlecht?« Er wirkte ein wenig verunsichert, was Cat süß fand.

»In deinem Fall gut.« Sie schob ihren Teller beiseite. »Ich kann nicht mehr, ich bin pappsatt.«

»Es war eine lange Nacht.« Er schwieg einen Moment. »Nein, zwei lange Nächte. Du musst erschöpft sein.«

Normalerweise müsste es so sein, aber aus irgendeinem Grund fühlte sie sich putzmunter. »Es geht. Und du? Du hast ja mehr unter meinem Alkoholexzess gelitten als ich.«

»Och, leiden würde ich das nicht nennen. Ich fand dich niedlich, so betrunken.«

Sie atmete scharf ein. »Ich habe mich also doch blamiert. Okay, ja, das habe ich sowieso. Aber was habe ich noch alles verbrochen? Und warum hast du dich überhaupt um mich gekümmert?« Cat vergrub ihr Gesicht zwischen ihren Händen. »Ich habe mich dir an den Hals geworfen, stimmt's?«

»Was? Nein.« Er grinste. »Leider nicht.«

»Leider?« Sie linste zwischen ihren Fingern hindurch.

»Schon vergessen, ich steh auf dich.« Er sagte es in einem leichten, verspielten Tonfall, aber sie wusste, es stimmte. Mit einem Schlag war sie wieder da, die Spannung, die Impulse in ihren Unterleib sandte und ein süßes Ziehen in ihrer Mitte auslöste.

»Zeig es mir«, hauchte sie und wagte nicht, ihn anzusehen.

Sie hörte, wie er seinen Barhocker zurückschob. Dann drehte er sie zu sich um. »Du glaubst nicht, wie sehr ich darauf gewartet habe.«

Cat schloss die Augen und wartete, dass er sie küsste, als nichts geschah, öffnete sie die Lider. »W-was, was ist los?«, stammelte sie.

Elijah hatte seinen Kopf geneigt und betrachtete sie eingehend. »Ich will, dass du an mich denkst, wenn ich dich küsse.«

Was glaubte er denn, an wen sie dachte?

Oh. Sie verstand. Er dachte, dass sie immer noch Josh hinterherweinte, während Elijah sie ...

Wenn sie es nicht besser wüsste, würde sie glauben, dass er eifersüchtig auf ihren Ex war. »Rede keinen Unsinn«, brabbelte sie und stand auf. An Josh hatte sie keine Sekunde gedacht, seit sie in Elijahs Wagen gestiegen war, aber das behielt sie lieber für sich.

Da Elijah ein ganzes Stück größer war als sie, musste Cat ihren Kopf in den Nacken legen, um seinem wilden Blick zu begegnen. Heiße Begierde loderte darin und ließ die Schmetterlinge in ihrem Bauch umherflattern. Elijah legte eine Hand auf ihre Taille und mehrere, qualvolle Herzschläge lang regte er sich nicht, dann erst zog er sie näher zu sich. Hitze übertrug sich von ihm auf sie. Die Vormittagssonne fiel über seine Wange und seine Mundwinkel. Ein lustvoller Schauder jagte an ihrer Wirbelsäule entlang. Cat neigte den Kopf ein wenig zur Seite, während sie ihre Finger in den Gürtelschlaufen seiner Jeans einhakte.

»Du bist wunderschön.« Seine Stimme klang belegt, seine Züge waren angespannt. Sie sah, wie sich sein Brustkorb hob und senkte, sie spürte, dass sie ihn nicht kalt ließ. Im Gegenteil.

Die Erkenntnis löste einen wahren Sturm aus heißer Begierde und lange verleugneter Leidenschaft in ihr aus. Tief in ihrem Inneren braute sich etwas Schmerzliches und zugleich Wundervolles zusammen, das sich langsam zu einem dringlichen Sehnen verdichtete, das immer stärker wurde und sie zu überwältigen drohte.

Die Zeit der Scherze, Neckereien und schamhaft gesenkten Lider war vorbei. Seltsamerweise war all das mit seiner Berührung verpufft. Sie fühlte sich stark, begehrt – vollkommen.

Ohne Vorwarnung senkte er seinen Mund auf ihren und küsste sie so leidenschaftlich, dass das Verlangen nach mehr sie wie ein Glockenschlag erbeben ließ. Sie konnte weder atmen noch denken, Cat war sich sicher, dass sie vor Erregung gleich in Ohnmacht fallen würde. Ein Seufzer entschlüpfte ihrer Kehle, als Elijah sie noch fester an sich drückte. Cat vergrub ihre Hände in seinen Haaren und erwiderte die Schläge seiner Zunge. Er löste irgendwann seinen Mund von ihrem und widmete sich ihrem Ohrläppchen und ihrem Hals. »Lass uns nach oben gehen, da ist es gemütlicher«, murmelte er rau und ließ seine Finger unter ihren Pullover gleiten.

Cat konnte weder widersprechen noch sich rühren. Ihre Knie waren wachsweich, sie war sich sicher, wenn er sie losließ, würde sie vor ihm auf dem Boden zerfließen. Glücklicherweise dachte er gar nicht daran, sie loszulassen, sondern hob sie kurzerhand in seine Arme und stürmte mit ihr die Treppe hinauf ins Schlafzimmer. Dort legte er sie sachte auf der Matratze ab und begann damit, ihr die Stiefel von den Füßen zu ziehen. Dann kickte er seine davon, sie purzelten mit einem lauten Krachen durch das Zimmer. Mit nur einer Bewegung zog er sich das Shirt vom Oberkörper und Cat kam aus dem Starren gar nicht mehr heraus. Er atmete schnell, seine glatte Brust bebte, die straffen Bauchmuskeln waren angespannt. Unter dem Nabel wies eine Linie feiner Härchen den Weg zu seinem Geschlecht, das sich deutlich durch den Stoff der Hose drückte. Heiße Begierde schoss durch ihre Adern, als er sich in Bewegung setzte und zu ihr aufs Bett kletterte. Er schob seine Hände erneut unter ihren Pullover und zog ihn ihr endlich aus. Elijah bedeckte ihr Dekolleté mit heißen Küssen. »Du riechst so gut«, raunte er.

Cat ließ ihre Finger über die harten Rückenmuskeln gleiten und schloss die Augen. Sie seufzte vor Wonne und bog ihre Wirbelsäule durch, als er über die zarte Spitze ihres BHs strich. Ihre Brustwarzen drückten sich hart gegen den weichen Stoff, der sie zunehmend störte. Sie wollte nicht, dass noch irgendwas zwischen ihnen war, sie wollte seine nackte Haut spüren, seine Zunge, seinen Schwanz ...

»Zieh mich aus«, forderte sie, während sie bereits an den Knöpfen seiner Hose nestelte.

»Sachte, Kätzchen, sonst ist das hier schneller vorbei, als uns beiden lieb ist«, keuchte er, als sie über die Ausbuchtung seiner Boxershorts strich. Cat dachte gar nicht daran, aufzuhören.

Elijah packte ihre Hände, legte sie neben ihren Kopf und hielt sie fest. »Ich wusste gar nicht, dass du so ein böses Mädchen bist«, raunte er.

»Zwischen uns ist immer noch zu viel Stoff.« Sie rieb sich an ihm, und er stöhnte auf.

»Herrgott noch mal«, fluchte er und verschloss ihren Mund mit einem gierigen Kuss. Mit gekonnten Handgriffen entledigte er sich und sie ihrer Unterwäsche, Cat bekam endlich, was sie wollte. Das Sehnen in ihrer Mitte hatte sich zu einem schier unerträglichen Brennen ausgeweitet, sie brauchte ihn, sie wollte ihn in sich spüren. »Elijah«, bat sie schwer atmend, während er sich gerade ausgiebig einer ihrer Brüste mit dem Mund, der anderen mit der Hand widmete. »Hm«, brummte er.

Sie wand sich unter ihm, seufzte immer wieder vor Wonne. »Ich will ...«

»Was willst du? Du musst es mir sagen«, lockte er sie und rührte sich nicht.

Sie war es nicht gewohnt, genau das auszusprechen, was sie wollte. Elijah genoss diese Folter sichtlich, wobei auch er angespannt und mühsam beherrscht war. Sein Schaft drängte sich pochend gegen sie, sie bräuchte nur die Schenkel ein wenig weiter zu spreizen ...

Moment.

»Kondome!«, stieß sie hervor. »Haben wir welche?«

Mit glasigem Blick sah er sie an. »Kondome. Natürlich ...«

Er rollte sich zur Seite, zog den Reißverschluss einer seiner Taschen, die er mitgebracht hatte, auf und nahm eine Familienpackung heraus. Sie kicherte. »Okay, du hast vorgesorgt.«

»Darauf kannst du Gift nehmen.« Er riss die Packung so kraftvoll auf, dass sich ein Regen von blau glänzenden Hüllen über dem Boden ergoss.

»Erst mal brauchen wir nur eins«, scherzte sie.

Elijah bedachte sie mit einem Blick, der ihr das Blut in die Wangen trieb. »Glaub mir, wenn es nach mir geht, benutzen wir alle.«

Seine Erregung machte sie an, Cat genoss es, von ihm behandelt zu werden, als wäre sie die Einzige, die für ihn infrage kam. »Dann tu es endlich!«, drängte sie und stützte sich auf ihre Unterarme.

»Weißt du eigentlich, was du mit mir machst?« Er riss die Packung mit den Zähnen auf und zog ein Kondom heraus.

»Nein, was denn?«

»Du quälst mich.«

»Nein, du quälst mich!«, erwiderte sie und leckte sich über die trockenen Lippen.

Er brummte, dann rollte er es über seinem aufgerichteten Geschlecht ab. Schon war er wieder bei ihr, küsste sie und platzierte sich zwischen ihren Beinen. Dann überlegte er es sich doch anders und rückte ein Stück von ihr ab. Sie wollte protestieren, doch als sie seine Zunge auf ihrer intimsten Stelle spürte, blieb ihr nicht mehr, als einen heiseren Schrei auszustoßen.

»O Gott!«, rief sie und drängte ihm ihre Hüften entgegen. Er wusste genau, was er tun musste, um ihr die Sinne zu rauben, und das tat er. Wieder und wieder.

Sie fühlte den Orgasmus schon nach wenigen Sekunden in einer Heftigkeit auf sie zurollen, die sie bislang nicht erlebt hatte. »Ich komme gleich«, warnte sie ihn. Wenn er wollte, dass sie den Höhepunkt gemeinsam erreichten, musste er aufhören ... Sie legte ihre Hände auf seine Schultern, wollte ihn von sich schieben, aber er verstärkte den Druck auf ihre Perle.

Blitze zuckten vor ihren geschlossenen Augen, sie schlug ihm ihre Nägel in den Rücken, klammerte sich mit ihren Schenkeln an ihm fest und vergaß, wer sie war. Wo sie war. Nur nicht mit wem. Elijah.

Es war unglaublich. Die Wellen des Höhepunkts ließen sie noch immer erzittern, als sein Gesicht mit einem seligen Lächeln vor ihr auftauchte. »Du bringst mich um, Kätzchen«, knurrte er und küsste sie auf den Mund, dann schob er sich zwischen ihre Beine und drang mit nur einem Stoß in sie ein. Cat glaubte, dass es nicht mehr besser werden konnte, aber das stellte sich jetzt als Fehleinschätzung heraus.

Elijah ließ sich mit einer quälenden Langsamkeit immer wieder in sie gleiten, um sich dann zurückzuziehen und das Gleiche zu wiederholen. Sein Atem kam abgehackt, auf seiner Stirn hatten sich Schweißperlen gebildet. Seine Kiefer waren aufeinandergepresst, er beherrschte sich nur mühsam. Cats Nervenenden waren zum Zerreißen gespannt. »Mehr«, bat sie und reckte ihm ihr Becken entgegen.

»Cat«, stöhnte er, als ob er es nicht mehr aushalten könnte.

Doch er konnte.

Er war der perfekte Liebhaber, er wusste genau, was er tun musste, um sie immer weiter in den siebten Himmel zu treiben. »Du willst mehr?«, fragte er heiser.

»Ja«, ihre Stimme war nur noch ein lustvolles Wimmern.

Ohne ein weiteres Wort ließ er seine Hände unter ihren Po gleiten, vergrub seinen Kopf neben ihrem und erhöhte den Druck seiner Hüften. Sie fühlte, dass er noch mehr in ihr anschwoll, immer schneller, immer drängender gab er ihnen, wonach sie beide verlangten. Cat konnte weder sprechen noch schreien. Atmen war alles, was sie zwischen diesen unbeschreiblichen süßen Qualen noch zustande brachte. Sie wurden eins und erreichten ihren Höhepunkt in der gleichen Sekunde. Als ob es nicht genug wäre, dass sie innig mit ihm verbunden war, senkte er seinen Mund auf ihren und küsste sie. Es war der intimste Kuss ihres Lebens. Unbeschreiblich schön und ehrlich. Sie wusste, dass er aus tiefstem Herzen kam, auch wenn es keine Liebe war, die sie füreinander empfanden. Es tat der Wonne keinen Abbruch. Dass Sex so sein konnte, hatte sie nicht geahnt. Ohne es zu wissen, hatte Elijah ihr mehr gegeben, als sie je zu hoffen gewagt hatte. Ihr war klar, dass ihre Leidenschaft nicht von langer Dauer sein würde, aber für den Moment war Elijah genau das, was sie sich wünschte. Sie waren perfekt füreinander, genau so, wie sie es am Morgen gesagt hatte.

Matt ließ Cat ihre Glieder hängen, Elijah hatte sie aus scheinbar letzter Kraft in seine Arme gezogen und breitete die Decke nun über ihnen aus. Er strich zärtlich über ihr Haar. »Das war unglaublich«, brummte er zufrieden.

»Ja«, erwiderte sie.

»Du hast mich fertiggemacht, Kätzchen.«

»Das trifft wohl eher auf mich zu.«

Er lachte heiser, kurz darauf fing er an zu schnarchen.

Sie nahm es ihm nicht übel, nicht nur für sie waren es zwei kurze Nächte gewesen. Trotzdem lag sie noch eine ganze Weile wach und dachte darüber nach, was sie hier tat und wieso. Und warum sie sich verdammt noch mal so gut dabei fühlte wie seit Jahren nicht mehr. Sie hatte immer nach der wahren Liebe gesucht, in jeder ihrer Partnerschaften. Sie würde sogar so weit gehen, das schon auf Dates zu beziehen, denn man traf sich doch schließlich nur mit jemandem, um dabei die Liebe des Lebens zu finden.

Mein Gott, dachte sie. *Was ich bis jetzt verpasst habe!* Dass Sex ohne Gefühle so gut sein konnte, hatte sie nie geglaubt. Von nun an würde sie nur noch so leben, ihr idealer Begleiter würde einfach mit ihr ins Bett gehen und irgendwann wieder verschwinden. Früher hatte sie gedacht, dass es dabei Probleme geben würde, dass die Typen, die nur Sex wollten, allesamt Arschlöcher waren, zum Beispiel.

Das hatte Elijah widerlegt. Er hatte ihr selbstlos geholfen, als sie betrunken gewesen war, und sie nicht ausgenutzt. Er hatte ihr aber auch nicht die große Liebe versprochen, er war ehrlich zu ihr gewesen. Das war mehr, als Josh jemals zustande gebracht hatte.

Sie hatte bis jetzt nicht daran geglaubt, jemanden zu finden, der ihr Ego aufpolieren konnte und gleichzeitig kein Arsch war, ohne monatelang nach ihm suchen zu müssen. Also hatte sie gar nicht erst damit angefangen. Natürlich nicht, denn sie war damit beschäftigt gewesen, einen Mann in einer Beziehung zu halten, dem gar nichts an ihr gelegen hatte.

Der Gedanke an Josh trübte ihr Hochgefühl ein wenig. Doch als Elijah im Schlaf leise ihren Namen murmelte, war ihr Ex schnell wieder vergessen. Sie schmiegte sich an Elijah und nahm seine Wärme tief in sich auf. Er wärmte ihr Herz. Mit dieser Erkenntnis schlief sie ein.

Kapitel 10

Kann es sein, dass mit der Warmwasserleitung was nicht stimmt?«, fragte Cat, als sie aus dem Badezimmer kam.

Elijah stand in Jeans und Shirt in der Küche und brühte frischen Kaffee auf. Sie hatten ein paar Stunden geschlafen, sich noch einmal geliebt und dann entschieden, nicht den ganzen Tag im Bett zu verbringen, auch wenn beide die Idee verlockend gefunden hatten.

»Wieso?«

»Ich habe mir die Hände gewaschen, aber egal, in welche Richtung ich den Hahn gedreht habe, es kam nur kaltes Wasser.«

Er hob den Blick. »Ach, das meinst du. Ja, ist normal.«

»Wie normal?«

»Es gibt kein heißes Wasser, wenn wir heißes Wasser brauchen, muss ich welches kochen.«

Ihr Mund klappte auf. »Und wie glaubst du, soll ich duschen?«

Er zuckte die Schultern und verstand ihr Problem offenbar nicht. »Wasser an, drunter, einseifen, abspülen. Ich zeige es dir gerne.« Elijah grinste anzüglich.

Sie furchte die Stirn. »Okay, gut. Also muss ich kalt duschen?«

»Trink doch erst mal einen Kaffee, ich finde, du siehst

super aus und musst jetzt nicht unter die Dusche. Sollen wir nicht erst mit dem Boot rausfahren und ein bisschen angeln? Schau mal, es ist so schönes Wetter.«

Tatsächlich, die Sonne stand hoch am Himmel und spiegelte sich im See. Die Farben des Herbstlaubs erstrahlten in einem kräftigen Orange und standen im Kontrast zum wolkenlosen tiefblauen Himmel. »Ich habe keine Ahnung, wie man Fische fängt.«

Elijah schien das nicht zu stören. »Keine Sorge, ich zeige es dir.«

Sie bezweifelte, dass sie einen zuckenden Fisch anfassen würde, aber sie wollte weder als Tussi noch als Spielverderberin dastehen. »Ich bin gespannt.«

»Zweites Frühstück?«

»Unbedingt. Ich habe einen Bärenhunger.«

»Wir waren ja auch fleißig.«

Cat spürte, dass sie rot wurde. Elijah umrundete den Tresen und zog sie in seine Arme. »Habe ich dir schon mal gesagt, dass ich es äußerst sexy finde, wenn deine Wangen von diesem ganz speziellen Rosa überzogen werden?« Sein leises Lachen verwandelte sich in ein freches Grinsen.

»Habe ich dir schon mal gesagt, dass du unmöglich bist?«, schimpfte sie lachend.

Er küsste sie und murmelte dicht an ihren Lippen. »Andauernd.«

Seinen Mund auf ihrem zu spüren, raubte ihr auch jetzt wieder den Atem. Sie fragte sich, ob die Wirkung, die er auf sie hatte, je nachlassen würde. Ehe sie weiter über die Frage nachdenken konnte, schob er seine Hände unter ihren Pullover und streichelte ihre Brüste. Sie vergaß alles um sie herum und seufzte leise. »Elijah«, hauchte sie seinen Namen.

»Ich liebe es, wie du meinen Namen sagst«, murmelte er und drängte sie gegen den Tresen.

Was liebte er sonst noch an ihr?

Die Frage ließ sie kurzzeitig erstarren. »Was ist?«, wollte er wissen.

»Kaffee«, gab sie hastig zurück und wand sich aus seiner Umarmung. »Ich brauche erst einmal Kaffee.«

Er rieb sich über das Kinn und verfolgte ihre Flucht mit einem nicht zu deutenden Ausdruck. »Ich gebe zu, ich bin verrückt nach dir. Ich hoffe, es wird dir nicht schon nach einem halben Tag zu viel mit mir.«

Cat versuchte zu verbergen, wie sehr sie sein kleines Lippenbekenntnis freute. »Noch nicht«, scherzte sie. »Ich brauche aber wirklich erst ein bisschen Koffein.«

Er lachte. »Du musst dich nicht rechtfertigen. Setz dich.«

»Und du musst aufhören, mich zu bedienen, sonst gewöhne ich mich noch daran.«

Elijah schaute sie auf eine seltsame Weise an, dann begriff sie, dass es nichts gab, woran weder sie noch er sich gewöhnen konnten – nach diesem Kanadatrip würden sie wieder getrennter Wege gehen.

»Ja, äh.« Sie räusperte sich. »Milch? Ist sicher im Kühlschrank.«

Cat wandte ihm den Rücken zu, damit er nicht mitbekam, wie verwirrt sie war.

Eine gute Stunde später ruderte Elijah das Boot, während Cat sich staunend umsah, über den See. Es war ein Herbsttag wie ein leichter Pullover, mit knautschigen Wolken und einer luftigen Brise, die nach Laub und Freiheit roch. Sie trug ihr Haar zu einem Knoten gedreht, aber einige Strähnen hatten sich daraus gelöst und fielen ihr immer wieder in die Augen. Er wollte sie ihr hinters Ohr klemmen, sie wieder und wieder küssen, aber er hielt sich zurück. Beinahe hätte er über sich selbst gelacht, hatte er sich doch immer wieder eingeredet, dass sein Verlangen nachlassen würde, wenn er sie erst einmal ins Bett gezerrt hatte. Das Gegenteil war der Fall. Es gab noch so vieles, das er mit ihr anstellen wollte. Allein der Gedanke daran ließ ihn hart werden. Schon wieder.

»So, ich glaube, wir sind weit genug draußen. Dann wollen wir mal den Haken auswerfen.«

Sie stützte sich auf die Hände und lehnte sich ein Stück zurück. »Und du denkst, wir fangen wirklich was?«

»Du hast wohl kein allzu großes Vertrauen in mich, hm?« Er warf ihr einen Blick zu, dann griff er nach der Rute und der Köderbox.

»Doch schon«, meinte sie. »Allerdings habe ich noch keinen einzigen Fisch gesehen.«

»Glaubst du, sie kommen an die Oberfläche geschwommen, um dir guten Tag zu sagen?«

»Sehr witzig«, murrte sie. »Welche Arten gibt's hier denn eigentlich?«

»Wenn du wissen willst, worauf ich aus bin: Saibling. Schmeckt ein bisschen wie Forelle, nur das Fleisch ist noch feiner, beinahe süß. Wirklich ein Gedicht.« Er fummelte am Haken und befestigte seinen Köder.

»Na gut, dann mach mal, jetzt bin ich gespannt auf deine Delikatesse.« Sie tauchte einen Finger ins Wasser und rührte darin, als wäre der See ein Kuchenteig. »O Gott, das ist ja eisig.«

»Kann ich bestätigen.«

»Bist wohl schon öfter reingefallen, hm?«

Elijah warf ihr einen gekränkten Blick zu. »Ich denke, an deiner Meinung über mich müssen wir noch ein bisschen arbeiten. Ich freue mich schon auf die ausgiebige Lehrstunde.«

Cats Augen weiteten sich, als sie begriff, was er meinte. »Du hast wohl auch nur das eine im Kopf?«

»Das merkst du jetzt erst?«

Sie gluckste. »Nein, um ehrlich zu sein, das habe ich schon mitbekommen, nachdem du mich angerempelt und meinen Kaffee auf mir verschüttet hast.«

»Du gibst mir die Schuld dafür?«

»Na klar, wer ist denn in wen reingerannt?«

»Um ehrlich zu sein, du in mich.«

»Nein, du in mich!«, beharrte sie.

Elijah wusste, dass es besser war, einfach die Klappe zu halten. Er warf die Angel aus und schwieg einen Moment. Cat war an dem Tag völlig aufgelöst und in Gedanken versunken gewesen, inzwischen wusste er wieso. Weil sie Liebeskummer wegen dieses Schwachkopfs gehabt hatte, der sich prompt mit einer anderen verlobt hatte. Weil er die Stimmung nicht ruinieren und Cat nicht an ihn erinnern wollte, wechselte er das Thema. Er selbst hatte auch wenig bis gar kein Interesse daran, über ihren Ex zu reden. »Wenn du in meiner Nähe bist, kann ich einfach nur daran denken, wie weich deine Kurven sind. Wie süß dein Mund ...«

»Weich. Das Thema hatten wir doch schon mal.« Sie verzog ihre Lippen, während er die Rute am Boot festklemmte, damit er sie nicht halten musste.

»Genau richtig«, bestätigte er dann. »Soll ich dir zeigen, wie mir das gefällt?«

Er rückte ein Stück zu ihr.

»O Gott, doch nicht hier im Boot. Wenn uns jemand sieht!«

Elijah konnte nicht mehr, er lachte schallend. »Glaubst du, hier kommen viele Leute vorbei? Moment mal«, er schaute auf seine Uhr. »Der Viertel-vor-vier-Bus kommt gleich.«

Sie gab ihm einen Klaps auf den Oberarm. »Idiot.«

Blitzschnell griff er nach ihrem Handgelenk, dann zog er sie auf seinen Schoß. Sie quietschte vor Schreck und Überraschung, ließ es sich aber gefallen.

»Hab dich«, sagte er so dicht an ihren Lippen, dass er ihren heißen Atem spürte.

»Und jetzt?«, fragte sie unter halb gesenkten Lidern und hielt sich an ihm fest. Seine Rechte ruhte auf ihrem Schenkel, die andere ließ er unter ihren Pullover gleiten und strich an ihrer Wirbelsäule auf und ab.

»Jetzt warten wir, bis ein Fisch anbeißt.«

»Das hast du dir ja fein ausgedacht.«

»O ja.« Und dann küsste er sie. Er ließ seine Zunge über ihre Unterlippe gleiten, bis sie ihren Mund bereitwillig für ihn öffnete. Sie presste ihren Oberkörper an seinen, sodass er die sanften Rundungen ihrer Brüste spüren konnte.

»Weich ist gut«, knurrte er und ließ seine Hand von ihrem Oberschenkel in ihr Haar wandern. Cats Hintern auf seinem Schoß raubte ihm den Verstand, er wollte sie auf der Stelle. Sein sexuelles Verlangen nahm bedenkliche Ausmaße an, wenn er sich nicht einmal eine halbe Stunde in ihrer Gegenwart beherrschen konnte.

»Hart ist besser«, sie ließ ihr Becken kreisen, und er stöhnte auf.

»Du kleines Luder.«

»Das nehme ich als Kompliment.«

»So meinte ich es auch.«

Cat nestelte an seiner Hose, und er sog scharf die Luft ein, als sie vor ihm auf die Knie ging. Sie konnte doch nicht ...

Sie würde doch nicht ...

Sie tat es!

Elijah biss sich auf die Unterlippe, als er ihre Finger auf seinem Geschlecht spürte, hob ihr seine Hüften entgegen, als sie ihn befreite. Ein lustvolles Glitzern blitzte in ihren Augen auf, ehe sie sich über ihn beugte.

Er stieß mehrere unzusammenhängende Flüche aus, als er ihre Zunge auf seinem Schwanz spürte. Sie wusste genau, was sie tat, brachte ihn innerhalb kürzester Zeit dazu, dass er Lichtblitze sah und nicht wusste, was er tun sollte. Er war so erregt, dass er keinen klaren Gedanken mehr fassen konnte. Als sie seinen Schaft auch noch mit ihren kleinen Händen umfasste, keuchte er heiser auf. »Cat!«, rief er und versuchte, sich ihr zu entziehen.

Er spürte, wie er sich noch ein wenig mehr versteifte, etwas mehr in ihrem Mund anschwoll. Er war so kurz davor, dass er die süße Qual kaum mehr zu ertragen glaubte.

Sie hörte nicht auf, im Gegenteil. Seine Lust schien sie nur noch anzuspornen, wenn sie nicht aufhörte, würde er in ihrem Mund …

O Gott. Die Vorstellung machte ihn so an, dass er noch einmal ihren Namen rief und eine Hand in ihren Nacken legte, mit der anderen suchte er nach Halt.

Und dann surrte und wackelte es neben ihm. Sie zog sich zurück, und er blinzelte orientierungslos.

»Verdammt«, stieß er mit heruntergelassenen Hosen und aufgerichtetem Schwanz hervor, während er nach der Angel griff. In seinem ganzen Leben hatte er sich noch nie so sehr geärgert, dass ein Fisch angebissen hatte.

Mit der einen Hand versuchte er, sich wieder anzuziehen, mit der anderen griff er nach der Angel. So wie das Vieh zappelte, musste es ein großer Fisch sein. Alles dauerte länger, weil er noch immer trunken vor Lust agierte, aber irgendwann hatte er die Schnur eingeholt, und ein riesiger Saibling zappelte im Boot. Das Tier musste gut und gerne acht bis zehn Pfund wiegen, da war er sich sicher. Trotzdem dachte er ein wenig wehmütig an das, was ihm dadurch entgangen war, während er den Fisch vom Haken löste. Er wehrte sich heftig, entglitt ihm und flutschte durchs Boot.

Cat sprang auf und schrie. »Ihhhh.«

Das Boot schaukelte bedenklich, Elijah versuchte, den Saibling zu erwischen, Cat hüpfte erschrocken. Und dann geschah es, sie stolperte, fiel über die Kante und mit einem riesigen Platsch in den See. Im gleichen Moment erwischte er den Ausreißer, schnappte ihn und schlug ihm mit der Rute auf den Kopf. Keine schöne Art zu sterben, aber besser, als armselig zu ersticken.

Cats Gesicht tauchte im Wasser auf. Sie schrie und klammerte sich fest. Mit einer raschen Bewegung zog er sie an Bord. »K-kalt«, bibberte sie und lachte.

Er hatte damit gerechnet, dass sie in anschreien und dafür verantwortlich machen würde, dass sie hineingefallen war. Stattdessen amüsierte sie sich über ihre Ungeschicklichkeit.

Elijah schlüpfte aus seinem Pulli. »Hier, zieh den über. Ich beeile mich.«

Schon hatte er die Ruder in der Hand und gab alles, was seine Muskeln gestatteten. Dennoch dauerte es einige Minuten. Cat zitterte immer mehr, ihre Lippen waren blau angelaufen. »G-guter F-fang«, meinte sie.

»Darum kümmern wir uns nachher.« Elijah sprang ins knöcheltiefe Wasser und zog die Jolle ans Ufer. Dann hob er sie in seine Arme und trug sie zum Haus. »I-ich kann l-laufen.«

»Klar, Kätzchen.« Davon ließ er sich nicht beirren. Im Wohnzimmer half er ihr beim Ausziehen und legte Holzscheite ins Feuer. Er war froh, dass er vorhin noch dafür gesorgt hatte, dass es nicht ausging, ehe sie losgerudert waren.

»I-ich glaube, d-das Duschen s-spare ich m-mir.« Sie klapperte mit den Zähnen, während sie sich in eine Decke kuschelte.

»Dazu habe ich noch eine gute Nachricht.«

»W-welche?«

»Hinter dem Haus haben wir einen Hot Tub.«

»Und wie soll das gehen?«

»Nach einem ähnlichen Prinzip wie hier. Ein Feuer wärmt.«

»F-feuer im Wasser?«

»Nein, natürlich nicht. Ein Ofen heizt das Wasser?«

»D-dauert das nicht ewig?«

»Also doch lieber kalt baden oder duschen?«

»N-nein. D-danke.«

Er gab ihr einen Kuss auf die Nasenspitze. »Du bist süß, Cat.«

Sie zog die Decke bis zu den Augen und schwieg dazu.

»Ich beeile mich.«

»W-warum?«

»Wenn draußen das Feuer brennt und der Zuber vollläuft, komme ich wieder rein und wärme dich persönlich.«

»I-ist das ein V-versprechen?«

»Mit Brief und Siegel.«

Er konnte in ihren Augen sehen, dass sie lächelte. Mit langen Schritten ging er nach draußen und kümmerte sich darum, dass sie heiß baden konnten. Es hatte doch ein Gutes, dass er sich all den Kram mal angeschafft hatte. Bisher hatte er das Teil noch nicht oft benutzt, nun war er froh, dass er es hatte. Der große Zuber war sicher nicht nur zum Baden gut.

Eine Viertelstunde später kehrte er zu Cat zurück, die noch immer leicht zitterte. Er schlüpfte aus seinen Sachen und kletterte zu ihr unter die Decke. »Du bist ja immer noch eiskalt«, sagte er und sie schmiegte sich an ihn. Ihre Füße, die mehr Eisklötzen glichen, schob sie zwischen seine Schenkel.

»Halleluja!«, stieß Elijah hervor.

»Das musst du jetzt aushalten.« Sie kicherte und legte ihm eine Hand auf den Bauch.

Die kalten Füße waren schnell vergessen. »Ich weiß schon, wie wir dich wieder warm kriegen ...«

»Ja?«

»Ja.«

Und dann schob er sich über sie und wärmte sie auf seine ganz spezielle Art und Weise, die sie beide am Ende keuchend und mit Schweiß bedeckt zurückließ.

Cat lag selig in seinem Arm und hatte die Augen geschlossen. Er blinzelte träge gegen die untergehende Sonne. »Das Badewasser dürfte jetzt bereit sein, Mylady.«

»Hm«, machte sie.

»Keine Lust?«

»Es ist gerade so schön hier.«

Er küsste sie auf den Scheitel. »Das finde ich auch. Wie wäre es mit einem Gläschen Champagner? Habe mir sagen lassen, dass ein heißes Bad mit etwas Prickelndem sehr angesagt ist bei den Damen.«

»Ach, hast du dir das sagen lassen?«

»So ist es. Ich bin eben ein Frauenversteher.«

Cats helles Lachen tönte durch das Blockhaus. »Alles klar.«

»Was ist?«

»Schon gut. Ich finde, du kannst gute Witze machen.«

»Es war mein Ernst.«

»Wie auch immer. Ich glaube, ich verzichte auf Alkohol.«

»Wegen mir? Das musst du nicht.«

»Nein, keine Sorge. Aber nach meinem Absturz auf Livs Geburtstag halte ich mich lieber mal zurück.«

»Wie du willst. Du sollst nur wissen, dass es mich nicht stört. Ich lasse nur einfach die Finger davon.«

»Willst du mir erzählen, warum?«

Er zuckte die Schultern, als ob es keine große Sache wäre. »In meiner Familie gab es ein paar Suchtprobleme.«

»Das ist ganz schön vage ausgedrückt.«

»Ich rede nicht gern darüber.«

»Dein Vater?«

An seinen Vater konnte er sich kaum erinnern, er war

davongelaufen, als Elijah noch ganz klein gewesen war. Getrunken hatte er auch, ja. Soweit er wusste, war aber Alkohol bei ihm auch nicht alles gewesen. »Lass es gut sein, Cat. In meiner Familie gibt es eine lange Geschichte mit Drogen jeglicher Art. Ich will einfach nicht drüber reden.«

Sie versteifte sich ein wenig. »Tut mir leid.«

»Nein.« Er zog sie wieder an sich. »Das muss es nicht. Mir tut es leid. Ich hätte nicht so schroff sein dürfen. Belassen wir es einfach dabei. Ich trinke nicht und nehme keine Drogen, habe ich nie und werde ich nicht. Das ist alles, was ich dazu sagen will. Okay?«

Sie nickte. »Okay.«

»Wie wäre es jetzt mit einem Bad?«

»Klingt gut.«

Elijah zog sie mit sich auf die Beine und führte sie ums Haus herum. Auch, wenn er die Aussicht kannte, so genoss er sie immer wieder. Von hier aus hatte man einen ganz großartigen Blick auf den See, in dem sich die Sonne und die Wolken spiegelten. Einige Gänse flogen über den Himmel und formatierten sich neu, eine leichte Brise strich über sein Gesicht. »Soll ich dein Shampoo holen?«, bot er an.

»Das wäre sehr nett, aber das kann ich auch ...«

»Du kannst, das ist mir klar. Aber ich möchte es für dich tun. Setz dich doch schon mal rein und genieße die Wärme und die Aussicht.«

Cat trat einen Schritt auf ihn zu und küsste ihn zart. »Danke.«

Sein Herz zog sich auf eine seltsame Weise zusammen. »Bin gleich wieder da.«

Er eilte ins Haus und versuchte, dieses komische Gefühl abzuschütteln, das sich in ihm ausbreitete.

Sie badeten lange und ausgiebig. »Soll ich dir die Haare waschen?«, fragte Elijah. »Ehe das Wasser wieder kalt wird?«

»Du verwöhnst mich«, meinte sie und nickte.

Er beugte sich aus dem Zuber und fischte nach der Shampooflasche. »Setz dich vor mich«, forderte er sie auf.

»Irgendwie habe ich eine Vorahnung, dass es dir nicht ums Haarewaschen geht.« Aber sie kam seiner Bitte nach.

Elijah drückte ihr einen Kuss auf die nasse Schulter und strich ihr einige Strähnen aus dem Gesicht. »Mir scheint, du hast hellseherische Fähigkeiten.«

Sie lehnte sich an ihn. »Entweder wir haben ein Stück Holz zwischen uns, oder dein kleiner Freund ist schon wieder bereit.«

»Dreimal darfst du raten. Und klein ist er nicht.« Er ließ seine Hände zwischen ihren Brüsten nach oben gleiten. Cat schloss die Augen und seufzte genüsslich.

»Haare waschen«, erinnerte sie ihn.

Und das tat er. Er verteilte Shampoo zwischen seinen Handflächen und massierte ihre Kopfhaut. »O Gott«, stöhnte sie. »Du hast echt verborgene Talente.«

Seine Mundwinkel bogen sich nach oben, während er es genoss, ihren Körper vor sich zu spüren, sie bei sich zu haben. Er konnte sich nicht erinnern, wann er zuletzt so einen schönen Tag verbracht hatte.

Er ignorierte das Stimmchen in seinem Kopf, das *noch nie* rief. Hier ging es nur um Sex und viel davon, sonst nichts. Dass man zwischendurch nett zueinander war, sollte nicht überbewertet werden.

»Du kannst abspülen«, sagte er und schob sie ein Stück von sich.

»Schon?«

Er lachte. »Ich kann ja gleich noch mal … dann kommen andere Stellen dran.«

Sie gab ihm einen spielerischen Klaps auf die Brust. Dann tauchte sie unter und wusch den Schaum aus. Als sie wieder an der Oberfläche war, strich sie sich die Haare zurück und wischte sich über die Augen. »Und jetzt du«, meinte sie und kam auf ihn zu.

»Ich bin sehr schmutzig«, meinte er mit einem lasziven Grinsen und lehnte sich zurück.

»O ja. Daran hege ich keinen Zweifel.«

Cat griff sich das Duschgel und setzte sich rittlings auf seine Oberschenkel. Elijahs pochendes Geschlecht drängte sich an ihren Bauch. Sie rieb sich spielerisch an ihm, was ihn nach Luft schnappen ließ. »Hexe«, knurrte er mit einem Lächeln.

»Was denn nun? Hellseherin, Hexe?«

»Du bist alles, was man sich nur wünschen kann.«

Cat versteifte sich für eine Sekunde, dann spürte er, wie sie ihre nach Duschgel riechenden Hände auf seine Brust legte und ihn einseifte. Erst hinterher wurde ihm bewusst, was er da von sich gegeben hatte. Um seine Befangenheit nicht zu zeigen, schloss er die Augen und hob seine Hüften an. »Mehr«, forderte er mit rauer Stimme.

»Sehr wohl, Sir«, murmelte sie an seinem Ohr und biss sanft hinein. Ihre harten Brustwarzen rieben sich an seinem rutschigen Oberkörper.

Er legte seine Hände auf ihre Hüften und genoss jede Sekunde mit ihr im Badezuber. Irgendwann wurden die Küsse fordernder, der Atem schneller, das Sehnen stärker. Er wollte sich in ihrer Hitze versenken, sie besinnungslos vögeln, als ob das etwas daran ändern würde, dass er sie mit jedem Atemzug mehr wollte als in der Sekunde zuvor. Elijah sprang mit einem Ruck aus dem Badezuber, hob sie in seine Arme und marschierte ins Haus. Im Schlafzimmer legte er sie nass ins Bett, mit kopfloser Gier rollte er ein Kondom über. Er küsste sie leidenschaftlich und drang mit nur einem Stoß in sie ein. Cat keuchte seinen Namen und schlang ihre Beine um seine Hüften. Er wollte sie, er brauchte sie, er war wie berauscht von der Intensität der Empfindungen, die sie in ihm hervorrief. Kopflos trieb er sie in blinder Leidenschaft auf einen bis ins Mark erschütternden Höhepunkt zu, der alles auslöschte, was er zuvor gekannt hatte. Elijah schrie ihren Namen, hielt sie in eiserner Umklammerung fest und zog noch größere Lust daraus, als sie unter ihm erbebte und ihre Nägel in sein Fleisch drückte. Der Schmerz erinnerte ihn daran, dass das, was er erlebte, real war, er hielt ihn davon ab, die Augen zu schließen und davon zu träumen, dass er mehr erleben könnte als ein flüchtiges Vergnügen. Der Schmerz erinnerte ihn daran, dass das Leben eben so war, schmerzhaft und vergänglich. Nichts blieb, es war nur eine Frage, wie lange es dauerte. Cat atmete schwer, er rang ebenso nach Luft. Vorsichtig zog er sich aus ihr zurück, entsorgte das Kondom und zog sie in seine Arme, weil er wusste, sie würde es mögen und brauchte die Zärtlichkeiten. In seinem Inneren sah es anders aus. Er wollte davonlaufen, sich vergewissern, dass er der Alte war. Denn das, was er eben gespürt hatte, machte ihm höllische Angst.

Kapitel 11

Cat stand auf der Türschwelle und beobachtete Elijah. Vor ihm brannte ein Feuer, in dessen Schein er den Fisch ausnahm, schuppte und vorbereitete. Er trug eine Jeans, ein T-Shirt und darüber ein kariertes Flanellhemd. Er sah aus, als gehörte er genau hierher und an keinen anderen Ort der Welt. Er bewegte sich auch so, geschmeidig und sicher, aber er sagte nicht viel. Er wirkte ganz plötzlich wie ausgewechselt, etwas beschäftigte ihn, und sie fragte sich, ob sie etwas falsch gemacht hatte.

»Ist alles in Ordnung?«

Er hielt in der Bewegung inne, in der Rechten das Messer, in der Linken den Saibling. »Was meinst du?«

»Ach, nichts.« Der Mut hatte sie verlassen. Sie schlang die Arme um ihren Körper.

»Du solltest reingehen«, meinte er und widmete sich wieder seiner Aufgabe.

»Klar, ich schaue mal, ob ich noch etwas Holz in den Kamin werfen muss, damit das Feuer nicht ausgeht.«

»Habe ich schon erledigt.«

»Ah, ach so. Na, dann gucke ich mal, ob ich E-Mails habe. Die Arbeit … du weißt ja.«

»Das WLAN-Passwort findest du hinter dem Router, der ist in der Abstellkammer im Flur.«

»Okidoki.«

Gott, seit wann benutzte sie dieses Wort? Sie unterdrückte den Impuls, sich mit der flachen Hand gegen die Stirn zu schlagen, während sie ihren Laptop herauskramte und sich in das Netz einloggte. Sie setzte sich in einen Ohrensessel und scrollte sich durch das E-Mail-System, aber es war nichts dabei, was dringend beantwortet oder erledigt werden musste. Seufzend schloss sie alle Fenster und legte den Computer beiseite.

Beim Abendessen war Elijah wieder so charmant und witzig wie eh und je. Vielleicht hatte sie sich auch nur eingebildet, dass ihn etwas beschäftigte. Ja, wahrscheinlich war es so. Er war eben ein Kerl, und die wollten bekanntlich nicht den lieben langen Tag quatschen und umgarnt werden. Dennoch war sie seltsam erleichtert, denn die ganze Zeit hatte sie sich gefragt, womit sie die Stimmung ruiniert haben könnte. Umso besser, dass sie sich getäuscht hatte.

»Schmeckt köstlich«, meinte sie fröhlich, als sie sich noch einen kleinen Nachschlag genehmigte.

»Das freut mich.« Er grinste selbstzufrieden und Cat musste mal wieder feststellen, wie gut es ihr gefiel, dass er so unverstellt und natürlich war.

»Du bist echt ein guter Koch.«

»Na ja, so würde ich es nicht bezeichnen, aber der Fisch ist so frisch, da kann man kaum was falsch machen.«

»Stell dein Licht nicht so unter den Scheffel, so kenne ich dich gar nicht.« Sie lachte.

Er strich sich durch die Haare und schaute sie an, als wollte er sagen: *Nein, du kennst mich wirklich nicht.* Stattdessen hob er eine Augenbraue und erwiderte: »Gut, dann lassen wir das mit der Bescheidenheit. Ich bin ein begnadeter Koch.« Dazu wackelte er anzüglich mit den Augenbrauen.

»Ja, so ist es recht.« Sie nickte und pickte in ihrem Fisch herum.

»Die Auszeit tut dir gut, deine Wangen sind gerötet, deine Haare glänzen.«

»Na, das mit den Haaren geht wohl auch eher auf dein Konto.«

»Noch so ein Talent, stimmt. Elijah, der Wunderfriseur.«

Cat zog eine Schnute. »Ich glaube eher, dass ich aussehe wie eine Vogelscheuche.«

»Wenn Vogelscheuchen so aussehen wie du, dann würde ich mir gerne ein paar davon ins Haus holen.«

»Sehr witzig. Ich kann mir gut vorstellen, dass du keine Probleme hast, überhaupt jemanden ins Haus zu holen.«

»Da hast du auch wieder recht, aber *jeden* will man ja nicht im Haus haben.«

Im Haus klang eher wie im Bett. Sie wollte das Thema nicht vertiefen, auch wenn klar war, dass sie nicht exklusiv – oder langfristig – zusammen waren, so war es doch etwas anderes, das laut auszusprechen. »Puh, jetzt bin ich aber satt«, meinte sie stattdessen und schob ihren Teller von sich.

»Wirklich? Ein bisschen ist noch da.«

Sie lachte. »Bitte, Elijah. Das war ein Riesenfisch. Damit hätte man eine Familie satt bekommen.«

»Was ist mit deiner Familie? Wo leben sie?«

Sie überlegte, warum ihn das auf einmal interessierte. »Texas, warum?«

»Sind sie nett?«

»Nett? Ja, ich glaube schon.«

»Seht ihr euch nicht oft?«

»Na ja, nein. Nicht mehr so viel, seit ich nicht mehr an der Uni bin, also seit ich arbeite.«

»Hast du Geschwister?«

»Ja, einen Bruder.«

Er wischte sich den Mund mit einer Serviette ab. »Jünger oder älter?«

»Zwei Jahre älter. Wieso?«

»Ich weiß nicht, wollte einfach wissen, wo du herkommst.«

»Ich wollte am Wochenende zu ihnen fahren.«

»Oh, das ist ja schon ... bald.«

»Äh, ja. Ist das ein Problem?« Sie blinzelte verwirrt.

»Quatsch, nein.«

»Ich dachte, wir wollten nur für ein paar Tage hier ... also, du kannst gerne mitkommen. Äh, also wenn du nichts vorhast. Ich meine ...« Sie fing an zu stottern, ihr wurde schrecklich heiß.

Natürlich würde Elijah nicht mitkommen wollen.

»Wieso nicht.«

»Wieso nicht?«, wiederholte sie.

»Habe nichts vor und ... na ja. Können wir noch entscheiden. Falls wir uns bis dahin nicht tierisch auf den Sack gehen.«

Damit meinte er wohl eher, falls sie ihm bis dahin nicht tierisch nervte.

»Entschuldige, ich wollte nicht ... aufdringlich werden.«

Er nahm ihre Hand und küsste die zarte Haut an den Gelenken. »Das bist du überhaupt nicht. Ich fühle mich geehrt, dass du überhaupt daran denkst, mich mitzunehmen. Würde mir dein Bruder nicht die Fresse polieren, wenn er von mir erfährt?«

Cat lachte. »Sebastian ist nett, solange du nett zu mir bist. Aber ja, die Leute in Texas sind ein bisschen ... na, wie eben Menschen in Kleinstädten so sind. Sonntags gehen sie in die Kirche, sie mähen samstags ihren Rasen und so was.«

»Das ist doch schön. Bei uns hat nie jemand Rasen gemäht. Und in der Kirche war ich schon Ewigkeiten nicht mehr.«

Cat legte den Kopf schief und sah einen Elijah, wie sie ihn noch nicht erlebt hatte. Er wirkte verletzlich und einsam.

Zum ersten Mal begriff sie, dass das Machogehabe und die sexuellen Anzüglichkeiten nur Fassade waren. Was hatte er erlebt, das ihn zu dem Mann gemacht hatte, der er heute war?

Sie wollte gerade fragen, da stand er auf und fing an abzuräumen, und sie verließ der Mut. Nach dem Abwasch legten sie sich aufs Sofa und erzählten sich Geschichten aus der Schulzeit, Elijah prahlte damit, wie er mit Nate und Brandon in Harvard den Studentinnen nachgestellt hatte. Cat konnte es sich bildhaft vorstellen. »Ihr seid also schon seit Ewigkeiten befreundet?«, fragte sie.

»Nate kenne ich schon länger, wir haben uns gesucht und gefunden. Bei Brandon hat es ein bisschen gedauert. Ich dachte anfangs, er wäre so ein Schönling aus gutem Hause, der einen Stock im Arsch hat.«

»O je.«

»Aber, ob man es glaubt oder nicht, auch Jungs mit Kohle können nett sein.«

»Du bist ja auch nicht arm.«

»Nicht mehr, Kätzchen. Das war nicht immer so.«

Dann brachte er sie mit einem Kuss zum Schweigen. »Genug geredet, ich finde, wir sollten uns jetzt dem Wesentlichen im Leben widmen.«

»Und das wäre.«

»Na, Sex natürlich.«

Cat lachte, aber als er anfing, ihre Brüste zu streicheln, rang sie nach Luft. »Ja«, stimmte sie zu. »Zeig mir, was du im Sinn hattest.«

»Das werde ich.«

Am dritten Tag schlug Elijah vor, dass sie einen Ausflug machen könnten, weil sie auch langsam knapp mit Lebensmitteln würden, also fuhren sie weiter nördlich an der Küste entlang.

Am Nachmittag schlenderten sie an der Promenade des malerischen Küstenstädtchens Lunenburg mit seinen bezaubernden Holzhäuschen, einem uralten Hafen und unzähligen Fischerbooten entlang. Über ihnen kreisten Möwen auf der Suche nach Nahrung. Cat atmete tief ein. »Es riecht so herrlich nach Salz und Meer, wie schön es hier ist!«

»Sollen wir uns ein Boot leihen und ein bisschen rausfahren?«, fragte Elijah mit einem spitzbübischen Grinsen.

»Lieber nicht, ich hab nicht vor, wieder nass zu werden.«

»Du hast kein Vertrauen in mich, meine Liebe.«

Cat warf ihm einen zweifelnden Blick zu. »Es lag wohl eher an mir, nicht? Wäre ich nicht so erschrocken, als der Fisch zappelnd an Bord fiel …«

Er beugte sich zu ihr, sodass nur sie ihn hören konnte. »Ich war einfach nicht konzentriert, du hast mich komplett aus dem Konzept gebracht. Wenn ich nur daran denke, dass du …« Er knabberte an ihrem Ohrläppchen und Cat bekam eine Gänsehaut. »Ich kann einfach nicht genug von dir bekommen.«

Seine Worte freuten sie mehr, als sie zugeben wollte. »Keine Bootsfahrt heute«, beschloss sie und drehte sich zu ihm und sah zu ihm auf.

Seine Augen funkelten voller Verlangen. »Keine Bootsfahrt, alles klar. Dein Wunsch ist mir Befehl. Aber küssen darf ich dich?«

»Ich bitte darum!«

Das ließ sich Elijah nicht zweimal sagen, er senkte seine Lippen auf ihre und küsste sie um den Verstand. Wieder und immer wieder. Schwer atmend lösten sie sich irgendwann voneinander. »Du bist einfach unglaublich«, murmelte er mit belegter Stimme und gab ihr einen letzten Kuss auf die Stirn. »Jetzt wünsche ich mir, dass wir doch eine Übernachtung und ein Zimmer hier eingeplant hätten.«

Cat lachte. »Tja ... aufgeschoben ist nicht aufgehoben, oder wie war das?«

Er schaute gequält. »Ich bin mir nicht sicher, ob ich es bis heute Abend aushalte, die Finger von dir zu lassen.«

»Eine harte Prüfung«, neckte sie ihn und bemerkte die Ausbuchtung seiner Jeans.

»Der wird schon wieder auf seine normale Größe schrumpfen, wenn du für ein paar Minuten Abstand hältst.« Er verzog seinen Mund.

»Kein Problem«, erwiderte sie und zwinkerte ihm zu, dann setzte sie sich ans Ufer und schaute auf die Fischerboote. Elijah gesellte sich zu ihr.

»Was denkst du?«

»Nichts Bestimmtes.«

»Sollen wir bei dem Fischer da drüben ein paar Muscheln kaufen und mit zurücknehmen?«

»Klar, wieso nicht?«

Er zog sie auf die Beine. »Dann komm. Ich finde, wir haben lange genug Sightseeing betrieben.«

Cat verkniff sich ein Kichern, sie wusste genau, was er meinte. Er konnte es nicht abwarten, wieder mit ihr alleine zu sein, und ihr ging es ganz genauso, deswegen hatte sie absolut nichts dagegen, bald die Rückfahrt anzutreten.

»Guten Tag«, grüßte Elijah den vollbärtigen Mann, der gerade seinen Fang auslud.

»Hallo Leute«, gab er zurück.

»Können wir von Ihnen ein paar Miesmuscheln kaufen?«

»Klar doch.«

»Der Sack kostet zwanzig Dollar.« Er warf einen Blick auf Cat. »Sind gut für die Potenz, die Dinger.«

Sie schnappte nach Luft, Elijah lachte. »Sehr gut, dann nehmen wir gleich zwei!«

»Richtig so, mein Junge. Damit du deine Frau auch wirklich glücklich machen kannst.«

Meine Frau, hallte es in ihrem Kopf wider. Er dachte, sie wären verheiratet? Wie absurd. Cat sagte nichts, sondern trat verlegen von einem Fuß auf den anderen. Sie war den rauen und direkten Umgangston, wie ihn der Fischer anschlug, nicht gewohnt.

Elijah zog ein paar Scheine aus der Hosentasche. »Bitte.«

»Wechseln kann ich aber nicht.«

»Das passt schon, der Rest kommt in die Kaffeekasse.«

»Die Firma dankt.« Er tippte sich gegen seine Baseballmütze. »Dann noch einen schönen Honeymoon.«

»Danke!« Elijah nahm die zwei Säcke und zwinkerte Cat zu.

Auf dem Weg zum Pick-up konnte sie sich ein »Gut für die Potenz, hm?« nicht verkneifen.

Elijah lachte rau. »Deswegen hab ich die Dinger nicht gekauft, sie schmecken einfach köstlich. Ehrlich. Wenn du sie einmal direkt frisch aus dem Meer probiert hast, kaufst du nie mehr das tiefgekühlte Zeug.«

»Ja, ist klar.« Cat knuffte ihn in die Seite.

»Hey, glaubst du mir etwa nicht? Oder hast du was gegen meine Männlichkeit vorzubringen?«

Sie prustete los. »Ich habe absolut nichts gegen deine Männlichkeit vorzubringen!«

»Da hast du es gerade noch gerettet, Kätzchen.«

Elijah warf die Säcke auf die Ladefläche, dann öffnete er die Tür für Cat. »Bitte sehr, die Dame.«

Später am Abend riss Elijah einen Sack mit Miesmuscheln auf und schüttete sie in einen Kessel mit kochender Brühe, der über dem Lagerfeuer am steinigen Strand vor dem Blockhaus hing. Cat trug eine Jacke über ihrem Wollpullover und beobachtete ihn, das Mondlicht spiegelte sich im See, die Bäume ragten dunkel und erhaben in den klaren Nachthimmel. Der sanfte Schein der Flammen strahlte auf seine markanten Züge, eine Strähne seines viel zu langen Haars fiel ihm immer wieder in die Augen. Und dann setzte ihr Herz einen Schlag aus und sie realisierte, was er ihr wirklich bedeutete.

Elijah schaffte es immer wieder, ihr ein Lächeln zu entlocken. Er brachte sie zum Lachen. Er ließ sie vergessen. Und das war gefährlich, obwohl das ihr Plan gewesen war. Sie hatte sich auf ihn eingelassen, um über Josh hinwegzukommen. Sie hatten sich gegenseitig benutzen wollen, Elijah für Sex, Cat, um wieder auf die Beine zu kommen und sich begehrt zu fühlen.

Dass daraus mehr werden könnte, hatte sie überhaupt nicht in Erwägung gezogen, und doch war es passiert. Für sie jedenfalls.

Dass es Elijah nicht so ging, war klar, und sie erwartete nicht, dass er sein Herz für sie öffnete. Dass er ein gefühlvoller Mann war, hatte er mehr als einmal bewiesen, aber da war auch eine Leere in ihm, die ihn nachdenklich und verletzlich machte. Sie spürte es, wenn sie sich liebten, dann sah sie es in seinen Augen. Er hatte Schlimmes erlebt, das hatte er ein paarmal angedeutet, und sie verstand, dass er sich aus ganz persönlichen Gründen niemals binden wollte, weil er nicht an das Konzept Beziehung glaubte. Sie wünschte, sie könnte ein bisschen mehr sein wie er.

»Was ist?«, fragte er vom Feuer herüber und rührte mit einem langen Holzstock in den Muscheln.

»Was soll sein?«

»Du hast gerade sehr laut geseufzt, Kätzchen. Stimmt was nicht?«

Cat war froh, dass die Sonne untergegangen und die Dämmerung heraufgezogen war, so konnte er nicht sehen, dass ihre Wangen glühten. »Ich bin nur hungrig«, meinte sie und schob ihre Hände in die Taschen der Jacke.

»Dauert nicht mehr lange, ich verspreche dir, du hast noch nie so gute Muscheln gegessen.«

Sie rang sich ein Lächeln ab. »Ich bin gespannt.«

»Komm her«, forderte er sie auf und krümmte seinen Zeigefinger.

»Was hast du vor?«, fragte sie, ging aber auf ihn zu.

Elijah zog sie in seine Arme und küsste sie wild. »Besser?«, wollte er etwas später wissen, als sie atemlos vor ihm stand und sich an ihm festhielt.

Sie nickte, schloss die Augen und schmiegte sich an ihn. »Sehr viel besser.«

»Na siehst du. Und jetzt kosten wir mal, wie lecker ich gekocht habe.« Er löste sich von ihr, nahm zwei Blechteller zur Hand und füllte sie mit Muscheln. »Bitte.«

Sie setzten sich auf zwei Holzkisten, die er aus der Garage geholt hatte, und fingen an zu essen. Mit einer Muschelschale holten sie das saftige Fleisch aus den anderen heraus. »Besteck wird ohnehin überbewertet«, meinte Elijah mit vollem Mund. »Und, wie schmeckt's dir?«

»Du hattest recht.«

»Endlich begreifst du das mal«, neckte er sie und stupste sie mit der Schulter an.

»Macho.«

»Kätzchen.«

Das Spiel spielten sie häufiger, und Cat wurde traurig; das war etwas, das sie ganz sicher vermissen würde. Diese kleinen Neckereien waren nicht nur witzig, sie zeigten ihr auch, dass er sie ebenso mochte wie sie ihn. Aber mögen reichte nun mal nicht.

Elijahs Telefon klingelte. Sie wunderte sich, in den Tagen, die sie hier verbracht hatten, hatte sie es kein einziges Mal gehört. Ja, ab und an hatte er mal geschäftlich telefoniert, aber es war immer auf lautlos gestellt gewesen.

»Entschuldige, ich muss da kurz rangehen.«

»Ja, klar. Kein Problem.«

Er stand auf und ging ein paar Schritte, seinen Teller hatte er auf dem Boden abgestellt. »Hi Erin, was gibt's Neues?«

Cat wollte nicht lauschen, aber es war unvermeidlich, dass sie einige Gesprächsfetzen mitbekam.

»... oh ... verstehe ... na gut, dann bleibe ich geduldig ... ja, ist kein Problem ... du redest mit Nate ... danke ... bis dann.«

Er ließ sein Smartphone in der Gesäßtasche seiner Jeans verschwinden und setzte sich neben sie. »Mehr Muscheln?«

»Danke, aber ich kann echt nicht mehr.«

»Na schön, ich nehme mir noch ein paar.« Er füllte seinen Teller auf, nachdem er die leeren Schalen in eine Tüte gekippt hatte. Cat zog ihre Beine heran und schlang ihre Arme darum.

»Ist dir kalt?«, fragte er. »Wir können etwas näher ans Feuer rücken.«

»Nein, es ist alles gut, wie es ist.«

»Sieht so aus, als müsste ich noch ein Weilchen im Exil bleiben«, erklärte er irgendwann zwischen zwei Bissen.

»Oh«, mehr fiel ihr dazu nicht ein, weil sie keine Ahnung hatte, warum er überhaupt ins »Exil« hatte gehen müssen. Das war eines der Dinge, über die sie nicht sprachen. Er hatte sein Leben, sie hatte ihres, und es war gut, diese Grenzen beizubehalten. Es würde ihr schon schwer genug fallen, ohne seine starken Arme, seine Küsse, seine Berührungen einzuschlafen.

»Wie schaut's bei dir aus? Hast du Pläne, wann du nach Texas reist?«

Sie zuckte die Schultern, denn auch diese Entscheidung hatte sie, seit dem letzten Gespräch darüber, vertagt. Sie hatte nicht an das Ende denken wollen, weil sie dumm war.

Auch wenn sie wollte, sie war nicht für belanglose Affären geschaffen, sie hätte es wissen müssen.

»Noch nicht. Wieso?«

»Würde dein Bruder mich killen, wenn ich mitkomme?« Sie hatten zwar schon vor ein paar Tagen besprochen, dass sie vorhatte, zu ihren Eltern zu reisen, aber auch wenn Elijah damals schon angedeutet hatte, dass er vielleicht mitkäme, hatten sie das Thema seitdem nicht mehr erwähnt. Sie hatte gedacht, dass er das nicht wirklich ernst gemeint hätte. Deswegen riss sie jetzt überrascht den Kopf herum. »Du willst mitkommen?«

Er grinste und schob sich eine Muschel in den Mund. »Na ja, ich dachte, ehe ich hier alleine versauere … War lange nicht mehr in Texas.«

»Dir ist klar, dass meine Familie ziemlich konservativ ist.«

»Damit habe ich kein Problem. Die Frage ist, willst du mich überhaupt dabei haben?«

War es möglich, dass er ein wenig unsicher war? Er tat, als ob nichts wäre, aber sie erkannte es daran, wie er mit einer Schale herumspielte, das sah ihm gar nicht ähnlich.

Hoffnung flackerte in ihr auf wie eine Flamme, die vom Wind neu entfacht wurde. »Du würdest dir das echt antun? Der Geburtstag meines Vaters in einer Kleinstadt?«

Er zuckte die Schultern. »Wie du das sagst, klingt es irgendwie bedrohlich.«

Cat musste lachen. »Na, ich finde es schön, es gibt einen riesigen Truthahn.«

»Bis Thanksgiving ist es noch ein Weilchen.«

»Ja, bei uns ticken die Uhren ein bisschen anders. Wir haben so eigene Familientraditionen. Es gibt dazu Süßkartoffelpüree, Kürbisbrötchen, tonnenweise Soße, Erbsen und die Füllung meiner Mom ist ein Gedicht.« Sie holte Luft. »Aber meine Eltern sind katholisch.«

Mehr fügte sie nicht an, als ob Elijah wissen müsste, was das bedeutete. Aber er gab sich ahnungslos.

»Und? Darfst du also keinen Kerl mit in dein Kinderzimmer nehmen?«

Sie erinnerte sich an einen Besuch, bei dem Josh mitgekommen war. Er hatte erst gar nicht in Erwägung gezogen, bei ihr zu Hause zu übernachten, sondern sie in einer Pension im Ort eingebucht. Ihre Eltern hatte es gekränkt, das wusste sie, aber damals hatte sie gedacht, dass es richtig gewesen wäre. Das Elternhaus war beengt, klein und nicht sehr modern.

»Ich glaube, sie hätten nichts dagegen«, antwortete sie gedankenverloren. »Allerdings sollte vielleicht nicht unbedingt erwähnt werden, dass wir ... na ja, dass wir nur Freunde mit gewissen Vorzügen sind, und nicht mehr.«

Elijah warf ihr einen Blick zu, den sie nicht deuten konnte. Dann stellte er seinen Teller beiseite. »Keine Angst, Cat, ich werde dich nicht vor deiner Familie in Verlegenheit bringen. Die Frage ist, ob du mich überhaupt noch länger ertragen kannst.«

Sie spürte seinen Seitenblick. Am liebsten wollte sie aufspringen und rufen: »Soll das ein Witz sein?«

Stattdessen lächelte sie und wandte sich ihm zu. »Wenn du *mich* noch nicht satthast, bist du herzlich willkommen.«

Elijah zog seine Augenbrauen zusammen und sah sie an, als ob er über diese Frage noch nie nachgedacht hätte. »Nein. Noch nicht.«

Ihr Magen fuhr Achterbahn, ihr Herz schlug mindestens eine Oktave höher bei seinen Worten und seinem glühenden Blick. Seine Hand suchte ihre, er verschränkte seine Finger mit ihren. »Soll ich dir zeigen, wie sehr ich dich nicht satthabe?« Und dann zog er sie auf seinen Schoß und verschloss ihren Mund mit einem innigen Kuss, der ihr die Luft raubte und den Wunsch in ihr heraufbeschwor, dass das noch lange der Fall sein möge.

Das Feuer wärmte ihren Rücken, die Glut der Leidenschaft ließ sie erschaudern. Elijahs Hände schoben sich unter ihren Pullover, streichelten sie, dann löste er ihre Frisur. Seine Hände waren einfach überall, während sein Mund und seine Zunge ein heißes Sehnen in ihrem Unterleib auslösten, das nur er stillen konnte.

Sie liebten sich am steinigen Strand, Elijahs Jacke unter ihnen ausgebreitet. Kühler Wind strich über sie, ohne dass sie Notiz davon nahmen. Für sie gab es nur sie beide. Cat setzte sich auf ihn und ließ sein Geschlecht in sich gleiten, nachdem sie zuvor ein Kondom übergestreift hatte, das Elijah aus seiner Jackentasche hervorgezaubert hatte. Seine Hände zogen sie dicht an sich heran. Ihre Haare lagen wie ein Fächer über ihrem Rücken ausgebreitet. Er reckte ihr ungeduldig seine Hüften entgegen, als sie begann, ihr Becken kreisen zu lassen. »Du machst mich wahnsinnig«, murmelte er an ihren Lippen.

»Wahnsinnig«, wiederholte er und keuchte auf, als sie ihre Muskeln um ihn anspannte.

Es gefiel ihr, das Tempo zu bestimmen, sein Gesicht im Schein des Lagerfeuers zu betrachten, während sie die süße Wonne zwischen ihren Schenkeln genoss.

Sie spürte, dass er kurz davor war. Er atmete schwer, eine Ader trat auf seiner Stirn hervor, seine Züge waren angespannt. Und dann ließ sie sich gehen.

Elijah folgte ihr und hielt sie eng umschlungen, hielt sie fest, während sie fiel.

»Das war unglaublich«, murmelte sie etwas später und küsste ihn.

»Du bist unglaublich«, gab er zurück und strich ihr eine Locke aus dem Gesicht. Ihre Blicke verhakten sich ineinander, für einige wertvolle Sekunden erkannte sie, dass auch sie wichtig für ihn geworden war. Dann schloss er die Lider und drückte sie an sich. »Es wird kalt, Kätzchen«, brummte er.

Ein leises Lächeln stahl sich auf ihr Gesicht. Vielleicht hatte er doch mehr für sie übrig als bloße Freundschaft. Vielleicht brauchte er nur etwas mehr Zeit.

In den folgenden Tagen und Nächten liebten sie sich, lachten, redeten und ließen alle tiefer gehenden Themen aus, als existierte nichts neben ihnen und der Gegend rund um das Blockhaus. Cat und Elijah lebten in einer prickelnden Blase, in der kein Raum für Probleme oder die Realität war.

Kapitel 12

»Willkommen in Bay City«, las Elijah, als sie das Ortsschild mit ihrem Mietwagen, einem kleinen grauen Honda, passierten. Sie waren geflogen und hatten den Pick-up in Kanada gelassen, ansonsten wären sie mehrere Tage unterwegs gewesen.

»Ich habe dich gewarnt, hier ist alles ein wenig *idyllischer*, als du es gewohnt bist.«

Cat hatte ja keine Ahnung. Elijah behielt das jedoch für sich. »Ich werde schon klarkommen«, meinte er belustigt.

»Wie kommt jetzt eigentlich dein Pick-up wieder nach Boston?«

Er zuckte die Schultern.

»O nein«, fuhr sie fort. »Du rufst Whitney an, stimmt's?«

»Was ist so schlimm daran, ich bezahle sie dafür, dass sie mein Leben erleichtert. Und sieh es mal so: Dieses Mal muss wenigstens keiner den Fußraum auswischen.«

Cat schnappte nach Luft, was er süß fand. Alles an ihr war süß.

»Du bist so gemein.« Sie schob ihre Unterlippe vor und verschränkte die Arme vor der Brust.

»Es macht einfach so viel Spaß, dich zu ärgern«, erklärte er ihr mit einem breiten Grinsen auf den Lippen.

»Na schön, wenigstens habe ich bald Unterstützung.«

»Sollte ich deiner Mom nicht wenigstens Blumen oder

so was mitbringen? Und was ist mit einem Geschenk für deinen Vater?« Noch ehe er die Frage komplett ausgesprochen hatte, hatte er den Wagen schon rechts rangefahren und hielt an.

»Was machst du?«, wollte sie wissen.

Er öffnete die Fahrertür. »Da ist ein Blumenladen, bin gleich wieder da.«

Fünf Minuten später kam er mit zwei in braunes Papier gewickelten Sträußen zurück, die er auf die Rückbank legte, ehe er weiterfuhr. Kurz darauf erreichten sie Cats Elternhaus, der Rasen war frisch gemäht, die weiße Fassade wirkte, als hätte man sie kürzlich gestrichen. Im Vorgarten blühten orangefarbene Chrysanthemen, violette Astern und weiße Pompon-Dahlien. Erst jetzt sah er, dass eine Frau vor dem Beet kniete und Unkraut jätete. Sie trug eine braune Bundfaltenhose und ein kariertes Hemd, dessen Ärmel sie bis zum Ellenbogen hochgekrempelt hatte. Ihre Haare hatte sie mit einem Tuch zusammengebunden. Sie hatte ein paar Pfunde mehr auf den Rippen als Cat, aber die Ähnlichkeit war unverkennbar, als sie sich umdrehte und zu ihnen herübersah.

Cat sprang aus dem Auto und lief auf sie zu. Die beiden umarmten sich herzlich, und Elijah wurde verlegen, aber ihm blieb nicht viel Zeit, um wegzulaufen, denn Cat sprach auf ihre Mutter ein, die sich dann neugierig den Hals nach ihm verrenkte. Er sollte wohl zu ihnen gehen, wenn er sich nicht schon vor dem ersten offiziellen Treffen unbeliebt machen wollte.

Normalerweise wäre es ihm egal, aber er hatte Cat versprochen, dass er sie nicht in unangenehme Situationen bringen würde, also versuchte er, sich so unbefangen wie möglich zu geben, auch wenn es in ihm anders aussah. Er hatte keine Ahnung von intakten Familien, von herzlicher Mutterliebe und all dem Quatsch. Er wusste nur, wie es war, in einem Trailerpark zwischen Süchtigen und Nutten aufzuwachsen, inmitten von Gewalt und Elend.

»Hallo«, rief Cats Mom und ging ebenfalls einen Schritt auf ihn zu.

Elijah versuchte zu lächeln. »Guten Tag«, fing er an und streckte die Hand aus, die sie ignorierte.

Cats Mom umarmte ihn so fest, dass ihm heiß wurde. Und das lag nicht an den frühlingshaften Temperaturen in Texas, die deutlich milder waren als der Indian Summer in Kanada.

»Schön, dass unsere Cat in Begleitung kommt.«

»Freut mich sehr, Mrs. Archer.«

Sie schaute ihn mit einem Stirnrunzeln an. »Nenn mich Mary, mein Junge. Elijah, nicht wahr? Sonst fühle ich mich so alt.« Sie lachte, damit sah sie ihrer Tochter noch ähnlicher.

»Mom, siehst du nicht, dass Elijah ganz verlegen ist«, raunte sie ihrer Mutter zu, die sich jedoch nicht beirren ließ.

»Ach was. Kommt erst mal rein. Wie war die Reise?«

»Sehr angenehm, Ma'am«, gab Elijah höflich zurück.

Als er Cats geweitete Augen sah, die sichtlich damit rang, nicht in Gelächter auszubrechen, versuchte er, sich zu entspannen. Aber es war nicht leicht, sein Rücken war kerzengerade und seine Brust fühlte sich irgendwie seltsam eng an.

»Habt ihr Hunger? Ich habe mal wieder die Zeit vergessen.«

Cat lachte und legte ihrer Mutter einen Arm um die Schulter. »Wie immer, wenn du im Garten bist. Der sieht übrigens ganz bezaubernd aus.«

»Danke, Sweetheart. Zum Glück sind wir dieses Jahr von der Tornadosaison so gut wie verschont geblieben. Jetzt ist eine gute Zeit, noch ein bisschen was zu erledigen, ehe es im November ungemütlich wird. Aber was rede ich, im Vergleich zu Boston sind die Temperaturen hier sommerlich, nicht?«

Sie gingen durch die Hintertür in die Küche. Sie war blitzsauber und aufgeräumt, aber ein bisschen in die Jahre gekommen. Einige der grauen Fliesen hatten einen Sprung. An den Wänden hingen Familienfotos, die er sich später genauer ansehen würde. Von der Küche aus ging eine Schwingtür ab, die vermutlich ins Wohnzimmer führte. Es roch nach Gebäck und Rosenblüten. Dann sah er auch die Glasvase auf dem Fenstersims, in der gelbe Rosen in frischem Wasser steckten. Elijah fühlte sich nach wie vor ein wenig fehl am Platz, aber ihm blieb nicht viel Zeit dafür. Im Haus rannte ein kleiner weißer Scotch Terrier auf sie zu, sprang in Cats Arme, dann bellte er Elijah an.

»Das ist Spot«, erklärte Cat. »Hör auf zu bellen, du bist ein guter Junge, ja!« Sie ließ sich einmal quer über das Gesicht lecken, dann setzte sie ihn auf dem Boden ab. Der Hund rannte sofort auf Elijah zu und umkreiste ihn mit einem wilden Knurren.

»Spot, hör sofort auf!«, schimpfte Mary Archer, während sie ein paar Kekse auf einen Teller legte. »Er mag keine Fremden, aber der Krach hört sicher gleich auf.«

Elijah rührte sich nicht, obwohl er keine Angst vor Hunden hatte, legte er es nicht darauf an, einen Wadenbiss als Begrüßungsgeschenk verpasst zu bekommen. Cat knuffte ihn in die Seite. »Komm, setz dich. Willst du Kaffee oder Milch zu den Keksen?«

»Was ist das denn für eine Frage?«, er grinste und setzte sich an den Küchentisch.

»Milch«, entschied sie.

Elijah nickte. »Absolut richtig.«

Er merkte, dass Mary Archer sie verstohlen beobachtete. Was sie wohl über sie dachte?

»Lasst es euch schmecken«, Mary stellte den Teller in die Mitte des runden Esstischs. »Erzählt mal, wie habt ihr euch kennengelernt.«

Elijah griff einen Keks und wartete, dass Cat etwas sagte. Die nahm gerade eine Packung Milch aus dem Kühlschrank und ließ sich sehr viel Zeit damit. Danach griff sie drei Gläser und setzte sich damit neben Elijah. »Mom, wenn ich das jetzt erzähle, werde ich die Geschichte nachher noch drei Mal wiederholen müssen.«

»Ich bin so neugierig«, sagte sie lächelnd und biss von einem Keks ab. »Es kommt nicht so oft vor, dass Cat Besuch mitbringt.«

»Mom!«

Die zuckte bloß die Achseln. »Ist doch wahr. Ich habe mich wirklich gefreut, als sie gestern angerufen hat.«

Sie verkniff sich offenbar eine Bemerkung über Cats Liebeskummer.

Es war klar, dass es überraschend für alle war, dass Cat schon nach so kurzer Zeit einen »Neuen« an ihrer Seite hatte. Glücklicherweise war das nicht sein Problem.

Cat füllte Milch in die Gläser. »Was gibt's Neues in der Stadt?«

»Ach, du weißt doch. Hier tut sich nicht viel.«

»Irgendwas muss doch passiert sein. Keine Hochzeiten, Trennungen oder Skandale?«

Mary Archer lachte. »Doch, natürlich. Kleinstadt-Tratsch gibt es jede Menge, aber Elijah würde sicher schreiend davonlaufen, wenn wir nur über Leute reden, die er nicht kennt.«

»Tut euch keinen Zwang an«, meinte er und lehnte sich zurück. Spot hatte sich auch beruhigt, er lag nun unter Cats Stuhl und hatte die Augen geschlossen. Er war überrascht, dass ihn das Familienidyll selbst beruhigte. Er ertappte sich dabei, wie er nach dem Hund schaute und er ihn irgendwie leiden konnte, weil er ihn als Eindringling verbellt hatte. Er verdrängte die Schlussfolgerungen, die sich aus seinen seltsamen Gedanken ergaben.

Nach ein paar Minuten hörte er, wie ein Wagen in die Auffahrt fuhr. Elijah wurde ein bisschen mulmig zumute. Bisher hatte er sich keine Gedanken über Cats Vater gemacht, das änderte sich jetzt. Elijah war klar, dass er kein Junge war, der einen guten Schwiegersohn abgeben würde. Auch wenn das hier natürlich nicht der Fall war, so würde Cats Familie doch glauben, dass es zwischen ihnen etwas Ernstes war. Was zur Hölle hatte er sich nur dabei gedacht, mitzukommen?

Um ehrlich zu sein, er hatte gar nichts gedacht. Jedenfalls nicht mit dem Kopf. Als er gehört hatte, dass Cat zu ihrer Familie wollte, hatte er nur noch eins im Sinn gehabt: Er wollte sie länger in seinem Bett haben, immer wieder zwischen ihren Schenkeln liegen und sie mit Lust überschütten.

Scheiße, er konnte doch nicht hier in der Küche ihrer Eltern sitzen und an Sex mit ihr denken. Und doch tat er es. Er räusperte sich, dann flog die Tür auf und ein Mann in Uniform kam herein. Ein schmaler Riese mit schütterem Haar und Brille. Und dann sah er den Stern.

Ihr Dad war der Sheriff? Er atmete tief ein. Auch das noch. Er hatte kein Problem mit den Cops, trotzdem fühlte er sich irgendwie befangen.

»Guten Tag«, sagte er mit dunkler Stimme, Cat sprang auf und umarmte ihn stürmisch. »Dad!«

Mr. Archer tätschelte den Rücken seiner Tochter ein wenig unbeholfen. »Schon gut, Kleines. Schön, dass du da bist.«

»Dad, das ist Elijah«, sie trat beiseite.

Elijah stand auf. »Guten Tag, Sir.«

»Nenn mich ruhig Teddy«, sagte Cats Vater, ein milder Zug legte sich auf sein faltiges, sonnengebräuntes Gesicht.

»Freut mich. Elijah.«

Der Händedruck dauerte an und Elijah wusste, dass Cats Vater im Begriff war, sein Urteil über ihn zu fällen.

»Was hältst du von den Texas Rangers?«, fragte er.

Elijah grinste. »Gutes Team, aber nicht so gut wie die Red Sox.«

Teddy lachte dunkel und klopfte ihm auf die Schulter. »Na, das werden wir am Ende ja sehen.«

Mary schüttelte den Kopf und stand auf. »Männer! Immer müssen sie über Baseball reden.«

Cat gluckste. »Oder über Autos.«

»Ich schäle mich mal eben aus meiner Uniform«, teilte Teddy mit und verschwand durch die Flügeltür aus der Küche.

»Soll ich dir ein bisschen die Gegend zeigen?«, schlug Cat vor.

Elijah atmete erleichtert aus. »Sehr gern.«

»Aber seid bitte um sieben zurück. Dann wollen wir Abendessen.«

»O Mist«, stieß Elijah hervor. »Ich habe was vergessen. Bin gleich wieder da.«

Im Vorbeigehen flüsterte er Cat »Die Blumen sind noch im Auto« ins Ohr. Sie schenkte ihm ein strahlendes Lächeln, was ein seltsames Rumoren in seinem Bauch auslöste. Es fühlte sich an, als würde ihn die Sonne von innen wärmen. Mit schnellen Schritten verließ er die Küche und stapfte zu ihrem Mietwagen.

Die Spätnachmittagssonne fiel über Elijahs Wange und ließ seine kantigen Züge weicher erscheinen. Über einem weißen T-Shirt trug er ein rot kariertes Hemd, dessen Ärmel er knapp über seinen gewölbten Bizeps hochgekrempelt hatte. »Verdammt warm hier in Texas«, meinte er, während sie im nahe gelegenen Park spazieren gingen. Spot lief ohne

Leine neben ihnen her, er hatte sich an Elijah gewöhnt und kümmerte sich nicht mehr um ihn.

Cat lachte und knuffte Elijah in den nicht vorhandenen Bauchspeck. »Ich finde es sehr angenehm.«

Er legte einen Arm um ihre Schulter, sie schlenderten nebeneinander her. »Ich finde *dich* sehr angenehm.«

Sie wusste nicht so recht, wie sie darauf reagieren sollte, also erwiderte sie einfach gar nichts. Ein paar Tauben flatterten über sie hinweg und blieben in der alten Eiche neben ihnen auf einem Ast sitzen. »Bereust du es schon?«, tropften die Worte aus ihrem Mund, ehe sie richtig darüber nachdenken konnte.

»Was soll ich bereuen?«

»Na, dass du mitgekommen bist?«

Er zögerte eine Sekunde zu lange, und sie wünschte sich, dass sie nicht gefragt hätte. Unvermittelt blieb er stehen und nahm ihr Gesicht zwischen seine Hände. »Alles, was im Zusammenhang mit dir steht, werde ich nie bereuen. Das musst du endlich begreifen.«

Cats Herz zog sich sehnsuchtsvoll zusammen. »Muss ich?«

Sein Blick wurde weich, aus seinen Augen sprach Verlangen, das ihre Knie weich werden ließ. »Ich erinnere dich kurz daran.«

Sein Mund senkte sich auf ihren, und er küsste sie so besitzergreifend, dass ihr schwindelig wurde. Als er sich wieder von ihr löste, atmeten sie beide schwer. »Ich würde ja sagen, lass uns ins Bett gehen ...«, er sprach den Satz nicht zu Ende. Cat wusste auch so, was er meinte.

Im Haus ihrer Eltern konnten sie sich schlecht am Nachmittag ins Bett verkrümeln und es dort wild treiben. »Tja, sieht nach einer Durststrecke für dich aus«, scherzte sie.

Elijah ließ seinen Zeigefinger an ihrem Kinn bis zu ihrem

Halsansatz gleiten, sie bekam eine Gänsehaut. »Ich lasse mir was einfallen, das kannst du mir glauben.«

Sie schluckte. »Ich kann es kaum abwarten.«

Sein Lachen war erfrischend. »Sollen wir deiner Mom in der Zwischenzeit etwas bei den Vorbereitungen helfen? Und was ist mit einem Geschenk für deinen Dad?«

»Ich habe schon in Boston was besorgt, das ist also kein Problem, und ... das einzige Gericht, das ich wirklich zubereiten kann, ist Lasagne.«

»Irgendwie habe ich das vermutet. Aber die Lasagne war wirklich lecker.«

»Möchtest du dich mit meiner Mutter in der Küche zusammentun?«, fragte sie. »Und ich sitze daneben und übernehme die Hilfsarbeiten. Ich könnte Zwiebeln schneiden.«

»Wieso nicht? Würdest du das sehr unmännlich finden? Ich wollte schon immer mal lernen, wie man eine richtig gute Truthahnfüllung macht. Wieso esst ihr zum Geburtstag eigentlich Truthahn?«

Sie konnte nicht anders, als herzhaft zu lachen, wenn sie sich vorstellte, dass Elijah seiner Mutter bei den Essensvorbereitungen zur Hand ging. »Ich weiß auch nicht, das hat sich irgendwann mal so ergeben, weil an Thanksgiving selten jemand zu Hause ist, haben wir irgendwann die Tradition geändert. Bei uns gibt es den Vogel deswegen immer zu Dads Geburtstag.«

»Was ist daran so witzig?«, wollte er wissen.

»Ich weiß auch nicht, irgendwie finde ich das einfach merkwürdig. Ich finde es noch merkwürdiger, dass du das anscheinend gar nicht total irre findest.«

»Warum?«

»Keine Ahnung, ich hätte dich nicht für den Typ gehalten, der so locker mit den Eltern seiner Affäre umgeht, und sich dann auch noch in die Küche stellt.« Sie wollte anfügen, dass Josh sich dem Herd freiwillig nie mehr als auf drei Meter genähert hatte. Stattdessen fragte sie: »Warum musstest du eigentlich aus Boston verschwinden? Was hast du angestellt, hm?« Es sollte wie ein Scherz klingen, aber sie sah an seinem Blick, dass das kein guter Themenwechsel gewesen war.

»Um ehrlich zu sein«, er kickte einen Stein weg. »Ich habe die falsche Frau gebumst.«

Cat sog scharf die Luft ein. Dass er so unverblümt über so etwas sprechen würde, hatte sie nicht bedacht. Ihr Fehler.

»Du hast gefragt«, verteidigte er sich. »Es war *vor* dir, Cat. Kein Grund, so schockiert zu gucken.«

»Hey«, sie hob eine Hand. »Ich wollte keine Rechenschaft von dir. Außerdem stelle ich keine Ansprüche. Da waren wir uns doch einig. Du kannst also tun, was dir beliebt.« Zudem hatten sie erst in Kanada miteinander geschlafen und waren seitdem nicht getrennt gewesen. Sie konnte sich also gar nicht betrogen fühlen, und doch ... der Stachel der Eifersucht bohrte sich schmerzhaft in ihr Fleisch. Das war nicht gut. Gar nicht gut.

Elijah blieb stehen, nun wirkte er ebenfalls irritiert. »Sind wir uns einig?«

Sie runzelte die Stirn. »Keine Ahnung?«

Jetzt sah er sogar richtig wütend aus. »Ja, ich weiß. Ich bin das frauenvernaschende Arschloch. Aber nein, ich habe keine auch nur mit dem Hintern angeschaut, seit ich dich getroffen habe.«

Sie war sprachlos über seine heftige Reaktion wegen etwas, das eigentlich ein Witz hatte sein sollen. Dass es kein Witz gewesen war, sagte ihr ihre eigene Resonanz. Sie war seltsam erleichtert zu hören, dass er nur an sie gedacht hatte – egal ob es die Wahrheit war oder nicht. Aber Elijah hatte keinen Grund, sie anzulügen. Ihr Gewissen regte sich. »Entschuldige, Elijah, ich wollte nicht ...«

Er unterbrach sie unwirsch. »Hast du etwa weitergemacht mit diesem Tinder-Scheiß?« Mit einer groben Bewegung fuhr er sich durch die Haare und schaute auf seine Füße. Sie konnte sein Zähneknirschen beinahe hören, ehe er weiterredete. »Der Gedanke fühlt sich mies an, wenn ich ehrlich bin. Ich habe das Bedürfnis, jedem, der dir auch nur eine blöde Nachricht schickt, den Kopf abzureißen. Und das ist absolut lächerlich, Cat. Ich erkenne mich kaum wieder.« Er stieß einen tiefen Seufzer aus und starrte in die andere Richtung.

Ihr Mund klappte auf, sie wollte etwas sagen, aber er lief weiter und ließ sie stehen.

Was war auf einmal mit ihm los? War Elijah etwa auch eifersüchtig? Tief in ihr drin freute sie sich wie ein Kind, aber sie konnte es auch falsch interpretiert haben. »Hey, warte auf mich«, rief sie und rannte ihm hinterher. Es dauerte einen Moment, bis sie ihn eingeholt hatte. Sie zupfte an seinem Hemd, als er keine Anstalten machte, von ihr Notiz zu nehmen. »Elijah!«

Er blieb stehen. »Was?!«

Sie schauten sich einige Sekunden wortlos an, seine Augen glitzerten. Die Schmetterlinge in ihrem Bauch flatterten wild umher. »Ich weiß nicht, was ich falsch gemacht habe, aber was es auch war, es tut mir leid. Okay? Und ich habe Tinder seit unserem letzten Gespräch darüber nicht mehr benutzt.«

Er schnaubte leise. »Als ob mich das interessieren würde.«

Cat glaubte ihm nicht, ihr Herz machte einen freudigen Satz. Im nächsten Augenblick riss er sie an sich und verschloss ihren Mund mit einem Kuss. Er hätte mit Worten nicht deutlicher sagen können: »Du gehörst mir.«

Er stöhnte leise, als sie sich an ihn schmiegte. Seine Hände vergruben sich in ihrem Haar, plötzlich löste er sich von ihr. »Verdammt. Ich habe keine Ahnung, wie ich das aushalten soll.« Er schaute hinab, Cat sah die Ausbuchtung in seiner Hose ebenfalls. Sie hatte zwar noch nicht so ganz begriffen, was eben passiert war, aber es gefiel ihr. Sie *wollte* ihm gehören.

»Denk an was Schreckliches«, schlug sie mit einem verschlagenen Grinsen vor.

Er legte seine Stirn an ihre. »Mir fällt nichts ein, außer, dass ich dich besinnungslos küssen möchte.«

Sie gluckste. »Komm, lass uns zurückgehen. Wenn du wirklich das Geheimrezept meiner Mom erschleichen willst, sollten wir keine Zeit verlieren.«

»Okay, das ist ein Argument. Bis dahin dürfte sich mein Zustand wieder normalisiert haben.«

Er verschränkte seine Finger mit ihren. Es fühlte sich beinahe an, als wären sie ein echtes Paar. Niemand sagte mehr ein Wort über den kurzen Ausbruch im Park. Dennoch schwang von nun an etwas in jedem Blick, in jeder Berührung mit, die Cat Hoffnung machte, dass da auch von Elijahs Seite mehr war, als sie je zu träumen gewagt hätte. Sie riefen Spot und gingen Hand in Hand zurück.

Kapitel 13

Elijah hatte seine rechte Hand im Truthahn versenkt, Cat konnte gar nicht hinsehen. Diesen Teil der Geburtstagsvorbereitungen fand sie widerlich. Natürlich war ihr klar, dass sich das gerupfte Vieh nicht von selbst füllte, aber kaltes, rohes Fleisch, das immer noch nach Tier aussah, war nichts für sie.

Mary Archer hingegen warf verzückt die Arme in die Luft. »Du bist ein Naturtalent«, lobte sie Elijah, der daraufhin ein tiefes Lachen ausstieß. »Warten wir mal ab, wie es am Ende ausschaut.«

»Das passt schon.« Sie klopfte ihm auf die Schulter. »Cat, wie weit bist du mit den Süßkartoffeln?«

»So gut wie fertig«, antwortete sie.

»Wunderbar.« Ihre Mom wirkte absolut zufrieden. »So entspannt habe ich diesem Geburtstag noch nie entgegengesehen. Es ist wirklich schön, Hilfe zu haben.«

Cat wollte protestieren, schließlich hatte sie oft genug angeboten, ihr zur Hand zu gehen. Als sie kleiner gewesen war, hatte sie immer zu hören bekommen, dass es zu kompliziert sei, und später hatte sie es nicht mehr versucht.

»Ich habe mir genau gemerkt, was alles in der Füllung drin ist«, meinte Elijah mit einem Lächeln im Gesicht, das Eisberge zum Schmelzen bringen konnte.

»Das Geheimnis sind die Kräuter«, sagte sie und stellte

den Backofen an. »Viele nehmen nur Petersilie, aber ich schwöre darauf, auch Majoran und Thymian dazuzugeben. Das bringt das gewisse Etwas.«

Elijah wusch sich die Hände. »Keine Sorge, dein Geheimnis ist bei mir sicher.«

Sie lachte. »Na, hoffentlich. Nächstes Jahr werde ich dich abfragen.«

Cat beobachtete Elijah und bemerkte, dass er sich kaum merklich versteifte. Er stellte das Wasser ab und trocknete sich die Hände mit einem Handtuch. Hoffentlich sagte er jetzt nichts Falsches.

»Variierst du nie bei den Zutaten?«, wandte er sich an Mary.

Cat atmete aus, erst jetzt merkte sie, dass sie bis dahin die Luft angehalten hatte. Sie fing Elijahs Blick auf, für einen Augenblick erkannte sie Bedauern darin, in der nächsten Sekunde hatte er die Lider gesenkt, und sie glaubte, sich getäuscht zu haben.

»So, ihr beiden, wollt ihr nicht noch ein bisschen auf der Veranda sitzen, bis wir essen? Dad wirft gleich den Grill an.«

»Brauchst du noch Hilfe?«, fragte Cat.

»Nein, Sweetheart, den Salat habe ich schon vorbereitet, die Kartoffeln und den Rest macht Dad auf dem Grill. Und jetzt raus aus meiner Küche, ihr Süßen.«

Elijah trat vor Cat und reichte ihr seine Hand. »Du hast es gehört.«

Mit einem Ruck zog er sie auf die Beine, sodass sie beinahe an seiner breiten Brust gelandet wäre. Er küsste sie auf die Stirn, was Cat mehr als alles andere aus der Fassung brachte. Er spielte seine Rolle gut. Zu gut.

»Kinder«, mahnte ihre Mutter. »Nun geht schon, ich möchte noch ein bisschen aufräumen. Ihr steht mir im Weg.«

Cat räusperte sich, dann merkte sie, wie Elijah sie an der Hand nahm und aus der Küche zog.

Eine Stunde später stand Elijah im Garten und unterhielt sich mit Cats Vater. Spot lag mit einem Kauknochen im Schatten. Die beiden hatten tatsächlich so was wie Freundschaft geschlossen. Cat war noch einmal nach oben gegangen, weil sie nach den Küchenarbeiten duschen wollte. Er hätte zwar nichts lieber getan, als sich mit ihr unter den heißen Wasserstrahl zu stellen, aber da Cat seine Idee mit einem schockierten Kopfschütteln kommentiert hatte, war er einfach nach draußen gegangen. Von Selbstgeißelung hielt er nicht viel, und nichts anderes wäre es gewesen, im Zimmer neben dem Bad zu warten, während er wusste, dass sie sich hinter der anderen Wand nackt einseifte.

»Das Geheimnis guter Spareribs ist die Garzeit«, meinte Teddy und kontrollierte noch einmal die Temperatur am Grill.

»Absolut«, meinte Elijah geistesabwesend, weil er immer noch die Bilder von Cats nacktem, nassem Körper vor Augen hatte. Er räusperte sich und zwang sich, sein Gegenüber anzusehen. Zum Glück wusste ihr Vater nicht, woran er gerade gedacht hatte.

»Eilig darf man es natürlich nicht haben.« Er lachte rau.

»Wenn man es eilig hat, sollte man lieber Burger grillen.«

»Da stimme ich dir vollkommen zu, mein Junge.«

»Hi Leute«, ertönte eine dunkle Stimme hinter ihnen.

»Oh, da bist du ja, Sebastian. Haltet mal kurz die Stellung, ich muss noch die Glasur für die Rippchen holen.«

Elijah wandte sich um und sah einen hochgewachsenen, sportlich wirkenden Mann. Er hatte die gleiche Augenfarbe wie Cat, allerdings waren seine Haare einen Tick dunkler. Er trug ein graues Longsleeve mit dem Aufdruck *looking shitty, feeling pretty.*

»Hallo«, sagte Elijah und schmunzelte. Er mochte ihn auf Anhieb.

»Hi, ich bin Cats Bruder«, meinte dieser und hielt ihm seine Hand hin.

»Freut mich.« Elijah erwiderte den Gruß.

»Wo ist meine Lieblingsschwester eigentlich?«

»Macht sich gerade ein bisschen frisch«, erklärte Elijah. »Wir haben den Truthahn gestopft.«

»Interessant. Äh. Willst du vielleicht ein Bier?«, fragte Sebastian.

»Nein, danke. Ich trinke keinen Alkohol.«

Sebastian nickte ernst. »Verstehe, kein Problem.«

Elijah kannte diesen Blick. »Ich bin kein Alkoholiker, wenn du dich das gerade fragst.«

Sebastian senkte schuldbewusst die Lider. »Sorry, das wollte ich nicht damit sagen.«

»Ist schon okay, wenn es meine Schwester wäre, würde ich mir die gleichen Fragen stellen, die dir gerade durch den Kopf gehen. Aber keine Sorge, ich brauch keinen Alkohol, um Mist zu bauen.« Elijah grinste.

Cats Bruder schaute ihn überrascht an, dann lächelte auch er. »Das spricht für dich, Mann.«

Elijah verzog seinen Mund. Er wusste selbst nicht genau, warum er das Bedürfnis hatte, sich zu erklären. Aber er tat es, und es fühlte sich gut an. »Ich hatte 'ne scheiß Kindheit, deswegen trinke ich nicht.«

»Gute Entscheidung.« Mehr sagte Sebastian nicht dazu, und er war ihm dankbar dafür. Sie schwiegen in stillem Einvernehmen. Offenbar war die Sympathie beidseitig.

Das war das Gute an Männergesprächen, Kerle gingen einem nicht auf den Zeiger und wollten nicht mehr wissen, als nötig war. Frauen kapierten das nie, deshalb hatte er keine weiblichen Freunde.

Bis auf Cat.

Aber war sie wirklich nur eine Freundin?

Elijah hatte noch nicht begriffen, welche Rolle sie für ihn spielte, und er wollte das auch nicht näher analysieren. Er wusste nur, dass er sich in ihrer Nähe wohl fühlte und sie sexuell begehrte. Das eine hatte das andere bislang immer ausgeschlossen, deswegen war er jetzt ziemlich verwirrt.

Sie plauderten eine Weile, er erfuhr, dass Sebastian als Kinderarzt in einem Krankenhaus arbeitete und Single war, dann kam Teddy wieder, und das Gespräch wurde auf Baseball gelenkt.

Zum Essen gingen sie ins Haus. Als Mary ihren Sohn sah, umarmte sie ihn, dann starrte sie auf seine Brust. »Meine Güte, hast du wieder eines dieser blöden Shirts an? Man meint, du könntest dir bei deinem Job was Vernünftiges zum Anziehen leisten. Habe ich dir nicht so ein schönes Hemd zum Geburtstag geschenkt?«

»Ziehe ich morgen an, Mom.«

Sie verdrehte die Augen, dann forderte sie alle auf, sich zu setzen. Teddy knallte eine Platte mit verführerisch riechenden Spareribs auf den Tisch, während Mary Kartoffeln und Salat verteilte. Er warf Cat, die ihm am Tisch gegenübersaß, einen verstohlenen Blick zu. Sie trug ein gewickeltes Kleid mit Blumen darauf. Es betonte ihr Dekolleté sehr vorteilhaft, ihre Wangen waren gerötet, die Haare hatte sie hochgesteckt. Zwei Locken umrahmten ihr herzförmiges Gesicht. »Du siehst hübsch aus, Cat«, sagte er zu ihr.

»Danke.« Ihr Erröten fand er zuckersüß. Sie war es wohl nicht gewohnt, viele Komplimente zu bekommen. Wenn er diesen Josh noch einmal traf, würde er ihm ...

Nein, würde er nicht.

Er atmete tief ein und breitete seine Serviette auf dem Schoß aus.

»Wer möchte Eistee?«, erkundigte sich Sebastian und hielt einen Krug hoch.

Nachdem alle versorgt waren, wünschte man sich guten Appetit. Das Gespräch am Tisch drehte sich größtenteils um alte Schulkollegen der beiden, Sebastian und Cat rissen Witze, und immer wieder sah er, dass Cat den Kopf schüttelte.

»Ich wohne wohl schon zu lange weg, ich kann mir das gar nicht vorstellen. In meinem Kopf wird Sabrina immer siebzehn bleiben. Gott, Sebastian, sie war so verliebt in dich!«

»Waren das nicht alle Mädchen?«, gab er selbstherrlich zurück.

Cat verdrehte die Augen. »Du warst schon immer so ein Großkotz. Warum habe ich nichts von dieser Eigenschaft abbekommen, Mom?« Sie schob ihre Unterlippe gespielt beleidigt vor, dann musste sie lachen.

»Deswegen ist dein Bruder noch Single! Schon über dreißig und noch keine Frau in Sicht. Aber wer soll es mit so einem Junggesellen schon aushalten!« Sie tupfte sich den Mund mit einer Serviette ab. »Und das, obwohl er Kinderarzt ist.«

»Mary«, sagte Teddy, spießte ein Rippchen mit einer Gabel auf und legte es auf seinen Teller. »Weil er Kinderarzt ist, kommen zu ihm halt nur Frauen, die schon Familie haben.«

Sebastian brummte etwas in seinen nicht vorhandenen Bart. »Meine biologische Uhr tickt noch nicht«, sagte er dann.

Cat schnitt eine Grimasse, sagte aber nichts, doch Elijah konnte förmlich hören, was sie dachte. Er konnte sich Cat sehr gut als Mutter vorstellen, sie war so liebevoll, selbstlos und herzlich. Ein Baby würde ihr gut stehen.

Dann würde er nicht mehr an ihrer Seite sein, die Erkenntnis schmerzte ihn seltsamerweise.

»Hört doch mal auf, über die Dorfbewohner zu reden«,

meinte Cat, er spürte ihren Blick auf sich. »Elijah kann gar nicht mitreden.«

»Entschuldigung, wir haben gar nicht gemerkt, wie wir abgedriftet sind«, meinte Mary zerknirscht.

»Das ist gar kein Problem. Ich bin sowieso zu sehr damit beschäftigt, die herrlichen Rippchen zu essen. Ich könnte gar nicht sprechen.« Er lachte und nahm sich noch eins von der Platte, obwohl er seltsamerweise keinen Appetit mehr hatte. Dabei liebte er Spareribs sonst über alles.

»Was gefällt dir denn am meisten in Boston?«, wollte Teddy wissen. »Für mich wäre so ein Leben in der Großstadt nichts.«

Elijah war froh, dass es nicht mehr ums Kinderkriegen und Heiraten ging, also erzählte er, was ihm an Boston so gefiel. »Die Mischung aus Alt und Neu, die Ostküste hat schon was. Ich mag auch das Klima, wobei, die Schneestürme können schon mal nerven.«

Alle am Tisch lachten.

»Ansonsten hat man alles, was man sich vorstellen kann, die Nähe zur Natur, das Meer, Nachtleben ...«

Cat verschluckte sich und hustete.

»Jeder hat eine Vergangenheit«, meinte Mary mit einem milden Lächeln.

»Tolle Restaurants«, fuhr er unbeirrt fort, bis Cat sich wieder erholt hatte.

Irgendwann verabschiedete sich Sebastian, Teddy verschwand nach draußen, um den Grill sauber zu machen.

Mary gähnte unterdrückt. »Mom, geh nur schlafen, wir räumen auf«, schlug Cat vor.

»Das geht doch nicht«, protestierte sie.

»Doch, das geht«, auch Elijah bestand darauf. »Ich habe endlich begriffen, worauf es bei einem Truthahn ankommt, dafür bin ich auf ewig dankbar.«

Sie lachte. »Na schön, ihr beiden. Wie macht denn deine Mom den Truthahn? Oder feiert ihr Thanksgiving nicht traditionell?«

Cat sah sofort, wie Elijah sich versteifte. »Meine Mutter ist schon vor einer Weile gestorben.«

Erschüttert hob Mary die Hände ans Gesicht. »Das tut mir leid. Entschuldige.«

Er nickte verständnisvoll. »Das macht nichts, ist in Ordnung. Ist schon lange her.«

Mary ging zu ihm und legte ihm eine Hand auf den Oberarm. »Du bist hier jederzeit willkommen, mein Junge.«

Cat schluckte, als sie begriff, dass Elijah vermutlich nicht wieder herkommen würde. Es machte ihr nichts aus, ihren Eltern die Wahrheit über die Art ihrer Beziehung zu Elijah zu verschweigen. Aber es tat ihr irgendwie weh zu sehen, wie wunderbar er in diese Familie passen würde, dass sie sich unweigerlich fragte, ob je wieder ein Mann dieses Haus betreten konnte, ohne dass sie ihn mit Elijah verglich.

»Gute Nacht, ihr Süßen«, sagte ihre Mom und riss sie damit aus ihren Gedanken. »Danke, dass ihr den Abwasch übernehmt.«

»Ist doch klar«, gab Elijah zurück und lächelte sie an, bevor sie die Treppe hinauf verschwand.

Cats Herz tat plötzlich weh, sie wandte sich ab und versuchte, sich wieder zu fangen. Elijah umarmte sie von hinten und drückte ihr einen Kuss in den Nacken. »Wenn du auch müde bist, geh ruhig schon nach oben. Ich komme hier auch alleine zurecht.«

Sie schloss die Augen, in denen Tränen brannten. »Nicht doch, ich lass dich doch nicht, nachdem du ein Abendessen mit meiner ganzen Familie überlebt hast, alles aufräumen.«

»Es war gar nicht so schlimm«, flüsterte er an ihrem Ohr und gab ihr einen Kuss darauf.

Sie drehte sich zu ihm und schaute auf. »Du bist nett.«

Er verdrehte die Augen. »Ich hasse es, wenn du das sagst.«

Daraufhin musste sie lachen. »Dann husch, machen wir hier sauber, damit wir auch ins Bett kommen.«

Ein gequälter Ausdruck zuckte über sein Gesicht. »Die Folternacht wartet auf mich, hm?«

Sie grinste, dann flüsterte sie in seine Richtung. »Wir können ja leise sein.«

Zum ersten Mal, seit sie ihn kannte, erlebte sie ihn sprachlos.

Eine halbe Stunde später standen sie in ihrem kleinen Zimmer, das am Ende des Flurs im ersten Stock lag. »Zum Glück schlafen deine Eltern nicht direkt nebenan.« Seufzend zog er seine Jeans aus.

Cat lag bereits im Pyjama auf dem Bett und beobachtete ihn und das Spiel seiner Muskeln. Sie wurde nie müde, ihn anzusehen. »Vergiss meine Eltern.«

Er krabbelte zu ihr. »Wie vielen Jungs hast du das schon in genau der gleichen Pose gesagt?«

»Das bleibt mein Geheimnis«, wisperte sie und rollte sich auf ihn.

Elijahs Hände legten sich auf ihren Hintern. Er brummte etwas Unverständliches, von wegen es würde verdammt schwer werden, nicht das ganze Haus aufzuwecken, weil sie ihn so scharf machte. Cat gefiel es, dass ein so erfahrener Typ wie Elijah so leidenschaftlich auf sie reagierte. Im nächsten Moment vergaß sie, was sie sagen wollte, denn seine Hände stellten Dinge mit ihr an, die sie um den Verstand brachten.

Sie liebten sich unter der Decke, das Licht war aus, sie versuchten, dabei so leise wie möglich zu sein, was dem Ganzen einen besonderen Kick verlieh. Cat biss in Elijahs Schulter, als sie kam. Er stöhnte tief in ihr Kopfkissen, während er sie festhielt, als wollte er sie nie wieder gehen lassen.

In dem Moment begriff sie, dass sie ihn liebte.

Verdammter Mist.

Wie hatte das nur in so kurzer Zeit passieren können?

»Geht's dir gut?«, fragte er leise.

»Blendend«, log sie.

Elijah küsste sie auf die Stirn, dann zog er sich aus ihr zurück und hinterließ eine beinahe schmerzhafte Leere in ihr. Sie wollte nicht, dass es endete. Er sollte für immer so innig mit ihr verbunden sein, aber das war nicht möglich. Sie wusste es. Er wusste es auch. So war es von Anfang an verabredet gewesen. Und trotzdem verlangte ihr Herz nach mehr.

Sie unterhielten sich einen Augenblick in gedämpftem Tonfall, irgendwann hörte sie Elijahs gleichmäßige Atemzüge. Im Schein des Mondlichts stützte sie sich auf die Seite und betrachtete ihn. Er wirkte so unbeschwert, so frei.

Sie konnte ihm diese Freiheit nicht nehmen, er würde sie auch nicht für sie aufgeben.

»Ich liebe dich«, flüsterte sie so leise, dass sie es selbst kaum hören konnte. Aber sie wollte es wenigstens einmal aussprechen, auch wenn sie sicher war, dass er nie das Gleiche zu ihr sagen würde. Es war okay. Sie war selbst schuld. Sie hatte sich mal wieder in den Falschen verliebt.

Sehr spät schlief auch Cat endlich ein, wurde jedoch bald wieder geweckt. Elijah warf sich unruhig hin und her. Er schwitze und murmelte im Schlaf vor sich hin. Sie beugte sich zu ihm, aber sie konnte nicht verstehen, was er sagte. Es war klar, dass er einen Albtraum hatte, also weckte sie ihn sanft auf.

»Elijah«, flüsterte sie und rüttelte an seiner Schulter. »Du hast schlecht geträumt.«

»Was?« Er hob desorientiert den Kopf. Als er begriff, wo er war, legte er ihn zurück aufs Kissen und rieb sich mit der Hand über das Gesicht.

»Alles okay?«, erkundigte sie sich.

»Ja.«

Sie wusste, dass er log. »Kann ich etwas für dich tun? Willst du ein Glas Wasser?«

Er zog sie an seine Brust und küsste sie auf den Scheitel. »Du hilfst mir mehr, als du ahnst.«

Sie verstand nicht, was er meinte, aber wollte nicht nachfragen. Eine Weile sagte niemand etwas, sie glaubte, dass er wieder eingeschlafen war, als er weitersprach. »Meine Mom war drogenabhängig. Sie hat mir immer wieder versprochen, dass es bald damit vorbei sein würde. Dann sind wir mal wieder umgezogen, und nach ein paar Wochen ging es wieder von vorne los. Ich habe so viele Neuanfänge hinter mir, dass ich irgendwann aufgehört habe zu zählen.«

Sie war schockiert über sein Geständnis, wollte ihn aber nicht unterbrechen. Stattdessen suchte sie seine Hand und legte ihre darauf.

»Meine Kindheit war schon mies, als sie noch lebte, aber sie wurde richtig scheiße, nachdem sie gestorben war. Überdosis, vielleicht hatte sie genug davon, immer nur zu kämpfen. Abhängig zu sein. Was mit mir passierte, war wohl nicht so wichtig. Ich bin von einer Pflegefamilie zur nächsten gereicht worden, bis es mir zu blöd wurde.«

»Was hast du getan?«

»Ich bin abgehauen.«

»O Gott. Wohin? Wie alt warst du überhaupt?«

»Als sie gestorben ist?«

»Ja.«

»Acht.«

»Es tut mir so leid.« Sie konnte sich nicht vorstellen, was er alles durchgemacht hatte.

»Du kannst nichts dafür. Irgendwann habe ich Nate getroffen. Mit ihm war alles besser. Wir haben uns verstanden, ohne Worte, ohne Bedingungen.«

Sie hatte von Liv etwas über seine Vergangenheit gehört, aber keine Details. »Ihr seid richtig gute Freunde.«

»Wir sind mehr als das. Er ist meine Familie.«

Sie wollte es nicht, aber sie war eifersüchtig auf Nate, obwohl es bescheuert war. Trotzdem, *sie* wollte Elijahs Familie sein.

»Ein Zuhause hatte ich nie«, fuhr er leise fort. »Ich weiß nicht einmal, was das ist. Alle sprechen darüber, für mich sind es nur sieben Buchstaben ohne Bedeutung.«

Sie verstand endlich, warum seine Wohnung so unpersönlich eingerichtet war, aber nicht, wieso er nichts daran änderte. Aber was wusste sie schon. Sie konnte nicht mitreden, sie hatte ihre gesamte Kindheit in diesem Haus verbracht, ihre Eltern waren glücklich zusammen, sie war wohlbehütet und in dem Wissen aufgewachsen, geliebt zu werden. Auf einmal schämte sie sich, dass sie wegen ein bisschen Liebeskummer wochenlang herumgejammert hatte. Was musste Elijah nur darüber gedacht haben? Ihre Wangen brannten, und dann realisierte sie, dass es jetzt gerade nicht um sie ging.

»Ich wünsche dir, dass du es eines Tages anders siehst«, flüsterte sie. »Ich kann mir gar nicht vorstellen, wie ein Leben ohne meine Familie aussehen würde.«

»Es ist schön, euch zusammen zu erleben.« Er strich über ihre Haare, gedankenverloren, so als ob er die Bewegung selbst nicht bewusst wahrnahm. Irgendwie lag etwas Tröstliches darin, obwohl sie *ihn* aufmuntern müsste und nicht umgekehrt. Sie war nicht besonders gut darin. Leider.

Du könntest ein Teil davon sein, schrie ihr Herz.

»Es ist schön, dass du mit mir hier bist«, sagte sie stattdessen.

»An dir ist irgendwas, Cat«, murmelte er und zog sie dichter an seinen Körper. »Es ist mehr als nur die Art, wie wir miteinander schlafen. Es ist etwas, das mich zwingt, an dich zu denken, während ich mit deinem Bruder am Grill stehe oder deiner Mom dabei zusehe, wie sie die Blumen auf dem Tisch arrangiert.«

Sie hörte auf zu atmen.

»Schlaf mit mir«, bat er sie. Seine Stimme klang rauer als sonst.

Und das tat sie. Sie liebten sich langsam und zärtlich. Mittlerweile wusste sie genau, was ihm gefiel, was ihm die Sinne raubte und was ihn genüsslich aufseufzen ließ. Sie schlief mit ihm, als wäre es das letzte Mal. Denn sie wusste nicht, was morgen sein würde.

Als sie mit ihm kam, löste sich eine Träne aus ihrem Augenwinkel. Zum ersten Mal in ihrem Leben weinte sie nicht, weil sie nicht geliebt wurde, sie weinte, weil sie Elijah Liebe wünschte. Er hatte es verdient, ob mit ihr oder mit jemand anderem. Sie hatte gefühlt, wie viel Schmerz er in sich trug. Etwas zwischen ihnen hatte sich verändert, und Cat fürchtete sich vor der kommenden Dämmerung.

Kapitel 14

Elijah war geflüchtet. Vor der Wahrheit. Vor Cats Nähe. Vor sich selbst. Nun saß er auf der Veranda des Hauses ihrer Eltern und trank eine Tasse Kaffee. Es war ein kühler Oktobermorgen, die Welt da draußen schlief noch. So kam es ihm zumindest vor. In der Nachbarschaft bellte ein Hund, ansonsten hörte er nichts außer dem Wispern des Windes in den goldenen Blättern der Bäume. Spot hatte sich zu seinen Füßen gelegt, der kleine Kerl suchte immer wieder seine Nähe.

»Guten Morgen«, hörte er irgendwann eine Stimme hinter sich. Die Tasse in seinen Händen fühlte sich nur noch lauwarm an, er hatte noch keinen Schluck davon getrunken.

»Guten Morgen«, gab er zurück und drehte sich um. Auf der Türschwelle stand Cat, sie trug ihren Pyjama, die Locken waren zerzaust, ihre Augen verschlafen.

»Gut geschlafen?«

Sie nickte. »M-mh. Und du?«

»Bestens.«

Sie schwiegen, niemand rührte sich. Cat kam nicht heraus, und er stand nicht auf.

»Ich habe schlechte Neuigkeiten.« Er wich ihrem Blick aus und schaute auf seine Schuhe.

»Was ist los?« Ihre sonst so lebhafte Stimme war tonlos

geworden. Sie ahnte es vermutlich, sie war eine kluge Frau. Das war einer der Gründe, warum er gehen musste.

»Ich muss morgen zurück im Büro sein.« Er stand auf und wandte sich ihr zu.

»Oh.«

»Tut mir leid.«

Cat tat alles, um zu verbergen, was wirklich in ihr vorging. Aber er war vielleicht ein Arschloch, aber kein Idiot. »Das ist doch kein Problem«, sagte sie und bemühte sich zu lächeln. Es klebte in ihrem Gesicht wie falsche Wimpern. Dennoch bewunderte er sie dafür, dass sie es schaffte, Haltung zu bewahren. Insgeheim hatte er vielleicht gehofft, dass sie ihn anschreien würde, dass sie ihm sagen würde, was er verdiente.

»Ich wünschte, es wäre anders.« Seine Stimme klang rau, er schaute sie geradewegs an, denn es war tatsächlich so. Er wünschte, er könnte anders sein. Er wünschte, er könnte ihr geben, was sie verdiente. Aber was er hier erlebt hatte, führte ihm nur noch deutlicher vor Augen, was er niemals haben konnte.

Der Einblick, der ihm in diese kleine, heile Welt gewährt worden war, hatte ihm deutlich gezeigt, wozu er nie fähig sein würde. Cat kam aus einer bodenständigen Familie, sie war zu Anstand und aufrichtiger Moral erzogen worden. Nichts davon traf auf ihn zu.

»Wann willst du los?« Er sah, dass sie schluckte. Er spürte den Kloß ebenfalls in seinem Hals.

Elijah räusperte sich. »Mein Flug geht in drei Stunden.«

»Oh, schon so bald, du isst nicht mehr mit uns?«

Beinahe hätte er gelacht. »Keine Sorge, ich falle nicht vom Fleisch.«

»Aber der Truthahn …« Als sie merkte, was sie sagte, hielt sie inne. Dann schloss sie ihren hübschen Mund und schlang sich die Arme um den Körper. »Es ist kalt hier draußen. Ich werde reingehen.« Sie wandte sich um.

»Cat?«

»Ja?« Er sah, dass Hoffnung in ihren Augen glomm.

»Bringst du mich zum Flughafen?«

Sie überlegte einen Moment. Dann nickte sie. »Natürlich. Was ist mit dem Mietwagen?«

»Den hatten wir doch bis Sonntag gebucht, ist es in Ordnung, wenn du ihn bis dahin behältst?«

Sie zuckte die Schultern. »Klar.«

»Danke.« Das Verlangen, zu ihr zu gehen und sie in seine Arme zu ziehen, war groß, aber er wusste, dass es falsch war.

Anderthalb Stunden später saßen sie im Honda, Cat fuhr. Ihre Hände umklammerten das Lenkrad so fest, dass ihre Knöchel weiß hervortraten. Regen hatte eingesetzt, die Scheibenwischer verursachten ein quietschendes Geräusch auf den Scheiben, im Radio lief ein alter Song von Bryan Adams. Die Verabschiedung von Cats Familie war knapp ausgefallen, aber er glaubte, dass sie ihm seine Lügen abgekauft hatten. Er war ein Geschäftsmann, manchmal passierten Dinge, die es unabdinglich machten, sofort aufzubrechen. Mary Archer hatte ihn fest in die Arme gezogen und ihm eine gute Reise gewünscht. »Bis bald, mein Junge«, hatte sie noch gesagt und ihn auf die Wange geküsst.

»Bis bald«, hatte er erwidert, doch innerlich wusste er, dass er ihr Haus nicht noch einmal betreten würde. Es war ein Fehler gewesen, überhaupt herzukommen. Sein Egoismus hatte über den Verstand gesiegt. Trotzdem bereute er nicht, hier gewesen zu sein. Cat hatte eine tolle Familie, er beneidete sie ein wenig darum. Aber er war kein Typ, der der Vergangenheit nachweinte. Wenn dem so wäre, wäre er lange schon daran zerbrochen. Er schaute nach vorne, die Zukunft lag vor ihm. Und die Familie Archer war darin nicht vorgesehen.

Cat verlangsamte den Wagen und hielt auf einem Parkplatz vor dem Abflugsterminal. »Da sind wir.«

Sie stellte den Motor nicht aus, als Elijah sich abschnallte. »Danke, dass du mich hergebracht hast.«

»Klar, kein Ding.« Sie gab sich lässig, aber er sah an ihrem angespannten Kiefer, dass es ihr schwerfiel.

Er beugte sich zu ihr und atmete ihren frischen Pfirsichduft ein. Dann legte er seine Hand an ihre Wange und schaute sie an. Sie reckte ihr Kinn ein wenig nach vorne und straffte sich.

Zart legte er seine Lippen auf ihre, nur für eine Sekunde, dann zog er sich zurück. Er hätte nicht gedacht, dass es ihm so schwerfallen würde zu gehen. »Bis bald, Kätzchen.«

»Wir sehen uns«, erwiderte sie mit einem zaghaften Nicken.

»Grüß deine Eltern und deinen Bruder noch mal von mir.«

»Logisch. Mache ich.«

Dann stand er auf, nahm seine Tasche vom Rücksitz und sah sie noch ein letztes Mal an. Ihre grünen Augen verrieten nicht, was in ihr vorging. Er atmete tief ein. »Ciao.«

»Tschüss.«

Dann schlug er die Tür zu und ging, ohne sich noch einmal umzublicken, davon.

* * *

In der darauffolgenden Woche saß Cat im Büro und arbeitete den Stapel liegen gebliebener Papiere ab. Sie machte einen Fehler nach dem anderen, weil sie nicht bei der Sache war und immer wieder an die Tage mit Elijah dachte. Und an die Nächte. Immer wieder grübelte sie, wie sie den Punkt hatte verpassen können, auszusteigen, ohne ihr Herz an ihn zu verlieren.

Es ist besser, dass es vorbei ist, sagte das Stimmchen in ihrem Kopf.

Ihr Herz sah das leider anders.

»Hey Cat, möchtest du einen Kaffee?«, fragte Natalie. Ihr dunkler Haarschopf war zu einem Dutt frisiert, das Gesicht ebenmäßig und glatt, was Cat allerdings am meisten überraschte, war das ehrlich wirkende Lächeln auf ihren vollen Lippen.

Was war denn in sie gefahren? Seit wann war sie nett zu ihr? »Äh, wieso fragst du?«, gab Cat unbeholfen zurück.

»Na, weil ich sowieso in die Küche gehe. Da dachte ich, ich könnte dir einen mitbringen. Aber wenn du keinen willst?« Natalie runzelte die Stirn, als ob sie sich nicht vorstellen konnte, warum Cat ablehnen könnte.

Cat grübelte, war das vielleicht ein Friedensangebot? »Ja, nein. Also ich meine«, stammelte sie, dann schmunzelte sie über ihre Unsicherheit. Sie straffte ihren Rücken. »Klar, bring mir doch bitte einen mit. Mit Milch.«

»Okay. Sehr gern.« Natalie schwebte nahezu über den Flur, ihre schmalen Hüften schwangen bei jedem Schritt. Die Absätze ihrer Louboutins klapperten auf dem Boden.

Sie starrte ihrer Kollegin hinterher und nagte am Bleistift. Der Gedanke, dass sie ihr Abführmittel in den Kaffee kippen könnte, schoss ihr durch den Kopf. »Sei nicht albern«, murmelte sie vor sich hin und versuchte, weiterzuarbeiten.

Kurz darauf stellte Natalie eine dampfende Tasse auf ihren Schreibtisch. »Bitte schön, mit Milch.«

»Vielen Dank, Natalie.«

Sie sahen sich an, dann sagte ihre Kollegin. »War ganz schön langweilig hier ohne dich.« Sie lächelte schüchtern.

Irgendwas war im Busch. »Findest du?« Cat kniff die Augen ein wenig zusammen, weil sie einfach nicht verstand, warum sie auf einmal so freundlich zu ihr war.

Natalie trat einen Schritt näher. »Hey, ich verstehe, dass du mich nicht leiden kannst. Ich ... wollte mich entschuldigen. Ich habe lange nicht gemerkt, dass ich meinen Frust an dir ausgelassen habe. Es war nicht persönlich gemeint und einfach dumm von mir.«

Wow. Cat blieb der Mund offen stehen. Jemand musste Natalie eine Gehirnwäsche verpasst haben, während sie weg gewesen war. Es war also wirklich ein Friedensangebot, und es wirkte ehrlich.

»Ja, äh«, sagte Natalie und schlug die Augen nieder. »Ich mach dann mal weiter.«

»Hey, Natalie«, sagte Cat dann. »Wir können ja mal nach Feierabend was trinken gehen. Irgendwann. Das hat keine Eile«, plapperte sie, weil sie sich plötzlich dämlich vorkam.

Auf dem Gesicht ihrer dunkelhaarigen Kollegin erschien ein schüchternes Lächeln. »Ja, das würde mich freuen.«

Cat war überrascht, aber irgendwie glücklich, dass zumindest im Büro das Leben fortan – hoffentlich – etwas einfacher werden würde. Einen andauernden Krieg mit Natalie würde sie nicht auch noch ertragen.

Als sie am Abend gedankenverloren aus dem Bus stieg, zog sie die Kapuze über den Kopf. Es nieselte, außerdem war es eisig kalt. Dunkelheit hatte sich über die Stadt gesenkt. Zu spät bemerkte sie, dass jemand vor ihr stand, im nächsten Moment stießen sie auch schon zusammen.

»Autsch«, stieß dieser jemand hervor, dessen Stimme ihr sehr bekannt vorkam.

Sie hob ihren Kopf, während sich ihr Magen nervös zusammenzog. Zufall war das sicher keiner. »Elijah, was tust du hier?«, brachte sie hervor, ihre Stimme klang atemlos.

Seine Haare waren vom Regen nass und klebten ihm am Kopf, sein Grinsen war dafür umso breiter. »Hi Kätzchen. Nette Begrüßung.«

Hitze stieg in ihre Wangen, sie ärgerte sich, dass sie nicht gelassener war. »Was machst du hier?«, wiederholte sie.

Er lachte. »Ich dachte, wir könnten zusammen ins Kino gehen oder so.«

»Oder so?« Sie war immer noch verwirrt, weil sie nicht begriff, warum er erst verschwunden war und nun unvermittelt bei ihr auftauchte.

»Ich hab dich vermisst«, sagte er, und jeglicher Schalk war aus seinen Augen verschwunden.

Cat schluckte. Das war eine simple Antwort auf die Frage, die sie ihm nicht gestellt hatte. »Hast du?«, fragte sie, um sich noch einmal zu vergewissern, dass ihr Gehirn ihr keinen Streich spielte.

Er legte ihr eine warme Hand an die kühle Wange. »Liebste Cat, würdest du mit mir ausgehen?«

»Ist das ein Date?«

»Nenn es, wie du willst.«

Sie wollte gerade etwas erwidern, aber sie kam nicht dazu. Elijah küsste sie so innig, dass sie alles vergaß, außer den Gefühlen, die er in ihr hervorrief. Irgendwann löste er sich von ihr. »Cat?«

»Hm?« Sie hatte die Augen noch geschlossen und lehnte sich an ihn. Dass sie nun beide nassgeregnet waren, störte sie nicht im Mindesten. Sie hatte ihn auch vermisst.

Eigentlich sollte sie sauer sein, dass er sich nicht gemeldet hatte. Dass er am Geburtstag ihres Dads einfach verschwunden war. Jetzt freute sie sich nur, dass er bei ihr war.

»War das ein Ja?«, fragte er.

»Wozu?«

»Hast du Lust auf Kino?«

Sie schaute zu ihm auf, Regentropfen benetzten ihr Gesicht und blieben in ihren Wimpern hängen. »Wieso nicht.«

Dann küsste er sie noch einmal.

»Du darfst den Film aussuchen«, meinte er etwas später an der Kasse.

»Bist du sicher, dass du dieses Risiko eingehen willst?«

Er zuckte die Schultern. »Ich werde sowieso damit beschäftigt sein, dich vom Film abzulenken.«

Ihr Magen zog sich nervös zusammen. »Na schön. Dann nehmen wir Mission Impossible.«

»Heißt das, du willst nicht, dass ich dich küsse?«

Sie lachte. »Vielleicht verschieben wir das auf später.«

Falls er es sich dann nicht wieder anders überlegt, schoss es ihr durch den Kopf. Sie war froh, dass er hier war, aber gleichzeitig fragte sie sich, ob er nachher wieder einfach so verschwinden würde. Jetzt war allerdings nicht der richtige Zeitpunkt, das zu besprechen.

Später, sagte sie sich. Oder nie, denn im Grunde gab es nichts zu bereden. Sie war das alles schon mehrfach mit sich selbst durchgegangen. Elijah wollte Sex. Sie wollte mehr, obwohl sie ihm etwas anderes gesagt hatte. Sie hatte ihm vorgegaukelt – und sich selbst –, dass sie Elijah benutzen wollte, um Josh zu vergessen.

Zumindest das hatte geklappt, aber sie wusste so sicher, wie das Amen in der Kirche kam, dass Elijah nicht fähig war, sie zu lieben. Er hatte zu viel erlebt, sie verstand, dass er niemandem vertrauen konnte, um sich ganz zu öffnen. Der Gedanke betrübte sie.

Vielleicht hätte sie gar nicht mitkommen sollen, aber als er plötzlich und unvermittelt vor ihr gestanden hatte, war sie zu glücklich gewesen, als dass sie hätte Nein sagen können. Sie wollte mit ihm zusammen sein, und wenn es nur für einen blöden Kinofilm war.

Er kaufte eine Riesenpackung Popcorn und zwei Liter Cola. »Wer kommt noch?«, scherzte sie, als sie ihn auf sich zukommen sah.

»Das gehört doch zum Kino dazu.«

Während des Films kuschelte sie sich an ihn, ließ sich mit Popcorn füttern und genoss seine Wärme und seinen Geruch. Sie hatte ihn mehr vermisst, als sie je zugeben würde.

Als der Abspann lief, richtete sie sich im Sitz auf und streckte sich. Elijah piekte sie in die Seite. »Kommst du mit zu mir?«, fragte er mit verführerischer Stimme.

»Ist denn die Wohnung wieder in Ordnung? Das Chaos beseitigt?«

»Ja, sieht alles wieder aus wie neu.«

Das konnte sie sich vorstellen, wie neu und frisch aus dem Katalog. »Ich weiß nicht, Elijah.« Sie zögerte.

Er nahm ihre Hand und küsste jeden einzelnen Finger. »Bitte.«

Du findest sicher eine andere, lag ihr auf der Zunge. Vielleicht hatte er sich in der Zwischenzeit längst mit einer anderen vergnügt.

Der Stachel der Eifersucht bohrte sich tief in ihr Fleisch. »Na schön«, sagte sie.

Ein letztes Mal, nahm sie sich vor. Abschiedssex.

»Wollen wir nicht lieber zu mir fahren?«, fragte sie und schaute ihn unter halb gesenkten Lidern an.

»Wie du magst.« Sie verließen das Kino und fuhren zu ihr.

Auf dem Weg sprachen sie kaum miteinander, die Stimmung war sexuell aufgeladen, aber es schwang auch noch etwas anderes mit, das sie nicht genau definieren konnte.

Nachdem sie die Wohnungstür hinter sich geschlossen und ihre Jacke ausgezogen hatte, wurde sie verlegen. Was tat sie hier eigentlich? Aber ein Blick in seine hungrigen Augen ließ sie alles andere vergessen.

»Cat«, sagte er und verschloss ihren Mund, ehe sie etwas erwidern konnte.

Es war kein zärtlicher Kuss, er war roh und besitzergreifend. Hitze sammelte sich zwischen ihren Schenkeln, ihre Knie wurden weich. Schritt für Schritt, Kuss für Kuss, arbeiteten sie sich in ihr Schlafzimmer vor. Auf dem Weg rissen sie sich die Kleider vom Leib. Zähne schlugen aufeinander, Keuchen erfüllte die Stille des Raums. Elijah lag über ihr, drückte sie mit seinem athletischen Körper in die Matratze. Seine Erektion drängte sich ihr pochend entgegen. Er fluchte verhalten, während er in seiner Hose nach einem Kondom suchte. Als er es endlich fand, nahm er sich einen Moment, um sie zu betrachten. In seinen leuchtenden Augen entdeckte sie nicht nur Gier und Lust, sondern noch etwas anderes, das sie nie vermutet hätte. Angst. Sie fragte sich, wovor er sich wohl fürchtete. In der nächsten Sekunde war nichts zwischen ihnen als nackte Haut und pures Begehren. Sie öffnete ihre Schenkel bereitwillig für ihn und streckte ihre Arme nach ihm aus.

»Komm her«, raunte sie.

Er legte sich über sie und küsste sie, dann drang er mit nur einem Stoß ein, und sie wurden eins. Sie liebten sich heftig und rasend, als gäbe es kein Morgen.

Vielleicht gab es das auch nicht.

Nicht für sie beide jedenfalls.

Als Cat aufschrie und sich unter ihm versteifte, ließ Elijah sich gehen und kam mit ihr. Nach dem Sex lagen sie eng umschlungen in ihrem Bett, jeder hing seinen eigenen Gedanken nach. Es gab so vieles, das zwischen ihnen unausgesprochen war. Sie hatte viele Fragen, traute sich aber nicht, nach den Antworten zu suchen.

Antworten, die ihr nicht gefallen könnten.

Als sie am nächsten Morgen aufwachte, war das Bett neben ihr leer.

Obwohl sie nicht enttäuscht sein wollte, fühlte sie sich einsam. Keine Verpflichtungen, keine Versprechen. So konnte sie ihn haben. Aber wollte sie das?

Sie kam zu dem Ergebnis, dass sie diese Entscheidung nicht vor einer Dusche und einem heißen Kaffee treffen wollte. Im Badezimmer hatte er mit einem Lippenstift an den Spiegel geschrieben.

Guten Morgen, Kätzchen xxx.

Unverbindlich.

Genau, wie sie es verabredet hatten.

Seufzend stellte sie das Wasser an.

Der Arbeitstag ließ ihr keine Zeit zum Grübeln. Als sie das erste Mal auf die Uhr schaute, war es schon kurz nach sechs.

»Lust, heute Abend was trinken zu gehen?« Natalies Gesicht schob sich über die Abtrennung.

Zu perplex, um darüber nachzudenken, gab sie ein »Ja, klar« zurück.

»Schön, ich kenne da eine nette Bar. In einer halben Stunde?«

»Äh, ja, super.«

Ehe sie begriff, dass sie mit ihrer ehemaligen Erzfeind-Kollegin Freundschaft oder zumindest Waffenstillstand schließen würde, war der Tag vorüber, und sie saßen in einem Taxi, das sie zu »The Black Rose«, einer Bar in der Nähe des Hafens, brachte.

Das Licht war gedämpft, aufgrund der Uhrzeit war das Lokal noch nicht bis auf den letzten Tisch gefüllt. Dunkle Möbel verliehen dem Ambiente etwas Stilvolles. Auf den Tischen standen je eine rote Rose in einer durchsichtigen schmalen Vase und eine flackernde schwarze Kerze. Sie bestellten Käse-Nachos und zwei Margaritas.

»Cheers«, sagte Natalie, als ihre Getränke vor ihnen abgestellt worden waren.

»Cheers«, erwiderte Cat und trank einen Schluck.

»Tja, also ich bin jetzt Single«, fing Natalie irgendwann an, und Cat begriff, dass sie einsam war. Seltsam, dass sie damit gerade zu ihr kam.

Oder vielleicht auch nicht. Natalie wusste ja, dass Cat erst kürzlich von Josh verlassen worden war.

»Wer Männer versteht, kann auch durch Null teilen«, brummte Cat und merkte, dass ihr der Margarita bereits zu Kopf stieg.

Natalie lachte. »Das ist das Beste, was ich seit Jahren gehört habe. Ich war echt mies zu dir, das tut mir leid. Ich war irgendwie eifersüchtig. Du bist immer so kreativ, es sieht so aus, als ob dir die Ideen nur so zufliegen, und ich, na ja ...«

Cat blinzelte verwirrt. »Du bist immer so hands-on. Du organisierst die kniffligsten Events, es sieht immer so aus, als liefe das für dich völlig mühelos.«

Sie sahen sich an, dann lachten sie beide. »Wir hätten viel früher darüber reden sollen«, stellte Natalie fest. Dann hob sie die Hand. »Sag nichts, ich weiß, dass ich die miese Schlampe war, die sich scheiße aufgeführt hat.«

Cat machte große Augen. »Na ja, so hätte ich es jetzt nicht gesagt.«

»Weil du zu nett bist.« Natalie bestellte noch zwei Drinks. Zuerst wollte Cat protestieren, aber dann nickte sie nur.

»Ja, bin ich wohl.«

»Aber weißt du was? Ich war ätzend und habe mich trotzdem von einem Typen so krass verarschen lassen. Jahrelang. Was macht das aus mir? Ich bin eine dumme Nuss, die sich unmöglich aufgeführt hat. Glaub mir, wenn ich die Zeit zurückdrehen könnte, würde ich in meinem Leben einiges anders machen.«

»O Gott, Natalie. Du redest ja, als hättest du einen Gehirntumor oder so was. Du stirbst doch nicht?«

Sie lachte nur. »Nein, jedenfalls nicht sofort. Aber meine On-Off-Beziehung ist gestorben. Und jetzt schau mich an, ich bin Mitte dreißig, meine biologische Uhr tickt so laut, ich glaube, jeder hier im Raum kann sie hören.« Sie schüttelte ungläubig den Kopf und wirkte abwesend. »Bis vor Kurzem war ich mir sicher, dass ich nie Kinder wollte!«

»Oh.«

»Tja, dann hat er mich abgeschossen, ein für alle Mal. Aber eigentlich müsste ich ihm dankbar sein. Na ja, ich hoffe, zu dem Punkt komme ich noch. Jetzt bin ich erst einmal richtig angepisst, weil er mir seit Jahren erzählt hat, dass er seine Frau für mich verlassen würde – was er natürlich nie getan hat.«

Cat fragte sich, warum sie ihr das alles erzählte. »Kein schönes Gefühl.«

Natalie lachte humorlos. »Nein, ist es nicht. Ich hab auch auf dir so rumgehackt, als das mit dir und Josh zu Ende ging, weil, na ja, bei mir war es ähnlich. Ich habe mich so scheiße verhalten, weil ich mein eigenes Leben nicht ertragen habe. Gott, ich bin so erbärmlich.«

»Es ist schon mal ein Schritt, dass du es erkennst«, meinte Cat, weil sie nicht wusste, was sie sonst darauf erwidern sollte.

Natalie wischte sich verstohlen über die Augenwinkel, dann holte sie ein Päckchen Zigaretten aus der Tasche. »Ich geh mal kurz frische Luft schnappen und eine rauchen.«

»Klar, mach ruhig. Ich warte hier.«

»Dabei bin ich eigentlich Nichtraucher.«

Cat grinste. »Liebeskummer lässt einen dumme Dinge tun.«

Natalie umarmte Cat völlig unvermittelt. »Danke. Bin gleich wieder da.«

Sie schaute ihrer Kollegin hinterher, wie sie hinaus in die Kälte ging. Dann sah sie, wie ein Pärchen zur Tür hereinkam, und ihr wurde übel.

Elijah hielt die Tür für eine zierliche Frau auf, die ihm trotz hochhackiger Schuhe kaum bis zur Schulter reichte. Sie hatte gewusst, dass das passieren würde, aber so schnell hatte sie nicht damit gerechnet. Es war gerade mal einen halben Tag her, dass er noch in ihrem Bett gelegen hatte.

Sie machte sich so klein wie möglich und schaute in die andere Richtung. Hastig kramte sie in ihrer Tasche nach Geld, warf ein paar Scheine auf den Tisch und flüchtete, nachdem Elijah mit seiner Begleitung in einer ruhigen Ecke verschwunden war.

Vor der Tür fand sie eine fadenscheinige Begründung, warum sie losmusste. Natalie nickte und bedankte sich erneut für den Abend. »Glaub mir, das ist keine Ausrede«, sagte Cat noch einmal. »Wir wiederholen das ganz bald, es ist wirklich ein Notfall.«

Kein Wort davon war gelogen. Notfall traf das, was sie empfand, am ehesten.

Überstürzt sprang sie ins nächste Taxi. Erst als sie zu Hause in ihre Wohnung trat, blieb sie stehen und fragte sich, was sie hier eigentlich machte.

Sie hatte nicht das Bedürfnis, Elijah anzuschreien, sie hatte auch nicht das Bedürfnis, sich ihm an den Hals zu werfen. Sie wusste nur, dass es wehtat, obwohl immer klar gewesen war, dass er nie ernsthafte Absichten ihr gegenüber gehabt hatte.

Um einen klaren Kopf zu bekommen, ließ sie sich ein Bad ein. Das Telefon legte sie ganz weit weg, um nicht doch in Versuchung zu geraten, Elijah eine Nachricht zu schreiben.

»Geduld ist nicht meine Stärke, das wissen Sie«, brummte Elijah, als er sich von Erin Lark verabschiedete.

Die zierliche Frau lachte nur. »Tja, nun haben Sie Gelegenheit, sich darin zu üben. Und ...«, sie legte eine bedeutungsschwere Pause ein. »Wenn ich Sie wäre, würde ich mich momentan nicht zu viel in Klubs rumtreiben.«

Er zog eine Grimasse. »Ja, verstanden.«

»Ich bleibe dran, ich denke, in nächster Zeit wird es Neuigkeiten geben. Ich glaube, es ist was im Busch bei de la Roche.«

»Definieren Sie nächste Zeit.«

Erin lachte. »Kommen Sie, Sie wissen, dass es so nicht läuft.«

»Na schön.« Elijah seufzte. »Sie melden sich?«

»Klar, das mache ich doch immer.«

Sie tauschten einen Händedruck aus. Nachdem sie sicher in ein Taxi gestiegen war, lief Elijah zu seinem Wagen. Er schaute sich um, aber da war niemand.

Albern, schimpfte er leise und stieg ein. Er fuhr nicht nach Hause, sondern zu Cat. Den ganzen Tag schon hatte er immer wieder an sie gedacht. Letzte Nacht war schön gewesen. Sehr schön. Vielleicht war es möglich, dass sie sich häufiger sahen.

Er wollte sie für sich allein haben, er wollte nicht, dass sie sich mit anderen traf. Er hatte, seit er sie kennengelernt hatte, vollständig das Interesse an allen Frauen verloren, und er wünschte sich, dass es ihr ebenso erging. Das Wort Beziehung schoss ihm dabei immer wieder durch den Kopf.

Sein Telefon klingelte und erlöste ihn aus den Grübeleien.

»Hi Nate«, antwortete er über die Freisprechanlage.

»Und, wie ist es gelaufen?«

»Mittelmäßig.«

»Also keine Entwarnung?«

»Ach, was soll der Mist. De la Roche hat mir seine Gorillas geschickt, fertig. Ich fische nicht mehr in seinem Gewässer, er wird mich in Ruhe lassen. Ich finde es total übertrieben, was ihr da von mir wollt.«

»Ich wäre mir da nicht so sicher. Du hättest noch ein paar Tage wegbleiben sollen.«

»Hör doch auf. Ich bin jetzt seit einer Woche wieder in der Stadt, und nichts war los. De la Roche hat mich längst vergessen.«

»Hm«, brummte Nate. »Ich habe ein seltsames Gefühl.«

»Du und deine Gefühle. Kann es sein, dass du in letzter Zeit zu viele davon hast?«

Nate lachte. »Spinner. Was machst du heute noch?«

»Bin auf dem Weg zu einer Frau.«

»Du lernst nicht dazu, hm?«

Elijah gefiel die Richtung nicht, die das Gespräch nahm. »Komm, nur weil du jetzt monogam leben willst, brauche ich mich noch lange nicht festlegen.«

Dabei war er doch gerade auf dem besten Weg, oder bedeutete es nicht genau das, eine Beziehung zu führen? Er verdrängte den Gedanken, so schnell er gekommen war, und trat aufs Gaspedal.

»Ein echter Mann weiß, dass eine Frau genug ist«, sagte Nate, in seiner Stimme lag kein Schalk, er klang vielleicht eher resigniert, als ob er fürchtete, dass Elijah das nie kapieren würde.

»Spar mir deinen Psychomüll«, brummte er.

»Schon gut. Pass auf dich auf, okay?«

»Klar. Mach ich doch immer.«

Nachdem Elijah den Wagen geparkt hatte, klingelte er.

»Ja?«, hörte er ihre Stimme durch die Gegensprechanlage.

»Ich bin's.«

Schweigen.

»Elijah«, ergänzte er mit einem Stirnrunzeln. »Oder hast

du einen anderen Mann erwartet?« Sein Magen zog sich zusammen. Hatte sie doch wieder Tinder aktiviert, nachdem er sich nach dem Besuch bei ihren Eltern nicht gemeldet hatte? Sein Hals fühlte sich seltsam eng an.

»Was willst du hier?«, vernahm er ihre Stimme durch den Lautsprecher, sie klang seltsam tonlos.

»Was ich hier will?« Er spürte, dass irgendwas nicht okay war. »Hast du meine Guten-Morgen-Grüße im Bad nicht gefunden? Ist etwas passiert? Geht's dir gut?«

»Doch, alles bestens.«

»Lässt du mich vielleicht rein?« Langsam wurde er ungeduldig, er spürte, dass etwas nicht stimmte, und wollte herausfinden, was los war.

Oder sie hatte einfach nur schlechte Laune.

Frauen waren seltsame Wesen, die er nicht verstand. Elijah rieb sich die Stirn.

Er hörte ihr Seufzen, dann brummte der Türsummer. Er ging hinein und eilte nach oben.

Cat stand mit einem Turban aus einem Handtuch auf dem Kopf und in einem Plüsch-Pyjama an der Tür. »Oh, da komme ich wohl gerade richtig?«, scherzte er und wollte sie küssen.

Ihr ernster Gesichtsausdruck und die verspannte Haltung hielten ihn jedoch davon ab. Cat trat zur Seite und schloss dann die Tür hinter ihm.

»Stimmt was nicht?«, fragte er, obwohl klar war, dass sie schlecht drauf war. »Ist was mit Josh?« Er brachte den Namen des Scheißkerls kaum über die Lippen.

»Mit Josh?«, wiederholte sie ungläubig und schaute ihn aus großen Augen an.

»Dein Ex«, erinnerte er sie.

Cat ging an ihm vorbei ins Wohnzimmer, ließ sich dort aufs Sofa fallen und schaute ihn fassungslos an. »Wow.« Mehr sagte sie nicht.

Also vielleicht litt sie doch nur unter Hormonschwankungen.

Elijah setzte sich ihr gegenüber. »Komm her, ich habe dich vermisst.« Er streckte ihr seine Arme entgegen.

Ihre Züge wurden einen Augenblick weicher, dann zog sie sich in ihr Schneckenhaus zurück.

»Cat«, bat er sie. »Bitte.«

Als sie nicht reagierte, sondern ihre Hände im Schoß faltete, stand er auf und zog sie auf die Beine. »Schau mich an«, bat er sie sanft.

Sie hob ihren Blick. Tränen schimmerten in ihren Augen.

Verdammt. Er ahnte, dass hier etwas ganz und gar aus den Fugen geraten war und es nicht daran lag, dass sie auf ihre Periode wartete.

Oder? Nein, sie hatten immer verhütet.

»Cat?« Seine Stimme klang seltsam tonlos. »Sag mir, was los ist. Bitte.«

»Was machen wir hier?«, fragte sie leise.

»Du und ich, wir stehen hier, ich möchte dich küssen.« Sein Herz raste.

»Das meine ich nicht.«

Er wollte seinen Mund auf ihren senken, aber sie drehte ihr Gesicht weg. »Nicht«, sagte sie.

Das war das erste Mal, dass sie ihm auswich. Was war nur los, was hatte er nicht mitbekommen? Was hatte er falsch gemacht?

Und dann begriff er. Er hätte ihr Frühstück oder zumindest einen Kaffee bringen sollen, ehe er nach Hause gefahren war, um sich fürs Büro umzuziehen.

»Du bist sauer, dass ich heute Morgen einfach gegangen bin, oder? Ich wollte dich nicht wecken, du hast so süß geschlafen ...«, erklärte er ruhig. »Und ich hatte Termine im Büro und einen Haufen Papiere, die ich unbedingt abarbeiten wollte ...«

»Nein«, unterbrach sie ihn. »Das ist es nicht.«

Nicht? Er war verwirrt. »Ich bin gern mit dir zusammen«, fuhr er fort und zwang sich zu einem Lächeln.

Sie starrte ihn an, ihre Augen schimmerten traurig wie dunkle grüne Seen. »Ich fürchte, das reicht nicht.«

Sein Lächeln erstarb. »Warum, zum Teufel, nicht?«

Sie atmete langsam ein. »Weil du mich *magst*, und ich dich *liebe*.«

Es fühlte sich an, als ob ihm jemand den Boden unter den Füßen wegzog. Seine Kehle schmerzte, weil Worte darin steckten, die er niemals aussprechen konnte.

Indes redete sie weiter. »Es ist nicht mehr nur eine belanglose Bettgeschichte. Nicht für mich jedenfalls. Es reicht mir nicht, von dir nur *gemocht* zu werden.« Sie spuckte das Wort aus, als ob es etwas Schlechtes wäre.

Ihm war schwindelig, gleichzeitig fühlte er sich, als müsste er sich übergeben.

Sie liebt mich, hallte es in seinem Kopf wider.

Sie liebte ihn.

Er konnte es nicht glauben. Wie war das möglich?

Nein, sie musste sich irren. Die verschiedensten Gedanken kreisten in seinem Gehirn, er bekam keinen davon zu fassen.

»Weißt du, Elijah, früher hätte mir das gereicht. Ich hätte auf mehr gehofft. Aber jetzt kann ich das nicht mehr. Ich habe endlich kapiert, dass ich einen Mann verdiene, der mich so liebt, dass er den Rest seines Lebens mit mir verbringen will. Ich brauche das nicht zum Überleben, aber ich will es. Ich will alles. Einen Ehemann. Kinder. Ja, vielleicht auch einen Scheißvorgarten, in dem ich im Frühling, Sommer und Herbst verdammtes Unkraut jäten muss. Vielleicht will ich sogar einen Hund. Ich vermisse Spot.«

Jetzt rollte eine Träne über ihre Wange, ihre Augen funkelten wütend.

»Elijah, du hattest noch nie eine echte Beziehung. Ich weiß, dass ich nur eine von vielen Frauen bin, die dein Bett wärmen, aber dein Herz nicht erreichen. Es nie erreichen wird, egal, wie oft ich mit dir schlafe. Ich kann das nicht, ich will das nicht. Ich habe mehr verdient als das.«

Er wollte etwas erwidern, aber in ihrem Blick lag so eine Bestimmtheit, dass er nicht wagte, sie zu unterbrechen.

»Ich muss auch nicht hellsehen können, um zu wissen, dass du noch nie verliebt warst. Liebe bedeutet Herzklopfen. Liebe ist Atemnot. Liebe bedeutet, völlig verrückt nach einer Frau zu sein, nicht, sich immer wieder mit anderen zu treffen.«

Sie schluckte und blinzelte die Tränen weg. Er hatte seine Hände neben seinen Körper sinken lassen, er stand völlig neben sich. Er begriff nicht, was hier vor sich ging.

Sie hatte ihm eben ihre Liebe gestanden.

Was, zur Hölle, sollte er jetzt tun?

Kapitel 15

Elijah war wütend. Obwohl er dachte, dass er nie zur Ruhe kommen würde, fiel er ins Bett und schlief zwölf Stunden lang.

Er warf sich in eine Jogginghose und trainierte an der Kraftmaschine in seinem Sportraum wie ein Verrückter. Dabei schaffte er es leider nicht, Cat aus dem Kopf zu kriegen.

Natürlich war es zwecklos. Immer wieder dachte er an den gestrigen Abend. Nachdem sie ihm gesagt hatte, dass sie ihn liebte, hatte sie ihn rausgeworfen. Und er war zu perplex gewesen, um überhaupt etwas von sich zu geben. Wie ein stummer Fisch hatte er sich aus ihrer Wohnung schieben lassen, dann hatte sie ihm die Tür vor der Nase zugeknallt. Es war absurd. Immer noch fragte er sich, ob sie das alles wirklich ernst gemeint hatte.

Wann war das passiert? Sie hatten eine gute Zeit zusammen gehabt, eben hatte sie noch ihrem Ex hinterhergeweint, und jetzt sollte sie *ihn* lieben?

»Nein«, murmelte er. »Das ist nicht möglich.«

Begehren. Ja.

Lust. Ja.

Leidenschaft. Ja.

Aber Liebe? Nein. Er war sich sicher, dass sie sich irren musste. Aber er hatte keine Ahnung, was er jetzt zu ihr sagen sollte. »Hey Cat, lass uns weiter vögeln, du wirst schon merken, dass man mich nicht lieben kann?«

Wohl kaum.

Er schnitt eine Grimasse, dann stieg er in seinen Wagen und fuhr zur Arbeit.

Whitney saß bereits an ihrem Schreibtisch, auf dem sich diverse Papierberge auftürmten.

»Morgen«, brummte er im Vorbeigehen.

»Oh, da hat aber jemand gute Laune.« Der Sarkasmus in ihrer Stimme war nicht zu überhören.

Er biss die Zähne zusammen. »Würdest du mir bitte einen Kaffee bringen?«

»Kein Problem, das mache ich wesentlich lieber, als mich um vollgereiherte Wagen zu kümmern oder Pick-ups aus der Wildnis abschleppen zu lassen.«

Elijah blieb stehen. »Sorry, Whitney, ich bessere mich. Ehrlich.«

Sie lachte und schüttelte den Kopf. »Meine Güte, du siehst heute echt furchtbar aus. Ich hoffe, du hast nicht die Pest oder so was.« Sie erhob sich und blieb einen Augenblick stehen. »Hast du doch nicht, oder? Wobei, eigentlich würde mir so eine richtig fette Magen-Darm-Grippe ganz gelegen kommen. Das schmilzt meistens so drei Kilo einfach weg.«

Elijah schmunzelte. »Bleib einfach, wie du bist«, meinte er. »Ich bin nicht krank.«

Sie atmete hörbar aus. »Na schön. Ich will den Grund für deine schwarzen Panda-Augenringe gar nicht wissen, ich hoffe nur, dass das nicht wieder einen Rattenschwanz an Extra-Aufträgen für mich nach sich ziehen wird.« Sie hob abwehrend die Hände.

»Keine Sorge. Würde ich dich milder stimmen, wenn du von meinen Bonusmeilen ein paar Tage irgendwo buchen könntest?«

Whitney lächelte. »Eventuell.«

»Gut, dann mach das doch.«

»Ich fürchte aber, dass das erst nach dieser Gala klappen wird. Ansonsten ruft ihr mich dauernd an, und ich kann mich nicht wirklich entspannen.«

Er hatte keine Ahnung, wovon sie da redete, aber es war ihm gerade auch egal. »Jo«, sagte er nur und schlurfte in sein Büro. »Du denkst an den Kaffee?«

»Sicher. Ich mach dir lieber einen doppelten Espresso, du siehst echt aus, als könntest du einen brauchen.«

Er erwiderte nichts, aber ließ sich mit einem tiefen Seufzen in den Stuhl sinken.

* * *

Die Tage verstrichen, und Cat war stolz auf sich, sie hielt sich gut. Am Freitagabend stand sie in ihrer Küche und bereitete eine Lasagne mit einer Extraportion Bechamelsoße zu, als es an der Tür klingelte. Sie war nicht überrascht, als Liv davor stand.

Sie umarmten sich kurz. »Hey, wie geht's?«, fragte Cat.

»Hm, riecht verführerisch«, stieß Liv mit einem genüsslichen Seufzen hervor.

»Komm doch rein, es dauert aber noch ein bisschen. Wo ist Nate?«

»Der hat heute ein Geschäftsessen, ich hatte keine Lust mitzugehen.«

»Finde ich gut, dann haben wir endlich mal wieder Zeit füreinander. Du bleibst doch zum Essen?«

Liv nickte und ging in die Küche, wo sie sich auf einen Stuhl fallen ließ. »Gerne, gibt es einen bestimmten Grund für die Lasagne?«

Cat spürte ihren forschenden Blick im Rücken, als sie sich daranmachte, alles in die Auflaufform zu schichten. »Nö, wieso?«

»Ich dachte nur …«

»Möchtest du ein Glas Wein?«, fragte Cat, um vom Thema abzulenken.

»Klar, aber glaub nicht, dass ich die ganze Flasche mit dir bechere. Ich hab seit meinem Geburtstag nichts mehr getrunken.«

»Du bist doch nicht etwa schwanger?«

Liv lachte. »Ich hoffe nicht, nein. So weit sind wir noch nicht.«

»Aber es läuft doch gut zwischen euch, oder?«

»Ja, das schon. Aber trotzdem. Wir sind noch nicht lange zusammen, wir haben getrennte Wohnungen, und überhaupt.«

»Wieso zieht ihr nicht zusammen?«

»Warum sollen wir das überstürzen?«

Cat zuckte die Schultern, dann nahm sie eine Flasche Pinot Grigio aus dem Kühlschrank und goss zwei Gläser ein. »Cheers.«

»Cheers. Schön, dass wir uns mal wieder sehen. Was gibt's Neues?«

»Ach, nichts.«

»Gar nichts?«

Es gab natürlich eine Menge und irgendwie auch wieder nichts. »Du erinnerst dich doch an meine miese Kollegin, die mich immer fertigmacht?«

Liv nickte. »Ja? Was ist mit ihr? Hat sie gekündigt?«

»Nein, aber sie ist auf einmal nett zu mir.«

Die Augen ihrer Freundin wurden groß. »Was? Wieso das denn?«

»Ja, das habe ich mich auch gefragt.« Sie nippte von ihrem Wein. »Auf einmal kam sie zu mir und entschuldigte sich, hat mir Kaffee gebracht. Wir sind mal was trinken gewesen. Sie ist eigentlich ganz umgänglich.«

Liv verschluckte sich. »Ehrlich?«

»Unsere Abneigung basierte auf Missverständnissen.«

»Hm-m«, machte Liv und schaute skeptisch.

»Ja, guck nicht so. Ich habe mich das auch erst gefragt, aber dann erzählt sie mir von ihrer Beziehung und dass der Typ sie jahrelang verarscht hat.«

»Ähnliche Geschichte wie die mit Josh?«

Cat beugte sich ein wenig zu Liv. »Schlimmer.«

»Wirklich?«

Sie nickte. »O ja. Er hat ihr immer vorgelogen, dass er seine Frau für sie verlassen würde, was er am Ende natürlich nicht gemacht hat.«

»Aber das ist noch lange kein Grund, dich so mies zu behandeln.«

»Nein, ist es nicht. Sie hat ihren Frust an mir ausgelassen. Das hat sie kapiert, ich glaube, sie war eifersüchtig auf meine kreative Ader, ich ein bisschen auf ihr Organisationstalent.«

»Und jetzt?«

»Jetzt verstehen wir uns ganz gut, es ist viel entspannter im Büro. Das ist echt eine Erleichterung.«

»Hey, das freut mich für dich. Das ist cool. Wie geht's dir sonst?«

Cat stellte das Glas weg und schob die Lasagne in den Ofen. »Ach, gut.«

»Gut?«

»Ja, gut.«

Liv kniff die Augen zusammen. »Na schön. Du willst nicht reden.«

Cat setzte sich mit ihrem Wein an den Tisch. »Doch, klar. Was soll ich sagen? Ich bin beinahe dreißig und Single. Tinder ist nichts für mich, ich werde für immer alleine bleiben.«

Liv machte ein verständnisvolles Gesicht. »Deswegen die Lasagne?«

Cat nickte. Ja, und wegen Elijah, aber das behielt sie für sich. »Vielleicht.«

»Och, Mensch.« Liv legte ihre Hand auf Cats. »Ich glaube fest daran, dass du deinen Traummann noch finden wirst.«

Cat lachte. »Na, wenn du es sagst.«

»Ich habe fast ein schlechtes Gewissen, weil ich deine Hilfe brauche.«

»Was? Da brauchst du doch kein schlechtes Gewissen haben. Was ist los?«

»Die Spendengala«, fing sie an und schaute auf ihre Finger. »Ich ... ich habe nichts zum Anziehen und wollte dich fragen, ob du mit mir einkaufen gehen könntest. Als Beratung?«

»Aber natürlich!«, rief sie freudig. »O wie toll! Das wird super. Wann ist denn die Veranstaltung?«

»Nächstes Wochenende.«

»Gut, dann haben wir ja noch etwas Zeit.«

»Hast du denn schon ein Kleid?«

»Ich?«

»Sag mir nicht, dass du das nicht auf dem Schirm hast.«

»Doch, sicher«, log Cat. »Nächsten Samstag, oder?«, riet sie.

Liv durchbohrte sie förmlich mit ihrem Blick. »Ja. Neunzehn Uhr. Ich leite dir einfach noch mal alle Details weiter. Nur für alle Fälle.«

»Ach, gar nicht nötig«, schwindelte sie weiter. Wie hatte sie das nur vergessen können?

Liv arbeitete seit Wochen an dem Projekt für das *Women's Shelter*. Nachdem die Umbauten der zwei Frauenhäuser nun nahezu abgeschlossen waren, wollten sie die Einweihung mit einer Spendengala verbinden. Gott, was war sie nur für eine miese Freundin. Sie hatte seit der Trennung von Josh nur an sich gedacht. Und dann an Elijah ...

»Welche Art von Kleid schwebt dir vor?«, fragte Cat.

Liv verzog ihren Mund. »Irgendwas, das mich nicht wie einen Trampel aussehen lässt.«

»Ach, du wieder. Sei nicht albern, du würdest nie wie ein Trampel aussehen. Wie cool, wir gehen zusammen shoppen. Hast du morgen Zeit?«

»Sicher. Besser, wir bringen das schnell hinter uns.«

»O, ich freue mich! Nate trägt Smoking, nehme ich an? Klassisch?«

Liv hob die Schultern. »Ich weiß nicht. Ich frage ihn.«

»Lass nur, schon okay. So, die Lasagne ist fertig.«

Am nächsten Morgen fuhren sie nach einem schnellen Frühstück ins Copley Place Shopping Center. Cat hatte ganz bestimmte Vorstellungen, was Liv gut stand. Zu ihren glänzenden kastanienbraunen Haaren würde ein leuchtendes Blau ganz großartig aussehen. Sie hatte Liv noch nichts gesagt, sie konnte sich nämlich gut vorstellen, dass ihre Freundin sich auf nichts anderes als schlichtes Schwarz einlassen wollte. Das kam jedoch nicht infrage!

»Ich weiß nicht, vielleicht sollte ich einfach das anziehen, was Nate mir geschenkt hat, als wir in der Oper waren.«

»Hör auf«, mahnte Cat und zog Liv in eine Boutique. »Jetzt sind wir schon mal hier, da probieren wir ganz unverbindlich ein paar Kleider an.«

»Wir? Du auch? Gut. Also abgemacht. Wir kaufen beide eins.«

»Na schön«, lenkte Cat ein. »Schauen wir mal, was uns gefällt.«

Liv ging zielstrebig zu einer Wand, an der dunkle Roben hingen. »Davon kannst du gleich mal die Finger lassen«, rief Cat mit einem Lachen hinüber.

Liv seufzte.

Eine Verkäuferin kam auf sie zu und stellte sich als Susanne vor. Sie war ein wenig pummelig, hatte ihre Haare rot gefärbt und trug dicke goldene Ringe an den Fingern, sie hatte ein offenes, ehrliches Lächeln. »Hallo die Damen, wie kann ich behilflich sein? Oder wollt ihr euch erst ein wenig umsehen?«

»Wir suchen ein Abendkleid für diese junge Frau hier. Alles, bloß nicht schwarz«, erklärte Cat und zeigte auf Liv.

»Verstehe. Sehr gern. Was ist der Anlass?«

»Eine Spendengala«, half Liv aus.

»Ja, und meine Freundin hier ist die Organisatorin, die wichtigste Frau des Abends.«

Liv wurde rot. »Übertreib mal nicht.«

Susanne lächelte. »Gut, ich verstehe. Wir suchen also ein atemberaubendes Kleid, das klarmacht, welche Position Ihre Freundin hat, aber nicht zu freizügig ausfällt?«

Cat klatschte in die Hände. »Ganz genau.«

Susanne maß Livs Figur mit einem Blick ab, dann nickte sie zufrieden. »Sehr schön. Möchtet ihr ein Gläschen Sekt?«

»Um die Uhrzeit? Ich weiß nicht«, meinte Liv.

»Aber sicher doch«, erwiderte Cat zufrieden.

Liv raufte sich unterdessen die Haare, sie war schrecklich nervös. »Das ist einfach nicht meine Welt, verstehst du?«

»O, ich verstehe sehr gut, meine Liebe. Umso wichtiger ist es, ein bezauberndes Kleid für dich zu finden. Wir sollten auch zum Friseur gehen und uns hübsch machen lassen.«

»Lass mich raten, du hast schon eine Idee?«

Cat lachte und gab Liv einen Kuss auf die Wange. »Ganz genau.«

Seufzend gab sich Liv geschlagen, dann stöberte sie ein wenig. Susanne kam nach einigen Minuten wieder zu ihnen. »So, ich habe ein paar ausgewählt, wir können loslegen.«

Liv warf Cat einen unsicheren Blick zu, sie hatte selbst vier Kleider in der Hand. »Darf ich sie euch abnehmen?«, fragte die Verkäuferin.

»Gern. Die sind für meine Freundin«, klärte Liv sie auf, und Cat schnappte entsetzt nach Luft.

Dabei hätte sie es sich denken können, sie hatte sich schon gewundert, warum Liv ein leuchtend rotes, ein grünes, ein gelbes und ein dunkelblaues Kleid ausgewählt hatte.

»Bezaubernd«, kommentierte Susanne und nahm Liv die Bügel ab. »Wir haben zwei Kabinen, der Sekt steht auch schon bereit.«

Cat und Liv folgten ihr in den hinteren Bereich. Dort stießen sie an und tranken einen Schluck. Das prickelnde Getränk kitzelte in Cats Rachen, sie sagte nichts, aber schaute die farbenfrohe Kleiderauswahl mit einem Stirnrunzeln an. Rot schrie »Nimm mich«, das konnte sie nicht tragen. Was, wenn Elijah auch kam? Nein. Sie wollte so dezent wie möglich bleiben, ihm auf jeden Fall aus dem Weg gehen. Falls er überhaupt kam.

Sie würde Liv unauffällig fragen.

Die Freundinnen verschwanden in den Umkleiden, Liv probierte als Erstes ein rosafarbenes Chiffonkleid mit Spitzenoberteil an, Cat entschied sich für das rote – damit sie es als Erstes aussortieren konnte.

»Auf drei«, meinte Cat. Dann zählte sie »Eins, zwei, drei« und zog den Vorhang auf. Gleichzeitig trat sie mit Liv vor die deckenhohe Spiegelfront.

Sie schauten sich an, dann lachten sie. »Bonbon«, sagte Cat zu Liv.

»Hooker«, gackerte Liv.

»Ja, ich würde sagen, die beiden kommen nicht infrage«, stimmte auch Susanne zu.

Als Nächstes wählte Cat das Gelbe, Liv schlüpfte in ein Cremefarbenes mit Pailletten.

Sie schüttelten auch hier die Köpfe.

»Du siehst aus wie eine Braut. Eine sehr hübsche Braut«, sagte Cat.

Liv nickte. »Ja, das geht gar nicht. Aber das Gelbe ist schön.«

»Schön, ja. Aber wir haben Oktober. Das passt gar nicht. Da müsste ich noch Tonnen von Selbstbräuner verwenden, damit es gut aussieht.«

»Nee, dann lieber nicht.«

»Also, auf in die dritte Runde!«

Kurz darauf traten sie noch einmal gemeinsam aus der Umkleide.

Liv trug ein hellblaues Kleid in A-Linie, das Oberteil war mit Perlen verziert und hatte einen U-Boot-Ausschnitt. Cats dunkelgrünes Neckholder-Kleid spiegelte die Farbe ihrer Augen wider und betonte ihre schmalen Schultern. Es war mit glänzenden Applikationen am Oberteil verarbeitet, ab der Taille fiel es fließend auf den Boden.

Susanne klatschte Beifall. »Bezaubernd!«

Cat traf auf Livs Blick im Spiegel. Die Wangen ihrer Freundin waren gerötet, sie hatte ihre Lippen leicht geöffnet. Cat griff nach ihrer Hand und drückte sie aufmunternd. »Sie hat recht«, flüsterte Cat glücklich.

»Du siehst toll aus!«, sagte Liv.

Cat schluckte, denn sie musste Liv zustimmen. Beide Kleider waren sehr unterschiedlich, aber perfekt für jede von ihnen.

»Lasst mich mal sehen.« Susanne lief um sie herum, zupfte hier und da, dann blieb sie zufrieden stehen. »Also, das haben wir nicht oft, dass nichts geändert werden muss. Was meint ihr?«

Liv lächelte. »Was meinst du, Cat?«

»Nate wird es lieben!«

»Ich kaufe es nur, wenn du deins auch kaufst.«

»Erpresserin.« Sie lachte.

»Haben wir einen Deal?«

»Nur, wenn du mich das Make-up bestimmen lässt.«

»Du bist eine harte Verhandlungspartnerin.«
»Ich gebe euch Rabatt, wenn ihr beide nehmt.«
»Siehst du«, sagte Liv. »Also. Abgemacht?«
Cat nickte. »Abgemacht.«

Kapitel 16

Eine Woche später stand Cat zu Hause vor ihrem Spiegel. Sie hatte nie schöner ausgesehen, daran gab es keinen Zweifel. Trotzdem überlegte sie, Liv zu enttäuschen und der Gala fernzubleiben. Sie war unsicher und nervös. Eigentlich war sie es gewohnt, an großen Veranstaltungen teilzunehmen, das war Teil ihres Jobs. Dennoch verhielt es sich heute irgendwie anders, weil sie Elijah wiedersehen würde.

Vielleicht.

Falls er überhaupt kam.

Liv hatte ihr eben beim Friseur vorgeschlagen, dass sie mit Nate und ihr zusammen fahren könnte. Sie hatte abgelehnt, daraufhin hatte Liv ihr angeboten, dass Elijah sie abholen könnte, damit sie nicht alleine erscheinen müsste.

Cat hatte sich beinahe verschluckt. »Wieso sollte er das denn tun?«

»Ihr habt euch doch so gut verstanden«, meinte Liv, und Cat spürte ihren forschenden Blick auf sich.

»Ja, aber es ist doch nicht nötig, dass mich jemand abholt.«

»Sag mal, läuft da was zwischen euch?«

Cat lachte spitz. »Was? Nein.«

»Hm. Aber es *lief* was?«

Es half nichts, sie würde Liv nicht belügen. »Ja, tatsächlich. Aber das ist vorbei. Ich habe nur deinen Ratschlag beherzigt, und Elijah war ein guter Übergangsmann.«

Livs Augen weiteten sich, aber sie besaß so viel Taktgefühl, das nicht zu kommentieren.

»Wir sind Freunde geblieben«, meinte Cat, dabei hatte sie keine Ahnung, wie Elijah das sah.

Dass er sich seit ihrer letzten Begegnung in ihrer Wohnung nicht gemeldet hatte, ließ zumindest vermuten, dass er kein Interesse an überhaupt einer Kommunikation mit ihr hatte. Aber das musste Liv wiederum nicht wissen.

Tja, aber Cat wusste es, und das ließ sie jetzt zögern. Sie könnte Liv eine Nachricht schicken, ihr sagen, dass sie sich den Fuß verstaucht oder den Magen verdorben hatte.

Liv würde ihr kein Wort davon glauben, und sie war es ihr einfach schuldig teilzunehmen. Das *Women's Shelter* war alles für ihre Freundin, sie lebte dafür, Mädchen und Frauen zu helfen.

Cat straffte sich, irgendwie würde sie den Abend schon überleben. Es waren mehrere Hundert Gäste geladen, sie würde Elijah sicher nicht mal begegnen, geschweige denn mit ihm reden müssen.

Eine Stunde später verspürte Cat den unbändigen Drang, sich zu ohrfeigen. Warum hatte sie Liv nicht danach gefragt? Sie hätte ihr sicher gesagt, dass Elijah ihr Tischnachbar sein würde, wahrscheinlich war sie deswegen überhaupt erst auf die blöde Idee gekommen, ihn als Abholkommando für sie vorzuschlagen. Andererseits, Cat hatte Liv erzählt, dass sie Freunde waren, also hatte Liv es vielleicht einfach nicht für nötig befunden, es zu erwähnen – oder sie hatte es vergessen. Sie war ein einziges Nervenbündel gewesen, die Veranstaltung war so wichtig für sie. Vielleicht hatte sie mit der Sitzordnung auch gar nichts zu tun gehabt, und es war purer Zufall. *Wie auch immer*, dachte sie und nahm sich ein Glas Champagner vom Tablett, ehe sie ein wenig umherschlenderte. Die meisten Gäste kamen in Begleitung, alle waren herausgeputzt. Viele der Damen waren teuer geschmückt, Diamanten, Perlen oder Saphire funkelten im gedämpften Licht des Saals an ihren Hälsen und Ohren. Auf der Bühne stand ein Flügel, eine junge Dame spielte mit geschlossenen Augen, als ob sie eins mit den Tasten wäre.

»Ich hoffe, das ist jetzt nicht unangenehm für dich«, hörte sie eine dunkle Stimme hinter sich.

Cat wirbelte herum, sie verschüttete dabei etwas aus ihrem Glas. Vor ihr stand Elijah. Er sah gut aus. Viel zu gut. Der Smoking passte wie angegossen, das weiße Hemd hob seinen leicht gebräunten Teint noch ein wenig hervor. Seine Haare waren wild und ungezähmt wie immer.

»Wie bitte?«, fragte sie und blinzelte.

»Ich habe eben die Sitzordnung gelesen«, erklärte er und schaute sie eindringlich an.

Cats Herz schlug viel zu schnell, sie ärgerte sich darüber, dass sie ihre Körperfunktionen so wenig im Griff hatte. »Und?« Sie reckte ihr Kinn ein wenig nach vorne.

»Soll ich jemanden bitten, das zu ändern?«, fragte er jetzt. »Das ist ja etwas unglücklich, da wir kürzlich so abrupt auseinandergegangen sind.«

Das war nicht zu glauben. Cat spürte Unmut in sich aufsteigen. Sie wappnete sich innerlich und nahm sich vor, Elijah nicht spüren zu lassen, was wirklich in ihr vorging. Dass er sie verletzt hatte. Dass sie ihn immer noch liebte.

Sie lachte, aber es war kein fröhliches Lachen. »Überschätz dich nicht, Elijah.«

Elijah hatte beinahe der Schlag getroffen, als er am Eingang einen Blick auf die Tischordnung geworfen hatte. Das würde sicher ein fürchterlicher Abend werden. Zu dumm, dass er Nate vor ein paar Tagen gesagt hatte, dass er ohne Begleitung kommen würde. Damals hatte er sich noch nichts dabei gedacht, jetzt wusste er, dass er nur deswegen neben Cat saß. Nate und Liv hatten da auf jeden Fall ihre Finger im Spiel, sie glaubten, dass sie sich gut verstehen würden. Tja, er hatte Nate nicht erzählt, dass die Affäre vorbei war. Wenn es nach ihm gegangen wäre, wäre sie noch aktuell, aber dann hatte Cat angefangen, über Gefühle zu sprechen.

»Du siehst hübsch aus«, sagte er und meinte es wirklich so. Dabei war es eine bodenlose Untertreibung. Sie sah atemberaubend aus. Die Farbe ihres Kleides war außergewöhnlich wie die ihrer Augen. Schon in der ersten Sekunde, als er sie gesehen hatte, hatte er den Drang verspürt, über die zarte Haut ihrer Schultern zu streichen. Dann hatte er sich erinnert, dass das mit ihnen vorbei war und sie ihm vermutlich eine runterhauen würde, wenn er ihr zu nahe kam.

»Danke, du musst mir keine Komplimente machen«, gab sie kühl zurück.

»Es ist für mich mindestens so unangenehm wie für dich.«

Er sah an ihrem Blick, dass er mal wieder das Falsche gesagt hatte. Er war einfach nicht gut in diesen Dingen. Er unterdrückte einen Fluch.

»Sei nicht albern, oder hast du es wirklich noch nicht begriffen?« Ihre Augen sandten Blitze, eine steile Falte bildete sich zwischen ihren sanft geschwungenen Brauen.

»Was meinst du?«

Die Winkel ihres rot geschminkten Mundes bogen sich nach oben, aber er nahm ihr kein bisschen davon ab.

Cat blickte daraufhin mit einem geradezu unanständigen Gleichmut um sich, was ihn verstimmte. »Ich wusste nicht, wie ich dich sonst loswerden sollte«, drangen die Worte leichthin aus ihrem Mund.

Er schwieg und presste seine Lippen aufeinander.

»Ich dachte, wenn ich anfange zu klammern, lässt du mich am ehesten wieder in Ruhe. Ich liebe dich nicht, Elijah. Das hast du doch nicht wirklich geglaubt?« Sie lachte laut, und er fühlte sich wie ein Vollidiot.

Jede Silbe traf ihn wie ein Peitschenschlag. Die plötzliche Stille dröhnte in seinen Ohren.

Sie hatte ihn nur loswerden wollen.

Endlich begriff er. Natürlich, das war die Lösung. Er hatte in den letzten Tagen nichts anderes getan, als sich zu fragen, ob sie es wirklich ernst gemeint hatte. Wie könnte ihn jemand lieben?

Nun kannte er die Antwort darauf. Sie tat es nicht.

Obwohl er erleichtert sein müsste, fühlte er sich seltsam leer. Ein bekanntes Gefühl, das ihn seit dem Tod seiner Mutter begleitet hatte. Damit konnte er umgehen.

Ein leichter Lufthauch trug das Gemurmel der Gäste, das Gläserklirren, das fröhliche Lachen zu ihnen herüber. Er zuckte mit den Schultern, als berührten ihn ihre Worte nicht länger.

»Sehr schön, dann steht einem entspannten Abend nichts im Wege.«

Für einen Sekundenbruchteil sah er, wie ihre Lippen einen schmalen, grimmigen Strich bildeten, dann klebte wieder dieses falsche Lächeln in ihrem Gesicht. »Darauf trinke ich.« Sie nippte an ihrem Glas. »Wenn du mich entschuldigen würdest? Ich möchte noch ein paar Leuten Hallo sagen.«

Mit anmutigem Schritt ging sie an ihm vorbei, dabei streifte ihre Schulter seinen Oberarm. Das Brennen in seiner Magengrube verwandelte sich in etwas, das er noch nie gespürt hatte. Elijah schnappte nach Luft und floh mit wütenden, hastigen Schritten aus dem Saal.

Eine Hand hielt ihn auf. »Was ist denn mit dir los?«

»Brandon«, stieß er hervor.

»Hast du dein Scheckbuch zu Hause vergessen, oder warum rennst du so?«

Elijah lächelte selbstgefällig. »Nein.«

Sein Kumpel klopfte ihm auf die Schulter. »Für einen Moment dachte ich, du würdest gleich auf jemanden losgehen, um ihn zu verprügeln.«

»Sei nicht albern. Was ist mit dir? Hast du keine Begleitung an deiner Seite?«

Brandon grinste. »Mein Job hat mich gelehrt, dass es besser ist, sich manchen Ärger zu ersparen. Und deinem Gesichtsausdruck nach zu urteilen, mache ich das ganz richtig. Ärger im Paradies? Deine Eva im grünen Kleid?«

»Erstens heißt sie Cat und nicht Eva ...«

Brandon lachte. »Ich weiß, wer sie ist. Schon vergessen, ich war auch bei Livs Party ... Habt ihr was miteinander? Ach nein, wohl eher nicht. Oder die Episode ist vorbei? Aber warum bist du dann sauer? Sonst läuft es doch andersherum.«

Elijah verdrehte die Augen. »Hat dir schon mal jemand gesagt, dass du einem echt auf den Sack gehen kannst?«

»Wenn du trinken würdest, würde ich uns einen Whiskey besorgen. Du siehst aus, als könntest du einen vertragen.«

»Lass mal, Alkohol macht alles nur schlimmer.«

»Auch wieder wahr.«

Für einen Moment schwiegen sie, aber es war kein unbehagliches Schweigen. Sie kannten sich lange genug, manchmal war es besser, nichts zu sagen.

»Wir sitzen am gleichen Tisch«, merkte Brandon nach einer Weile an.

»Wenigstens etwas«, brummte Elijah.

Der Abend entwickelte sich dennoch zu einem Albtraum. Brandon und Cat verstanden sich blendend, die beiden lachten und plauderten, als seien sie die einzigen Menschen auf diesem Planeten.

Cat ignorierte Elijah geflissentlich, er nahm sich vor, sich nichts daraus zu machen.

Gerade lachte sie wieder laut und herzlich. Ihre Augen überstrahlten selbst die Flammen der flackernden Kerzen auf dem Tisch. Genervt versuchte er, das Gespräch mit seiner anderen Tischnachbarin aufzunehmen, aber die hatte nur ein Thema.

Ihr Baby. Elijah atmete erleichtert auf, als sie sich entschuldigte, weil sie kurz zu Hause anrufen musste, um zu erfragen, ob der Babysitter mit dem kleinen Engel klarkam.

Meine Güte, dachte er. *Wie lange kann so ein Abend dauern?*

Nach dem Hauptgang trat Liv mit ihrer Chefin Penelope auf die Bühne. Sie hielten eine Rede, bedankten sich und baten noch einmal alle, tief in ihre Taschen zu greifen. Nach dem Dessert würde man die Summe bekannt geben, bis dahin hätten alle noch Zeit, fleißig zu spenden.

»Jeder Dollar zählt«, sagte Liv noch einmal ins Mikrofon. »Wir sind Ihnen wirklich von Herzen dankbar. Vielen Dank und ich wünsche Ihnen allen noch einen angenehmen Abend.«

Klatschen ertönte, Cat winkte Liv zu und zeigte mit dem Daumen nach oben.

Es nervte ihn, dass sie ihn wie Luft behandelte. Mit einem tiefen Seufzer faltete er seine Serviette und stand auf. Brandon hob eine Augenbraue, aber Elijah ignorierte ihn und verließ den Saal.

Cat atmete erleichtert aus, als sie Elijah nicht mehr neben sich wusste. Eine kleine Verschnaufpause konnte nicht schaden. Obwohl sie kein Wort mehr miteinander gewechselt hatten, war ihr seine Anwesenheit mit jeder Faser ihres Körpers bewusst gewesen.

Nach dem Dessert verkündete Liv, dass die Spendenbereitschaft alle Erwartungen übertroffen hätte, Applaus brandete auf. Penelope und sie bedankten sich überschwänglich bei den Gästen, Liv vergoss sogar ein paar Tränen der Rührung.

»Hach, wie schön«, sagte Cat zu Brandon.

»Es ist ganz wundervoll, was deine Freundin auf die Beine gestellt hat.«

»O ja, sie ist toll.«

»Nate ist sehr glücklich, so habe ich ihn noch nie erlebt. Es ist schön zu sehen.«

»Liv ist auch überglücklich, die zwei sind ein tolles Paar.«

»Dass sie perfekt füreinander sind, sieht man den beiden an, auch wenn ich nach meinen Erfahrungen jedem zu einem Ehevertrag raten würde.«

Cat gluckste. »Dein Beruf raubt einem wohl jegliche Illusion, hm?«

Brandon trank einen Schluck Rotwein. »Sofern man vorher welche hatte.«

»Oh, gehörst du etwa zu den Zynikern?«

Er lachte. »Womöglich. Ja, es kann durchaus sein. Wobei meine Mutter das nicht gerne hört, sie ist recht penetrant, was den Wunsch angeht, bald Enkelkinder zu bekommen.«

Cat war überrascht, dass er damit so offen umging. »Tatsächlich?«

»Ja, leider. Ein Übel, wenn man aus einer traditionsreichen Familie stammt.«

»Das klingt wie eine Last.«

»Entschuldigung, ich wollte wirklich nicht den Jammerlappen heraushängen lassen.« Er schenkte ihr ein schiefes Grinsen.

»Keine Sorge, so habe ich es nicht aufgefasst.«

Musik spielte auf. »Möchtest du vielleicht tanzen?«

Cat sah sich um, von Elijah war nichts zu sehen. Möglicherweise war er gegangen. »Klar, sehr gerne. Aber ich muss dich warnen, ich habe zwei linke Füße.«

»Das kann ich mir nicht vorstellen.«

»Ich bin jedenfalls nicht erfahren im Gesellschaftstanz.«

Brandon lachte und bot ihr seinen Arm. »Ich hatte nicht vor, eine Quadrille aufzuführen.«

Cat grinste. »Da bin ich wirklich erleichtert.«

Er war ein guter Tänzer, sie ließ sich gerne von ihm führen. Zudem war er ein äußerst charmanter Gesprächspartner, ohne Brandon wäre dieser Abend neben Elijah sicher zum Desaster geworden. Sie tanzten ein paar Runden, dann bot Brandon Cat an, etwas zu trinken zu holen. An der Bar begegneten sie Whitney, sie hielt ein Weinglas in der Hand und wirkte zufrieden.

»Wenn die Damen mich kurz entschuldigen würden?«, fragte Brandon.

»Natürlich«, erwiderte Cat und wandte sich an Whitney. »Anstrengender Tag?«

Sie lachte kurz auf. »Das kannst du laut sagen. Ich bin wirklich urlaubsreif, Gott sei Dank habe ich jetzt endlich mal ein paar Tage frei.«

»Du stehst immer ziemlich unter Strom, hm?«

Whitney lächelte und trank einen Schluck. »Meine beiden Chefs zufriedenzustellen, ist mitunter schlimmer, als einen Sack Flöhe zu hüten.«

Cat musste an das Auto denken, das sie beinahe ruiniert hatte. »Kommen sie denn überhaupt klar ohne dich?«

»Das werden sie wohl müssen. Ich werde mein Telefon komplett abschalten.«

»Bist du wirklich so konsequent?«

Whitney nickte. »Ich werde es zumindest versuchen. Elijah und Nate sind zwar fordernd, aber sie wissen auch, dass es Grenzen gibt.«

»Ihr habt ein gutes Verhältnis, oder? Das gibt es bestimmt nicht oft in der Form.«

»Ja, das haben wir. Es hat auch Jahre gedauert, bis sich das so entwickelt hat. Ich könnte mir keinen anderen Job vorstellen, auch wenn die beiden manchmal nerven.«

In dem Moment sah Cat Elijah, er unterhielt sich mit einer zierlichen Blondine, die ein schwarzes, sehr schlichtes Kleid trug. Sie kam ihr bekannt vor, dann begriff sie, dass es die gleiche Frau war, mit der sie ihn kürzlich in der Bar gesehen hatte. Eifersucht fraß sich in ihr Herz.

»Kennst du Erin Lark?«, erkundigte sich Whitney, der wohl aufgefallen war, dass Cat hinübergestarrt hatte.

Cat runzelte die Stirn. »Nein, sollte ich?«

»Ach, ich meine nur, weil du eben so geschaut hast.«

Ihre Wangen brannten. »Habe ich?«

»Sie ist Privatermittlerin.«

»Oh, ist sie deswegen hier?«

»Nein.« Whitney lachte. »Sie hat Nate sehr viel geholfen, etwas über seine Vergangenheit herauszufinden.«

Und jetzt hatte sie was mit Elijah? Das wagte Cat nicht zu erfragen.

»Spannend«, sagte sie nur.

»Tja, und Elijah reitet sich auch gerne mal in die Scheiße. Sorry, sollte ich nicht sagen, aber manchmal kann man einfach keine anderen Worte benutzen.«

Cat schmunzelte. »Was hat er denn angestellt?«

Whitney winkte ab. »Das willst du gar nicht wissen, na ja, jedenfalls ist jetzt ein Typ ziemlich sauer auf ihn – von der Wohnungsverwüstung hast du sicher gehört.«

»Das war kein Einbruch?«

»Hat Elijah das gesagt?«

»Ähm, ja, wir kennen uns ja nur flüchtig.«

Whitney bedachte sie mit einem Blick, der Cat zu denken gab. Hatte Elijah ihr von ihnen erzählt? »Ist auch nicht so wichtig. Ich rede zu viel. Der Wein …« Whitney lächelte entschuldigend und nippte an ihrem Glas.

»Dann war der Einbruch in Wahrheit ein Anschlag?« Cats Herz zog sich zusammen.

»Wohl eher eine Warnung.«

»Das klingt furchteinflößend.«

»Elijah kann schon selbst auf sich aufpassen. In dem Fall würde ich allerdings sagen, dass er echt Mist gebaut hat. Aber mich fragt er ja nicht.« Sie grinste.

»Na, was tuschelt ihr beiden Hübschen da?« Nate trat zu ihnen.

»Hab Cat gerade erzählt, warum Elijah aus der Stadt verschwinden musste. Aber jetzt gehe ich lieber nach Hause. Rotwein und ich … keine gute Kombination.« Whitney zuckte die Schultern. »Und morgen fliege ich in den Urlaub. Ohne Internet, ohne Handyempfang.«

»Ich weiß noch nicht, wie ich das überleben soll«, scherzte Nate. »Entspann dich, genieß die Tage.«

Er umarmte Whitney flüchtig. Nachdem sie sich von Cat verabschiedet hatte, ging sie davon.

»Cat, ich wollte dich was fragen.«

»Ja?«

Nate trat von einem Fuß auf den anderen. »Eigentlich hatte ich vor, Liv heute einen Antrag zu machen.« Verstohlen zog er ein mit schwarzem Samt bezogenes Kästchen aus dem Innenfutter seines Jacketts.

Cat schnappte nach Luft. »O du meine Güte, Nate!« Dann kniff sie die Augen zusammen. »Wieso hast du sie nicht gefragt?«

Er ließ den Ring wieder verschwinden. »Ich wollte auf die Bühne gehen, vor allen Leuten, aber dann habe ich einen Rückzieher gemacht. Viele von den Menschen hier kennen wir nicht oder nur oberflächlich. Der Abend heute ist dem *Women's Shelter* gewidmet. Ich glaube, Liv wäre es nicht recht gewesen, so im Mittelpunkt zu stehen, obwohl ich der ganzen Welt erzählen möchte, dass sie die Frau meines Lebens ist.« Er lächelte glücklich.

Cat legte ihm eine Hand auf den Oberarm. »Es ist schon romantisch … Aber du hast recht, ich verstehe dich. Wie kann ich dir helfen?«

»Ich möchte sie überraschen, an einem Tag, an dem sie es nicht erwartet. Gleichzeitig soll es aber etwas Besonderes werden, das sie nie vergisst.«

»Muss Liebe schön sein …«

»Ja, das ist es. Schau mal, ich habe mir hier ein paar Gedanken gemacht.« Er zog eine mit schwarzem Stift beschmierte Serviette hervor und hielt sie ihr hin.

»Was meinst du?«, fragte er dann.

»Puh, das ist ganz schön kurzfristig.«

»Du schaffst das doch, oder?«

Cat seufzte. »Ich gebe mein Bestes, aber versprechen kann ich nichts.«

Nate umarmte sie. »Danke!«

Lachend löste sie sich von ihm. »Freu dich nicht zu früh, danke mir lieber hinterher.«

Nachdem Elijah sich von Erin verabschiedet hatte, gesellte sich Nate an seine Seite. »Was ist dir denn für eine Laus über die Leber gelaufen?«

»Gar keine.«

»Verstehe.« Nates blödes Grinsen nervte ihn. »Du schleichst schon seit Stunden um Cat wie eine Katze um den heißen Brei. Ist da noch was, von dem ich nichts weiß?«

»Du spinnst wohl.«

»Schau, sie tanzt mit Brandon. Die beiden scheinen sich gut zu verstehen. Wie war das Tischgespräch bei euch?«

Elijah hatte keine Lust, sich über Cat und Brandon zu unterhalten. »Wie das auf diesen Veranstaltungen halt so ist«, wich er aus.

»Was gibt's Neues von Erin?«

»Sie konnte leider nicht wirklich viel herausfinden, de la Roche hat sich selten blicken lassen in der letzten Zeit.«

»Ist diese Valentina noch aktuell?«

»Scheint leider so.«

»Mist.«

»Mir geht das alles auf die Nerven. Er hat mir klargemacht, dass es ihn angepisst hat, dass ich seine Tussi gevögelt habe. Ende. Soll ich jetzt für den Rest meines Lebens jede Bar und jeden Klub meiden?«

»Vielleicht nicht jeden.«

»Ich ziehe nicht den Schwanz ein.«

Nate legte ihm eine Hand auf den Oberarm. »Ich weiß nicht, warum du so genervt bist, mein Freund. Aber de la Roche ist da nicht der passende Boxsack, ich hoffe, das ist dir klar.«

Elijah brummte etwas in seinen nicht vorhandenen Bart. »Und ich denke, dass ich jetzt die Biege mache.«

Nate schaute ihn besorgt an. »Mach keine Dummheiten. Bleib doch noch.«

Damit er sich ansehen musste, wie Cat mit Brandon nach Hause ging? Das musste er sich nicht antun.

»Habe noch ein heißes Date«, log er.

Nate seufzte. »Tatsächlich? Wie heißt die Glückliche?«

»Namen tun doch nichts zur Sache, Baby ist immer passend.« Er spielte das arrogante Arschloch, weil er das, was in ihm vorging, selbst nicht begriff. Nate schien es ihm abzunehmen, denn er schüttelte den Kopf.

»Ich hoffe, du kommst irgendwann noch drauf, dass das auf Dauer nichts bringt.«

»Bis dahin werde ich jedenfalls mein Leben genießen.«

Er sparte sich einen weiteren Kommentar, dass Nate endlich damit aufhören sollte, ihn zu belehren.

»Pass auf dich auf«, sagte Nate und umarmte ihn kurz und männlich.

»Immer.«

Wenig später stieg er aus seinem Wagen vor dem Klub *One*. Nate hatte de la Roches Etablissement nicht bewusst angesteuert, aber nun war er hier, und er würde sich verdammt noch mal nicht wie eine Maus vor der Katze verstecken. De la Roche konnte ihn mal.

Am Eingang hatte er keine Probleme, die Türsteher winkten ihn einfach durch. An der Bar bestellte er sich eine Cola und schaute sich um. Er flirtete hier und da unverbindlich, aber keine der Damen konnte sein Interesse länger als ein paar Minuten fesseln.

Irgendwann schaute er auf die Uhr, es war vier Uhr morgens, er war immer noch genervt und alleine.

Auf dem Weg zum Parkplatz stellte sich ihm jemand in den Weg. Die Straßenlaterne schien auf das vernarbte Gesicht eines schwarzhaarigen Mannes.

»Du scheinst nicht sehr am Leben zu hängen«, dröhnte die heisere Stimme de la Roches in seinen Ohren.

Elijah erstarrte für eine Sekunde, dann lachte er. »Wie man es nimmt.«

»Hast du meine Warnung nicht bekommen?«

Lässig zuckte er die Schultern. »Ich kann kein Vandalisch.«

Eduardo de la Roche wirkte einen Moment verblüfft, dann hob er eine Augenbraue. »Entweder bist du einfach sehr, sehr dumm, oder du hast wirklich keine Angst.«

Der Kerl hatte keine Ahnung, was Elijah schon alles erlebt und überlebt hatte. Derjenige, der Angst hatte, verlor. Immer. »Was willst du von mir?«, fragte er deswegen.

»Ich wollte mich nur vergewissern, dass du es wirklich

bist. Als meine Leute von der Security mir die Info überbracht haben, dass du im Klub seist, dachte ich, dass sie sich irren müssen.«

»Nun«, meinte Elijah kühl. »Ich bin es.«

Für einen Augenblick schwiegen die beiden. Dann pfiff de la Roche durch seine Zähne. »Ich bin mir nicht sicher, was ich von dir halten soll.«

»Du bist wohl sehr nachtragend, hm?«

»Was mir gehört, soll auch mein bleiben.«

Elijah biss sich auf die Lippe, ein Kommentar, dass er es Valentina so richtig besorgt hatte, war sicherlich nicht förderlich. »Da sind wir uns einig. Ich wusste nicht, dass sie zu dir gehört. Du kannst sie gerne behalten.«

»Oh, Valentina ist Geschichte.«

»Tatsache?«

»Sie ist nach Ecuador zurückgegangen.«

Er glaubte ihm kein Wort.

»Schade für sie.«

Die Luft zwischen ihnen flirrte, die Stimmung war so aufgeladen. Es fehlt nur ein Funke und de la Roche würde in die Luft gehen wie ein Feuerwerkskörper.

»Ich weiß nicht wieso, aber irgendwie mag ich dich, Arschloch. Heutzutage sind Männer, die noch Eier haben, rar gesät.«

Elijah lächelte schwach. »Herzlichen Dank.«

Völlig unvermittelt streckte de la Roche ihm seine Hand hin. »Lass uns was trinken gehen.«

Er versuchte, sich nicht anmerken zu lassen, dass er überrascht war. »Warum nicht?«

Wenig später saßen sie in einem Separee, Eduardo de la Roche goss drei Finger breit Whiskey in ein Glas. »Was kann ich dir anbieten?«

»Du hast wohl ein bisschen Zeit aufgewendet, um meine Person näher zu durchleuchten?«

De la Roche lächelte. »Ich weiß gerne, mit wem ich es zu tun habe.«

»Ich nehme ein Wasser.«

De la Roche schnipste mit dem Finger, ein Bodyguard, der an der Tür gewartet hatte, nickte und ging aus dem Raum, kurz darauf kehrte er mit einem Mineralwasser für Elijah zurück.

Sie plauderten eine Weile über Boston und den Ärger, den man als Geschäftsmann oder Mafioso mit den Behörden haben konnte.

»Im Grunde ist es ähnlich«, meinte de la Roche irgendwann. »Nur meine Gewinne sind steuerfrei.«

Elijah lachte. »So kann man es auch sehen.«

»Wieso hast du dich für diesen Weg entschieden? Du weißt doch, wie es auf der Straße läuft?«

Er fing einen Tropfen Wasser am Glasrand mit dem Zeigefinger ab. »Ich möchte nicht dafür verantwortlich sein, dass Kinder ihre Eltern verlieren, dass Mütter ihre Kinder vergessen. Mein Luxus soll nicht auf dem Leid anderer aufgebaut sein.«

»Ich unterstütze Wohltätigkeitsprojekte überall auf der Welt.«

»Die Frage ist immer der Preis, den man dafür zahlt.«

»Du bist also einer von den Guten.«

Elijah spürte seinen bohrenden Blick, während er darüber nachdachte.

»Nein, das bin ich nicht. Aber ich habe zu viel erlebt, ich war am Ende der Kette, verstehst du? Ich habe meine Mutter gesehen, wie sie mit Schaum vor dem Mund auf dem Sofa lag. Für kein Geld der Welt könnte ich mit mir vereinbaren, das anderen anzutun.«

»Niemand zwingt die Leute, Drogen zu nehmen.«

»Ich würde sagen, da machst du es dir ein wenig zu leicht.«

De la Roche zuckte die Schultern, dann trank er sein Glas aus. »Ein Jammer, ich denke, es hätte spannend sein können, mit einem wie dir Geschäfte zu machen.«

Elijah nickte. »Bedauere. Ich bedanke mich für das nette Gespräch, denke aber, dass es für mich jetzt an der Zeit ist zu gehen.«

Er schüttelte de la Roche die Hand. Er spürte Eduardos Blick noch lange im Rücken.

Auf dem Weg zum Parkplatz ließ er das Gespräch noch einmal Revue passieren. Er konnte noch immer nicht fassen, was eben passiert war, als ihn jemand zur Seite zerrte. Elijah wollte gerade um sich schlagen und sich wehren, als er Erins Stimme erkannte. »Pst, sei leise.«

»Erin?«

»Gerade wollte ich Spezialkräfte anfordern. Sag mal, hast du sie noch alle?«

Elijah seufzte auf. »Was machst du hier?«

»Ich bin dir gefolgt, was denn sonst? Valentinas Leiche wurde vorhin aus dem Charles River gefischt.«

Eine Gänsehaut ließ ihn erschaudern. Innerlich verfluchte er seine leichtfertigen Affären. Hätte er sie nicht flachgelegt, würde sie vielleicht noch leben. Oder sie hätte sich einem anderen an den Hals geworfen, möglicherweise hatte sie das sogar, und das hatte ihr Schicksal besiegelt. Es berührte ihn, aber er wusste, dass er nicht daran schuld war. Ohne auf das Ende der armen Frau zu sprechen zu kommen, fuhr er fort. »Du bist gut.«

»Nicht gut genug, sonst hätte ich verhindert, dass du in de la Roches Arme läufst.«

»Warst du die ganze Zeit im Klub?«

»Das lass mal meine Sorge sein. Was hat er mit dir gemacht?«

»Wir haben was getrunken.«

»Ihr habt was?« Ihre Stimme klang schrill.

»Das Problem ist beseitigt, dein Auftrag erledigt. Lass uns den Rest am Montag regeln. Ich bin saumüde.«

Erin schlug ihm leicht mit der Hand auf die Brust. »Selten hat mich ein Kunde so viele Nerven gekostet wie du.«

»Nehme ich als Kompliment. Soll ich dich nach Hause bringen?«

»Lass mal lieber. Ich komme zurecht.«

»Danke«, meinte er.

Sie schaute zu ihm auf, und er musste grinsen. »Bitte.«

»Hätte nicht gedacht, dass so ein Dreikäsehoch wie du mich überrascht.«

»Größe ist nur bei einem wichtig.«

Elijah lachte rau. »Daran mangelt es bei mir nicht.«

Sie hob die Hände. »O Gott, so war das nicht gemeint. Hilfe! Ich würde nie was mit meinem Klienten anfangen.«

»Offiziell haben wir den Job gerade beendet.«

»Das ist nicht dein Ernst.« Sie klang zum ersten Mal, seit er sie kannte, wirklich schockiert.

»Nein, war es nicht.« Leider. Er wünschte, er hätte mal wieder Lust auf eine andere Frau als auf Cat. »Komm gut nach Hause, Kleine.«

Erin schnaubte. »Gute Nacht, Elijah.«

Kapitel 17

Nate trampelte in Elijahs Büro. »Du hast doch echt einen Schatten.«

»Dir auch einen guten Morgen, Nate.« Elijah hob seinen Kopf und schaute Nate direkt an.

Der Gesichtsausdruck seines Freundes ließ darauf schließen, dass Erin sich auch bei ihm gemeldet hatte.

»Spinnst du?«

Elijah kniff die Augen zusammen. »Was ist eigentlich dein Problem?«

»Du kannst doch nicht einfach in de la Roches Klub spazieren!«

Er grinste arrogant und lehnte sich im Stuhl zurück. »Doch, kann ich. Habe ich auch gemacht.«

Nate stampfte zu seinem Schreibtisch und legte seine Handflächen darauf. »Was ist eigentlich los mit dir?«

»Hör auf, dich wie ein Samariter aufzuspielen.«

»Du kotzt mich manchmal an, Elijah. Merkst du nicht, dass ich mir Sorgen um dich mache?«

»Das ist nicht nötig.«

»Was, wenn de la Roche dir anstatt eines Drinks eine Kugel verpasst hätte?«

»Hat er aber nicht.«

»Was stimmt nicht mit dir? Warum drehst du so am Rad?«

»Gar nichts. Ihr übertreibt.«

»Elijah, hör auf mit dem Scheiß! Du bist mir wichtig.«

Er wollte die Augen verdrehen, aber er wusste, dass Nate im Grunde recht hatte. »Ich weiß«, sagte er daher nur.

»Du kannst mit mir reden, wenn was ist.«

Was sollte er sagen? Dass er nachts wach lag und an Cat dachte?

Dass er sich nach ihrer Nähe sehnte? Dass ein Tag schlimmer war als der andere, wenn er sie nicht bei sich hatte?

Sicher nicht.

Es würde vorübergehen. Vermutlich wollte er sie nur so sehr, weil er sie nicht mehr haben konnte.

»Es ist nichts«, murmelte er und schaute auf seine Hände.

Nate seufzte. »Okay, du willst nicht drüber reden. Ich akzeptiere das. Aber bitte versprich mir, dass du nicht mehr solche Kamikaze-Nummern abziehst.«

»De la Roche und ich sind jetzt so was wie Freunde.«

»Übertreib es nicht!«

»Ja, ja, schon gut.«

»Mach keinen Scheiß mehr, hörst du?«

Er sah den furchterfüllten Ausdruck auf Nates Gesicht, sie hatten beide zu viel erlebt, als dass er seinen Kumpel anlügen konnte. »Mache ich nicht. Ich habe es kapiert. Vielleicht bin ich etwas zu weit gegangen.«

»Etwas!«, stieß Nate hervor und fuhr sich mit der Hand durch die Haare. »Du kostest mich Jahre meines Lebens.«

»Mach mich nicht für deine grauen Haare verantwortlich.«

Nate fasste sich an den Kopf. »Graue Haare? Wo?«

Elijah prustete, dann begriff Nate, dass er veralbert worden war. »Arschloch«, schimpfte Nate und schüttelte den Kopf.

»Deswegen liebst du mich.«

Nate seufzte. »Irgendwie schon.«

Kurz darauf saß Elijah alleine in seinem Büro und starrte aus dem Fenster. Graue Wolken schoben sich über den Himmel, es kam ihm so vor, als verliefe sein Leben von jetzt an in Schwarz-Weiß anstatt in Farbe.

* * *

Die letzten Tage waren von geschäftiger Betriebsamkeit geprägt gewesen. Nun stand Cat im Hexenkostüm in Nates Haus und sah, wie ein paar Regentropfen gegen das Fenster klatschten.

»Bitte hör auf!«, flehte sie in Richtung Himmel. Es war kurz nach sechzehn Uhr, und die Dämmerung nahte. Schon bald würden Kinder durch die Straßen ziehen und »Süßes oder Saures« rufen. In diesem Haus jedoch würde noch viel mehr stattfinden. Zufrieden lächelnd überprüfte sie noch einmal den Zeitplan, Liv würde gegen halb sechs von der Arbeit kommen, sie wusste, dass sie sich heute mit ein paar Freunden treffen würden. Während die Kinder Süßigkeiten sammelten, würden sie ein paar Würstchen grillen und gemütlich zusammensitzen. Es war zwar kein traditionelles Halloween-Programm, aber Liv hatte es sich trotzdem verkaufen lassen. Sie mochte es, dass nun zwei Freundeskreise zusammengeführt wurden. Cat hatte nicht gewagt zu fragen, ob Elijah auch kam. Denn auch, wenn sie keinen Kontakt gehabt hatten, so hatte sie viel öfter an ihn gedacht, als ihr lieb war. Aber Nate hatte ihr gestern in einem Nebensatz erzählt, dass Elijah nicht in der Stadt war. Einerseits war sie enttäuscht gewesen, andererseits erleichtert. Aus den Augen, aus dem Sinn, vielleicht half es ja.

»Ach, hier steckst du«, Nate kam auf sie zu. Er trug einen dunklen Smoking, das Haar hatte er ordentlich gekämmt.

»Hoffentlich hört es bald auf zu regnen.«

»Da sieh nur, die Sonne kommt raus.«

Cat drückte beinahe die Nase ans Fenster. »Gott sei Dank. Bist du nervös?«

Nate lächelte verlegen. »Mir ist speiübel.«

»Es ist so romantisch, Liv werden die Augen aus dem Kopf fallen.«

»Ich hoffe nicht.«

Cat lachte.

»Und die Kinder kommen?«

»Klar, habe alles noch mal überprüft.«

»Den Ring haben sie?«

»Yes, Sir. Wirklich, Nate. Alles wird klappen, der Regen war meine einzige Sorge, aber nun, da die Sonne noch mal rauskommt, ist alles perfekt.«

»Okay, soll ich die Fackeln schon mal anzünden?«

»Warum nicht.«

»Und die Musikanlage?«

»Kümmere ich mich drum.«

So arbeiteten sie Hand in Hand, bis es dunkel wurde und die ersten Kinder an der Tür klingelten. Brandon, Brooke aus dem *Women's Shelter* und Whitney waren schon da, als Liv von der Arbeit kam. Sie trug bereits ein Hexenkostüm, weil sie mit ihren Schützlingen eine kleine Party am Nachmittag gefeiert hatte.

»Oh, bin ich zu spät?«, fragte sie und gab Nate einen Kuss. »Es sieht ja irre aus! Die Fackeln, der Nebel! Toll. Und du hast dich zu Halloween als was herausgeputzt?«

»Ähm«, stammelte er.

Cat warf ihr eine Plastikspinne zu. Liv schrie auf und sprang zur Seite. »Du bist gemein.« Dann lachte sie. Vor dem Haus hatten sie auch einen Lautsprecher aufgestellt, aus dem jetzt gruselige Klänge waberten. Wenn die anderen Kinder klingelten, würde Cat eine ganz bestimmte Playlist anstellen, die mit Halloween und Gruseln gar nichts zu tun hatte.

Sie war aufgeregt und gespannt und goss sich gerade ein Glas Bowle ein, als es klingelte.

»Cat, kannst du mal gehen?«, rief Liv, die Nate umarmte und ihn ganz offensichtlich nicht loslassen wollte.

»Klar, mache ich.«

Cat schob sich ihren Hexenhut zurecht und eilte zur Haustür, in der linken Hand hielt sie eine Schüssel mit Süßigkeiten bereit. Sie lächelte und machte sich auf einen Chor »Süßes oder Saures« gefasst. Als sie in Elijahs Gesicht blickte, vergaß sie zu atmen.

Mit einer ungeschickten Geste stieß sie versehentlich an den Türrahmen und einige Süßigkeiten fielen aus der Schüssel auf den Boden.

»Guten Abend«, sagte er. Seine Stimme war wie eine sanfte Berührung, und Cat konnte nicht verhindern, dass sich eine Gänsehaut auf ihrem Körper ausbreitete.

»Hallo«, brachte sie hervor, und es gelang ihr sogar zu lächeln. Sie schaute zu ihm auf, und der Blick seiner graublauen Augen ließ sie einen Moment lang vergessen, dass es vorbei war, dass sie nie wieder seine Lippen auf ihren spüren würde. Für einen Wimpernschlag sah es so aus, als wollte er sie umarmen, doch dann wich er zurück, nicht weit, aber doch weit genug.

Hastig trat Cat beiseite und hob die Süßigkeiten vom Boden auf, froh, ihm so aus dem Weg gehen zu können. »Geh doch rein«, fügte sie unnötigerweise noch hinzu, denn er war bereits eingetreten.

»Brauchst du Hilfe?«

»Nein, nein. Es sind nur ein paar Bonbons.«

Er erwiderte nichts darauf, aber dass er noch immer neben ihr stand, machte sie nervös. Doch dann hörte sie, wie sich seine Schritte auf dem Parkett entfernten. Cat atmete aus und schaute hinaus. Künstlicher Nebel waberte aus der Maschine, düstere Orgelmusik verlieh dem Ganzen etwas

Schauriges, die Fackeln gaben ein zischendes Geräusch von sich, das sie an flatternde Fahnen erinnerte. Dann sah sie die Kinder um die Ecke biegen, die alle den gleichen dunklen Umhang trugen. Ihr Herz schlug schneller, es ging los.

»Kommt ihr mal bitte?«, rief Cat nach drinnen.

Elijah hatte gerade alle begrüßt, als Cats Stimme vom Eingang ertönte. Nate legte seine Hand auf Livs Rücken und schob sie voran. Brandon und Whitney, die seit gestern aus dem Urlaub zurück war, tauschten einen Blick aus. Was ging hier vor sich? Elijah war sich sicher, dass ihm irgendwas entgangen war. Um nicht noch mehr zu verpassen, ging er allen hinterher.

An der Haustür stand eine Horde Kinder in schwarzen Umhängen, niemand sagte etwas. Wo eben noch Orgelmusik erklungen war, hörte er auf einmal »How long will I love you« von Ellie Goulding. In der nächsten Sekunde flogen die Umhänge davon und zum Vorschein kamen kleine Engel, deren Kostüm darunter verborgen gewesen war. Sie sangen zusammen, ein Junge trat nach vorne, auf der Handfläche lag ein kleines Kästchen, das mit schwarzem Samt überzogen war. Liv schnappte nach Luft, Nate ging vor ihr auf die Knie.

Elijah war nur ein Statist am Rande, aber auch er konnte die ergreifende Stimmung nicht leugnen. Verstohlen beobachtete er Cat, die an der Tür stand und die Hände auf die Brust gelegt hatte. Auf ihrem Gesicht lag so ein verzückter Ausdruck, dass sich sein Herz schmerzhaft zusammenzog.

»Liebe Liv«, hörte er Nates Stimme wie aus weiter Ferne. »Du bist mein Licht, du bist mein Herzschlag, mein Leben.«

Er sah, dass Cat sich eine Träne aus dem Augenwinkel wischte.

»Erst mit dir habe ich begriffen, was wirklich zählt. Ich möchte keinen Tag mehr ohne dich verbringen. Dein Schmerz ist mein Leid. Dein Glück ist mein Glück. Liv«, Nate schluckte schwer. »Willst du meine Frau werden?«

Liv schniefte. »Ja! Ja, ich will. Mein Gott, Nate! Damit habe ich heute nie und nimmer gerechnet!«

»Ist das ein Ja?«, wiederholte Nate.

»Ja! Du Verrückter. Ja, ich will dich heiraten. Ja, ich liebe dich!«

Nate sprang auf die Beine und zog Liv an seine Brust, um sie zu küssen. Elijah schaute weg, er bemerkte jedoch, dass Cat ihn ansah. Er wusste nicht, was mit ihm los war, aber er fühlte sich, als hätte ein Elefant seinen Fuß auf seiner Brust abgestellt. Er bekam kaum noch Luft. Nur mit allergrößter Mühe schaffte er es, nicht die Beine in die Hand zu nehmen und davonzulaufen. Jubel ertönte. Weil es sich so gehörte, stimmte er mit ein, beglückwünschte das Paar zu ihrer Entscheidung. Nate steckte Liv einen Ring an den Finger, den sie stolz jedem zeigte, ob er nun wollte oder nicht. Alle außer Elijah wollten.

Die Kinder verbeugten sich, dann verließen sie Nates Haus. Irgendwoher kam Brandon mit einer Magnum-Flasche Champagner, Whitney brachte die Gläser. Ein Toast wurde ausgesprochen, Glas klirrte. Jemand drückte Elijah ein Wasser in die Hand.

Irgendwie ging dieser Abend vorüber, gegen elf verabschiedete er sich. Er wusste selbst nicht, warum er sich fühlte, als hätte jemand die Stopp-Taste gedrückt. Rastlos fuhr er durch die Nacht, bis er irgendwann begriff, dass sich etwas verändert hatte. Dass er sich veränderte.

Die Furcht, die diese Erkenntnis mit sich brachte, war größer als alles, was er bis dahin erlebt hatte. Er konnte es nicht greifen, nicht beziffern, schon gar nicht benennen. Er wusste, dass er, ohne es zu wollen, zugelassen hatte, dass sein Herz auf einmal im Takt eines anderen schlug. Vielleicht verblüffte es ihn nicht mal so sehr, unterbewusst hatte er es vermutlich seit der ersten Begegnung geahnt. Dass es überhaupt möglich war, war die größte Überraschung.

Bislang hatte er geglaubt, sein Herz wäre schon vor langer Zeit auf die Funktion eines simplen Muskels reduziert worden, es wäre nicht mehr das Zentrum seines Seins. Und dann war das mit Cat passiert.

Er wusste nicht, was er tun sollte. Er hatte Angst, schreckliche Angst.

Zum ersten Mal, seit er Waise geworden war, spürte er dieses furchtbare, kalte Gefühl, dass er wieder jemanden verlieren könnte, gleichzeitig aber auch eine angenehme Unruhe, die ein Kribbeln auf seiner Haut auslöste, wenn er an Cat dachte.

Kapitel 18

Müde, aber glücklich kehrte Cat nach der Halloween- und Verlobungsparty in ihre Wohnung zurück. Trotzdem verspürte sie eine seltsame Leere nach dem wunderbaren Abend. Sie kroch in ihr Bett und spielte mit ihrem Handy, dann sah sie auf Facebook, dass Josh in Las Vegas geheiratet hatte. Sie wartete auf den dumpfen Schmerz, aber er kam nicht. Irgendwann schlief sie schließlich ein.

Als sie am nächsten Morgen aufwachte, war es noch dunkel, genau wie ihre Stimmung. Gähnend rieb sie sich die Augen und stand auf, in der Küche stellte sie die Kaffeemaschine an. Ein forsches Klopfen an der Tür ließ sie zusammenfahren.

Sie öffnete und erstarrte im gleichen Moment. Vor ihr stand Elijah, der Regen hatte ihm das Haar an die Stirn geklebt. Der Kragen seines Mantels war gegen die Kälte hochgeschlagen.

»Wie bist du ins Haus gekommen?«, hörte sie sich selbst fragen, als ob es nicht Wichtigeres gäbe.

Was machte er hier?

Warum war er gekommen?

Wieso stand er kurz nach sechs vor ihrer Tür?

Aber nichts mehr kam über ihre Lippen, sie bekam nicht einmal mehr richtig Luft. Es war beinahe so, als hätte ihr

Körper vergessen, wie es ging, als würde das Einatmen nicht mehr automatisch auf das Ausatmen folgen. Es war, als fehlte ihrem Organismus eine selbstverständliche Logik, ihr Kopf war leer.

Sie standen sich endlose Sekunden wortlos gegenüber, dann machte er diesen einen Schritt auf sie zu, der alles sagte, was sie wissen musste. Elijah umfasste ihr Gesicht mit beiden Händen und küsste sie. Der Druck seiner Lippen war so erschütternd, dass sie weder versuchte, ihn von sich zu schieben, noch, sich enger an ihn zu schmiegen. Alles, was sie tun konnte, war, ihn zu erwidern, obwohl ihr Herz nach einer Erklärung schrie. Sie wollte hören, warum er gekommen war. Aber Cat war wie gebannt von seinem Kuss, seinen weichen Lippen und der Hitze, die er trotz der nassgeregneten Haut und Kleidung ausstrahlte. Schwindel erfasste sie, während sich eine wundervolle Wärme in ihrem Bauch ausbreitete, die sich wie Nachhausekommen anfühlte. Irgendwann löste er sich von ihr, ihr Pyjama war längst durchnässt, sie spürte es kaum, als sie aufblickte und noch einmal fragte: »Was tust du hier?«

»Ich bin zum ersten Mal in meinem Leben verliebt und ich dachte, dass du das wissen solltest, denn du bist die Frau, die ich liebe.«

In der darauffolgenden Stille glaubte Cat, jeder im ganzen Haus müsse ihren dröhnenden Herzschlag hören können. Ihre Lippen waren leicht geöffnet, das Atmen fiel ihr noch immer unerträglich schwer. Ihr Mund war staubtrocken. Alles in ihr stand plötzlich still.

»Was?«, war alles, was sie hervorbrachte. Cat blinzelte, als könne das, was er eben zu ihr gesagt hatte, unmöglich wahr sein.

Elijahs Züge wurden weich, ein leises Lächeln umspielte seine Lippen. »Es stimmt, Kätzchen. Ich liebe dich. Mit Herzrasen. Ich liebe dich mit Atemnot. Ich bin völlig verrückt nach dir.«

Cat stieß einen Laut aus, der am ehesten als Wimmern durchgehen würde. Sie schlug sich eine Hand vor den Mund und taumelte. Elijah zog sie an sich und gab ihr Halt und Geborgenheit.

Wie sehr sie ihn vermisst hatte!

Wie sehr sie sich nach ihm gesehnt hatte!

Und nun stand er vor ihr und flehte sie mit seinem Blick an, ihm zu glauben.

»Bitte verzeih mir«, sagte er, seine Stimme klang rau.

»Was soll ich dir verzeihen?« Sie wusste einfach nicht, was sie sonst erwidern sollte. Das alles kam ihr noch immer so unwirklich vor. Wie ein Traum.

»Dass ich so lange gebraucht habe. Es tut mir leid, dass ich so dumm war, nicht zu kapieren, wie besonders das mit uns von der ersten Sekunde an war.«

Sie konnte noch immer nicht fassen, was hier passierte. »Willst du nicht erst einmal reinkommen?«, bat sie ihn, während ihr Herz noch immer wild gegen ihren Brustkorb hämmerte.

»Wenn du mich bittest?« Er grinste schief.

»Gott, natürlich. Komm rein.« Elijah griff nach ihrer Hand und verschränkte seine Finger mit ihren. In der Wohnung half sie ihm aus dem Mantel, er war schweigsam geworden.

»Elijah?«

»Ja?«

»Kannst du es noch einmal sagen?«

Der Mantel fiel auf den Boden, er zog sie an sich. Sie genoss es, seinen Duft zu inhalieren, seine Wärme zu spüren. »Was soll ich sagen?«

»Dass du mich liebst. Kann ich es noch einmal hören, damit ich es glauben kann?«

Elijah vergrub eine Hand in ihren Haaren und bog ihren Kopf ein wenig nach hinten, sodass sie ihn ansehen musste. »Ich werde es dir jeden Tag sagen, jede Nacht, für den Rest deines Lebens – wenn du das möchtest. Ich liebe dich, Catherine Archer. Ich liebe dich mehr als mein Leben.«

Sie schloss die Augen, die sich mit Tränen füllten. »Ich liebe dich auch«, erwiderte sie mit dem nächsten Wimpernschlag und verlor sich im Graublau seiner Iriden.

»Ich habe nie verstanden, wenn jemand von einem Zuhause als etwas Erstrebenswertem geredet hat. Denn ich hatte nie eines, bis ich dich traf jedenfalls. Ich habe nicht verstanden, wie sich ein Ort anders anfühlen kann als der andere. Jetzt tue ich es. Du bist mein Zuhause, und ich will nie mehr woanders sein als bei dir.«

Dann verschloss er ihren Mund mit seinem. Cat erwiderte seinen Kuss und fing an, sein Hemd aus der Hose zu ziehen.

»Ich bin nicht *deswegen* hier«, murmelte er an ihren Lippen.

»Nur, weil wir jetzt zusammen sind, müssen wir doch darauf nicht verzichten, oder?«

Elijah lachte heiser. »Sicher nicht. Aber du hast meine Frage noch nicht beantwortet.«

»Welche?«

»Verzeihst du mir?«

Sie hob ihren Blick. »Wie hast du gemerkt, dass du in mich verliebt bist?«

Während sie sich auf Cats Bett sinken ließen, entledigten sie sich der restlichen Kleider. »Es war nicht schön«, gab er zu. »Eigentlich fühlt sich dieses Verliebt-sein-Ding ziemlich scheiße an.«

Cat musste über seinen beinahe angewiderten Gesichtsausdruck lachen. »Das bist so du!«

»Es ist aber so. Ich konnte weder schlafen noch essen noch sonst was tun. Das Einzige, was ich im Kopf hatte, warst du. Erst habe ich gedacht, dass es nur, na ja …«, er grinste verlegen. »Dass es nur der Sex war.«

»War es nicht?«

»Nein!« Er fuhr sich durch die Haare. »Es ging mir unter die Haut. Du gehst mir unter die Haut!«

»Und du bist sicher, dass es Liebe ist?«

»Cat!«

Sie kicherte. »Entschuldige, ich wollte mich einfach vergewissern.«

Er legte eine Hand an ihre Wange. »Glaub mir, ich kann es verstehen. Dass du skeptisch bist, meine ich. Ich kann es selbst kaum glauben.«

»Aber?«

»Gestern, bei Nates Antrag, da habe ich mich gefühlt, als hätte ein Laster auf meinen Lungen geparkt.«

»O je. Panik ist aber kein gutes Vorzeichen.«

Elijah grunzte. »Das war es nicht, es war mehr die Erkenntnis, dass ich dir gegenüber dasselbe empfinde wie Nate für Liv. Da habe ich begriffen, dass ich ein Problem habe.«

»Problem?«

»Du weißt einiges über mich, aber nicht alles. Meine Vergangenheit, meine Kindheit. Seit dem Tod meiner Mutter habe ich nichts mehr gefühlt. Ich dachte, ich wäre dazu gar nicht in der Lage. Es hat mich ziemlich schockiert, dass ich vor ein paar Tagen dachte, ach, so ein Häuschen im Grünen mit einer Schaukel im Garten wäre gar nicht so übel.«

Cat machte große Augen. »Du … kannst dir so was vorstellen?«

Elijah küsste sie auf die Nasenspitze. »Ich will alles mit dir, vielleicht sogar ein Fellmonster.«

Sie wusste, dass er sich ebenfalls an das Gespräch erinnerte, in dem sie ihm ihre Liebe gestanden und Haus, Kinder und Hund aufgezählt hatte.

»Elijah!« Sie drückte sich an ihn.

»Das, was du bei der Gala gesagt hast, war das die Wahrheit?« Seine Stimme war leise geworden.

»Nein, du Dummerchen. Ich habe gelogen, ich wollte dich verletzen, um mich selbst besser zu fühlen. Ich habe dich mit Erin gesehen und die falschen Schlüsse gezogen. Ich wollte dir wehtun, weil du mir wehgetan hast.«

»Dann hast du mich damals schon geliebt?«

»O Elijah, ich glaube, ich habe mich in dich verliebt, als du Mistkerl mich vor dem Supermarkt angemacht hast.«

Sein siegessicheres Lächeln kehrte zurück. »Yes, wusste ich es doch!«

»Idiot«, schimpfte sie liebevoll und rollte sich auf ihn.

»O Gott!«, seufzte er auf. »Du hast keine Ahnung, wie sehr ich dich will. Mit Haut und Haaren, mit Leib und Seele.«

»Und ich will dich.«

Sie ließ sich fallen, er fing sie auf.

»Für immer«, flüsterte er.

»Für immer«, bestätigte sie und sank träge auf seine Brust.

Epilog

In Elijahs Penthouse stapelten sich die Umzugskisten, er konnte selbst noch kaum fassen, dass er wirklich den nächsten Schritt mit Cat wagen würde. Alles in ihm sagte ihm, dass es richtig war, und es fühlte sich wundervoll an. Es war eiskalt draußen, in den letzten Tagen hatte es geschneit wie verrückt.

»Komm, du Träumer«, hörte er Cats Stimme, dann schmiegte sie sich an seinen Rücken. »Wir wollten doch los, oder was hast du?«

»Klar doch ... es sei denn, du hast noch ein anderes dringendes Bedürfnis?«

Er drehte sich zu ihr und küsste sie leidenschaftlich.

Cat legte ihm eine Hand auf die Brust und schob ihn atemlos von sich. »Wir werden zu spät kommen«, seufzte sie an seinen Lippen, machte aber sonst keine Anstalten, sich von ihm zu lösen.

»Na und? Es ist unsere Party, da können wir wohl auftauchen, wann es uns passt.«

»Eben nicht, mein Lieber. Eben nicht, das ist unhöflich.«

Er seufzte. »Zu schade.« Seine Lippen strichen über die Kuhle an ihrem Hals. »Ich könnte mich auch beeilen ...«

Cat lachte. »Heb dir den Nachtisch doch für den Schluss auf.« Sie schaute ihn unter gesenkten Lidern an.

»O Gott«, er seufzte. »Du folterst mich absichtlich, oder?«

Sie grinste. »Ein bisschen.«

»Hexe.«

»Macho.«

Er griff nach ihrer Hand. »Dann lass uns lieber gehen, ehe ich die Party absage und dich sofort ins Bett zerre.«

»Das würdest du nicht wagen!«

»Kennst du mich so schlecht?«

»Elijah!«

»Schon gut.« Er grinste und gab ihr einen kurzen Kuss auf die Lippen. »Dann lass uns gehen.«

Kurz darauf saßen sie in seinem Wagen und fuhren zu ihrem neuen Zuhause, einem kleinen Häuschen in Bunker Hill. Nate und Liv wohnten ganz in der Nähe. Die Möbel waren noch nicht alle geliefert worden, aber behelfsmäßig würde es auf jeden Fall gehen – die Hauptsache war, dass er mit Cat zusammen war und sie die erste Nacht unter ihrem ersten gemeinsamen Dach verbringen würden. Sie hatte sich in seinem Penthouse nie wohlgefühlt und wenn er ehrlich war, dann hatte er seit dem Einbruch auch nicht mehr gut geschlafen.

Natürlich waren sie zu spät! Cat blinzelte hektisch, als sie aus dem Auto ausstieg. Zum Glück hatte Liv einen Schlüssel, sie hatte ihr in den letzten Tagen bei den Vorbereitungen und dem Einrichten geholfen.

»Da seid ihr ja!«, rief ihre Freundin und winkte fröhlich.

»Tut mir leid«, meinte Cat und stapfte durch den Schnee auf sie zu.

»Das macht doch nichts. Happy Birthday, Elijah.« Sie kam ihnen über die Stufen entgegen und umarmte erst das Geburtstagskind, dann Cat. Dabei flüsterte sie ihr ins Ohr: »Dein ›Geschenk‹ ist in der Box im Schlafzimmer, meinst du, so eine Party ist wirklich der richtige Zeitpunkt?«

»Klar doch. Die sollen sehr robust und nervenstark sein.«

»Na, wenn du meinst. Ich war eben noch mal mit ihm draußen. Der Kleine macht jetzt sicherlich erst mal ein Schläfchen.«

»Danke dir, du bist die Beste.«

»Was tuschelt ihr beiden da?«, meinte Elijah.

»Geh du nur schon mal rein, deine Gäste begrüßen.«

»Sind es nicht unsere Gäste?«

Cat lachte. »Ja. Dann geh rein und begrüße unsere Gäste.«

Er gab ihr einen Klaps auf den Hintern, dann verschwand er mit langen Schritten im Haus.

Sie atmete hörbar aus. »Ist er nicht süß?«

»Ich bin froh, dass du so glücklich bist.«

»Ich auch!«

»Und wir sind jetzt wieder Nachbarn, das ist doch das Tollste daran.«

»Ja!«

»Das ist so cool!«

Die beiden klatschten sich ab, dann gingen auch sie ins Haus.

Etwas später, die Gäste waren alle mit Getränken und Snacks versorgt, gesellte sich Natalie zu Cat und Elijah. »Wie schön, dass du auch kommen konntest«, sagte Elijah. »Weißt du eigentlich, dass wir dir unseren ersten Kuss zu verdanken haben?«

Natalie gluckste. »Na bitte, gern geschehen. Ich hab damals gleich gewusst, dass eure Geschichte nicht ganz gestimmt hat. Umso schöner, dass ihr jetzt wirklich zusammen seid.«

»Wenn ihr mich kurz entschuldigen würdet?«, sagte Cat und ging mit klopfendem Herzen davon, um ihr Geschenk für Elijah zu holen, während dieser weiter mit Natalie plauderte. Auf dem Weg zum Schlafzimmer blieb sie kurz bei Liv stehen, die an einem Glas Champagner nippte. »Guck dir mal Brandon an, findest du nicht, ihm würde eine Frau an der Seite auch gut stehen?«

Cat lachte. »O Gott, jetzt sag bloß, du willst ihn verkuppeln?«

»Nein, auf keinen Fall, so was funktioniert doch nur im Film. Aber ganz ehrlich, er ist so ein toller Mann, ein Jammer, wenn er Single bleibt.«

Cat beobachtete den attraktiven Anwalt verstohlen, Liv hatte recht. »Wir haben uns gut verstanden auf der Spendengala, aber der Ärmste ist durch seinen Job echt desillusioniert, ich fürchte, er ist eine härtere Nuss als Elijah und das will was heißen.«

Liv gluckste. »Da kannst du recht haben, ich kann mir auch gar nicht so recht vorstellen, welche Frau für ihn infrage käme, du?«

»Vielleicht muss die noch gebacken werden«, meinte Cat. »So, ich hole jetzt mal meine Überraschung. Hoffentlich findet Elijah die auch gut und fällt nicht in Ohnmacht.«

»Als ob den irgendwas aus der Fassung bringen könnte«, erwiderte Liv und zwinkerte ihrer Freundin zu.

Elijah unterhielt sich immer noch mit Natalie, als er Cat ein paar Minuten später mit einem weißen Fellknäuel im Arm entdeckte, das sie aus dem Schlafzimmer trug. Er hielt mitten im Satz inne. »Was zur Hölle …«

Jemand schlug mit einem Löffel gegen ein Glas, die Gespräche verstummten.

Cat räusperte sich und kam auf Elijah zu. »Erst einmal, vielen Dank, dass ihr alle gekommen seid. Gleichermaßen feiern wir Elijahs Geburtstag sowie den Einzug in unser erstes gemeinsames Zuhause.«

Sie lächelte ihn an, und sein Herz ging auf.

»Elijah«, fuhr sie fort. »Ich habe dir irgendwann mal an den Kopf geworfen, was du mir alles nicht geben könntest. Seitdem hat sich vieles verändert.«

»Zum Guten, hoffe ich?« Er grinste verlegen.

Sie nickte. »Es ist viel mehr als das. Ich habe mir nie erträumt, dass eine Beziehung so unkompliziert und ehrlich sein könnte. Wir sind bereit für den nächsten Schritt, hast du vor Kurzem zu mir gesagt und mir den Vorschlag gemacht, zusammenzuziehen. In ein Häuschen, mit Garten ... Und jetzt mache ich unsere Familie – fürs Erste – komplett. Darf ich dir unseren Hund Joe vorstellen?« Sie setzte den kleinen Labradorwelpen auf den Boden, er schnupperte und ließ sich von all den Menschen im Wohnzimmer überhaupt nicht beeindrucken, sondern pieselte als Erstes aufs Parkett.

Elijah lachte, Cat schüttelte den Kopf. »Ein echter Mann!«, kommentierte Elijah und küsste Cat.

»Sollte das nicht jemand wegmachen?« Er wusste nicht, von wem der Kommentar kam.

»Mach ich gleich!«, murmelte er an Cats Lippen. »Erst einmal küsse ich meine Liebste. Danke, Cat. Danke, dass du bei mir bist und einen besseren Menschen aus mir machst. Ich liebe dich.«

»Ich liebe dich.«

Die Gäste klatschten, und Joe gab ein hohes Bellen von sich. Cat gluckste. »Ich geh besser mal einen Lappen holen.«

Elijah hielt sie auf. »Lass nur, ich erledige das schon.«

Cat machte große Augen, sie hatte offenbar nicht damit gerechnet, dass Elijah sich darum reißen würde, die Pfütze des Welpen zu beseitigen, aber es freute sie ganz offensichtlich, dass er nicht schockiert, sondern glücklich über ihr neues Familienmitglied war.

Für die Liebe seines Lebens würde er alles tun. Ihr Herz schlug in seiner Brust, ihr Lachen ließ die Sonne über ihm aufgehen, ihre Tränen waren sein Leid. Er würde alles mit ihr teilen, die guten und die schlechten Tage, solange sie zusammen waren, würden sie alles bewältigen. Er war unfassbar glücklich, dass sein Leben diese Wendung genommen hatte, die er noch vor ein paar Monaten nie zu träumen gewagt hätte.

– Ende –

Danksagung

Am Ende eines Buches gibt es immer eine ganze Reihe an Leuten, denen ich Danke sagen möchte. Zuerst natürlich meinen Leserinnen und Lesern, ohne euch wäre es gar nicht möglich, dass ich meinen Traum leben kann. Ich freue mich über jede einzelne Rezension, E-Mail oder Nachricht auf Facebook.

Danke Doro, die nie meckert, wenn ich frage, wann sie mit dem Lektorat so weit sein wird, die immer bereit ist, über meine verrückten Ideen zu sprechen.

Danke Britt, die immer für mich da ist und alle meine Macken und Ideen aushält.

Danke Lisa von Bookrix, danke an das gesamte Team, ihr habt für mich vieles möglich gemacht.

Danke liebe Freunde und Familie, ohne euch würde ich das gar nicht schaffen.

Nicht zuletzt möchte ich mich auch bei meinen Testleserinnen bedanken, die akribisch und blitzschnell die letzten Fehler aus dem Text fischen, ehe das Buch veröffentlicht wird.

Schaut gerne auch auf meiner Facebook-Seite vorbei, hier finden regelmäßig Gewinnspiele statt. Ich freue mich über euer Däumchen.

Wenn ihr sicher sein wollt, dass ihr nichts mehr verpasst, meldet euch einfach zu meinem kostenlosen Newsletter an, über den ich gelegentlich kostenlose Bonuskapitel zu meinen Büchern versende. Wenn ihr noch mehr über Bücher, Cover, Protagonisten und zukünftige Projekte mit mir plaudern wollt, kommt gerne in meine Facebook-Gruppe.

Alles Liebe

Karin Lindberg

Überall erhältlich

Verrückt nach Mr. Wrong
Boston Bachelors 1 – Nate

ER ist sicher nicht der Richtige!

Das weiß Liv sofort, als sie Nate West kennenlernt. Während sie sich völlig unvorbereitet durch ihr Meeting stottert, ist der attraktive Unternehmer eloquent, lässig und einfach unglaublich anziehend. Obwohl sie sich niemals verlieben wollte, kann sie nichts gegen ihre Gefühle ausrichten. Nate zeigt ihr eine ganz neue Welt voller Spontanität, Abenteuer und Leidenschaft.

Als Liv herausfindet, was Nate ihr um jeden Preis verheimlichen wollte, erkennt sie, dass weitaus mehr gegen eine Beziehung mit ihm spricht als nur ihre Gegensätzlichkeit. Sie muss sich die Frage stellen, ob sich die alte Floskel bewahrheitet:

Macht Liebe blind?